Günter von Lonski
Mord auf dem Schützenfest

Bibliografische Information der Deutschen Nationalbibliothek
Die Deutsche Nationalbibliothek verzeichnet diese Publikation in der Deutschen Nationalbibliografie; detaillierte bibliografische Daten sind im Internet abrufbar über http://dnb.ddb.de

www.niemeyer-buch.de

Umschlaggestaltung: Carsten Riethmüller
Umschlagfoto und Bearbeitung: CW Niemeyer Buchverlage
Druck und Bindung: AALEXX Buchproduktion GmbH, Großburgwedel
Printed in Germany
ISBN 978-3-8271-9451-0

Günter von Lonski

Mord auf dem Schützenfest

CW Niemeyer

Der Roman spielt hauptsächlich in allseits bekannten Stätten von Hannover, doch bleiben die Geschehnisse reine Fiktion. Sämtliche Handlungen und Charaktere sind frei erfunden.

Über den Autor:
Günter von Lonski wurde 1943 in Duisburg-Laar geboren. Er studierte an der Hochschule der Künste in Berlin. Seit 1981 schreibt er Romane, Krimis, Jugend- und Kinderbücher, Hörspiele, Kurzgeschichten, Glossen, Satiren und Schulbuchbeiträge. 2010 erhielt er den Rolf-Wilhelms-Literaturpreis der Stadt Hameln. Günter von Lonski ist verheiratet, hat zwei Kinder und lebt in der Nähe von Hannover. Er ist außerdem Autor von bereits zwei erschienenen Weserbergland-Krimis „Das letzte Lied“ und „Tödlicher Wind“, in denen der akribische Journalist Hubert Wesemann ermittelt – spannend, unterhaltend, mit einem Schuss Humor und Ironie.

Mehr über Günter von Lonski und seine Aktivitäten erfahren Sie unter www.vonlonski.net

Für Cord Broyhan,
dem Vater der *Lütjen Lage,*
(um 1530)

*Dat wy duth Jahr der Stadt tho gude Broke Hern sin willen, und in dem Ambt vlietich befunden werden, Broke tynse und alleß aller unvorwietlik gebohr ahne Ansehen der Person infordern. So als uns Gott helpe.**

(Dass wir dieses Jahr der Stadt zu Gute Bruchmeister sein wollen, und in diesem Amt fleißig befunden werden, Strafe, Zinsen und alles aller unvorweislichen Gebühr ohne Ansehen der Person einfordern. So helfe uns Gott.)

* *Amtseid aus dem Eidebuch der Stadt Hannover, circa 1600.*

Als Vorläufer der Bruchmeister werden bereits im Jahre 1303 Ordnungsherren erwähnt, die als Magistris discipline für die Aufrechterhaltung der Ordnung bei Festlichkeiten zu sorgen hatten. Sie wachten über die Einhaltung erlassener Verordnungen und ahndeten deren Bruch.

Seit 1825 tragen die Bruchmeister die Städtischen Standarten dem jährlichen Schützenausmarsch voran. Die aktuellen Bruchmeister werden für ein Jahr verpflichtet und haben ledig und von gutem Charakter und Leumund zu sein. Bruchmeister vergangener Jahre können sich für die Aufnahme im *Collegium ehemaliger Bruchmeister* bewerben. Das Collegium trifft sich zu geselligem Beisammensein, pflegt die Traditionen der Bruchmeister *und repräsentiert die Stadt Hannover bei verschiedenen Anlässen.*

Eins

Milchig weiß steht der Morgen über dem roten Backsteinbau der Marktkirche. Es wird ein heißer Tag werden: Staubig, drückend, bedrängend. Wie soll er Melli erklären, was in den letzten Stunden passiert ist?

Der alljährliche Schützenausmarsch stand an. Vor Sonnenaufgang waren sie in der Nacht zum Sonntag losmarschiert, um die vereinsbesten Schützen des vergangenen Jahres mit Marschmusik abzuholen. Bereits beim Ständchen vor den Häusern der Schützenbrüder gab es viel Hallo, Gelächter und das eine oder andere Schnäpschen.

Gegen neun trafen sich dann alle Schützenvereine auf dem Trammplatz vor dem Neuen Rathaus. Und wieder Hallo und ein, zwei Schnäpschen. Da war Melli auch dazugekommen.

Der Oberbürgermeister hielt seine Ansprache. Wie in jedem Jahr. Das Heeresmusikkorps spielte *Alte Kameraden*. Schlag zehn setzten sich die Schützenzüge unter dem Befehl *„Im Doubliertritt, Marsch!"* zum mehrstündigen Ausmarsch in Bewegung. Zum größten Schützenfest der Welt auf dem Festplatz an der Ihme. Wer so ein Fest hat, braucht keine Wiesn, keinen Wasen und keinen Dom.

Bei den Schützen hatte und hat alles seine festen Regeln und Gebräuche. Nach der historischen Quartiereinteilung der Stadt wird der Zug der Schützen ebenfalls in vier Züge eingeteilt. Was nicht ausschließt, dass sich ein Schütze auch mal ins falsche Quartier verläuft.

Jedem Zug schreitet der aktuelle Bruchmeister mit einer städtischen Standarte voran. Ein junger Mann voller Stolz und Würde. Auf dem Kopf ein schwarzer Zylinder mit grünem Kleeblatt als heraldisches Symbol der Stadt Hannover. Dazu schwarzer Cut mit schwarzer Hose, blütenweißes Hemd mit weißer Fliege und an den Händen weiße Handschuhe. Ein Jahr wird er im Mittelpunkt des Vereinslebens stehen, danach kann er Mitglied im *Collegium ehemaliger Bruchmeister* werden. Für das geschäftliche und gesellschaftliche Vorankommen wertvoller als ein Hochschulabschluss oder Doktortitel. Beides zusammen kann natürlich nicht schaden.

Hinnerk Benthe gehört seit Jahren dem Collegium an und hat es beruflich bis zum Leiter einer Bankfiliale geschafft.

Sie hatten geschwitzt, Bier getrunken und viele Klare. Wer es konnte, zelebrierte eine *Lütje Lage* mit einem Glas Schankbier und einem Glas Kornbrand aus einer Hand. Wer es nicht konnte, goss sich Bier und Schnaps über Kinn und Jacke.

Im stundenlangen Marsch unter der Sonne wurde der Hals wund gescheuert, Blasen an den Füßen machten das Laufen beschwerlich, und die Ordensketten auf der Brust wurden immer schwerer.

Endlich war man auf dem Schützenplatz angekommen. Der Hemdkragen konnte gelockert werden, und der Knopf am Hosenbund wurde gelöst. Hosenträger übernahmen nun die alleinige Verantwortung. Man setzte sich zum Essen in der Festhalle Marris. Spanferkel, Schnitzel, Ochsenbraten. Eine aufnahmefähige Grundlage wurde geschaffen. Dann ging es weiter von Festzelt zu Festzelt. *Alt Hanovera, Gilde Festzelt, Zum Herrenhäuser*. Und überall wieder *Hallo* und *Prost*. Allmählich verloren die Schützenbrüder die Kontrolle über sich und den eigenen Bier- und Schnapskonsum. Wenn nicht jetzt, wann dann? Du traust dich nicht? Raus aus dem Festzelt, rauf auf den Rummel. *Magic, Heiße Räder, Breakdance.* Fahrgeschäfte für die Generation ohne Schwindelgefühl. Laut, hoch, schnell. Hubert und Gerold ließen sich provozieren, den *Intoxx* zu besteigen. Sie haben wohl nicht mehr realisieren können, was auf sie zukam. Ein Pfeiler, ein Schwenkarm, daran zwei frei bewegliche Gondeln, die sich um den Pfeiler, den Schwenkarm, sich selbst, ineinander und auseinander und um den eigenen Magen drehten. Hubert musste danach vom Roten Kreuz betreut werden und Gerold suchte sich einen Platz in der hintersten Ecke im Festzelt, trank nichts mehr, aß nichts mehr und brachte keinen Ton mehr heraus.

Die andern hatten sich schadenfroh amüsiert. Hinnerk war mit seiner Melli ein paar Runden *Musik-Express* gefahren, dann hatten sie noch mit Erich und Sabine Vonderheiden zusammengesessen, aber danach … Filmriss. Nichts mehr. Er kann sich nicht mal mehr erinnern, wo Melli geblieben ist. Und plötzlich war da Arne Sonneveld in seinen Armen. Ende dreißig, feingliedrig und irgendwie geschmeidig, sanft und anschmiegsam. Unverheiratet musste er als Bruchmeister sein, ob er andersherum war, wurde nicht gefragt. Wie er ihn angesehen hat. Ein feines Prickeln überzieht noch immer Hinnerks Unterarme, wenn er daran denkt. Diese erhitzte Haut auf seinen Wangen, die fordernden Hände. Hatten sie sich geküsst?

Mit dem Rücken lehnt Hinnerk an dem Kübel aus grauem Waschbeton. Die ganze Nacht muss er hier gesessen haben. Knochenhauerstraße. Wie ist er überhaupt hierhergekommen?

Er spürt nichts, kann seine Füße kaum bewegen, die Finger krallen sich um einen Absperrpfosten. In einer der Seitenstraßen werden Mülltonnen geleert. Kalter Schweiß steht ihm auf der Stirn. Sein schwarzer Cut ist verdreckt. Über ihm hängt der Zylinder schräg in den Zweigen irgendeiner Stadtbegrünung. Er würgt an dem ekligen Geruch nach schalem Bier und Hundedreck. Eine Frau fährt mit einem Fahrrad vorbei. Angewidert schaut sie auf den zusammengesunkenen Mann. Erst im letzten Augenblick weicht sie einem Müllcontainer aus. Hinnerk will grüßen, er öffnet den Mund, doch er kann die Zunge kaum bewegen.

Die Frau fährt weiter, hält aber nach ein paar Metern wieder an, dreht sich zu Hinnerk um. „Ist Ihnen nicht gut?"

Mühsam hebt Hinnerk eine Hand als Lebenszeichen. Die Frau schüttelt den Kopf, setzt ihr Fahrrad wieder in Bewegung. Hoffentlich wird er in seinem Zustand nicht von irgendwelchen Bekannten gesehen. Kunden wären noch schlimmer. Sein Arbeitsplatz liegt nur wenige hundert Meter entfernt, direkt hinter der Oper. Die HPP-Bank. Was sollten sie von ihm als Leiter der Kundenberatung denken.

Er versucht, Ordnung in seine Gedanken zu bringen. Gestern war Sonntag, heute ist Montag. Um neun muss er an seinem Arbeitsplatz sein! Keine Panik, den Montag und Dienstag hat er sich vorausschauend freigenommen. Er stützt sich am Betonkübel ab, erhebt sich mühevoll, schwankt. Egal, was Melli sagt, er muss nach Hause, unter die Dusche. Alles abwaschen, den gestrigen Abend, die Nacht, das Erbrochene … da war auch Blut.

Spatzen suchen zwischen den zusammengeketteten Stühlen nach vergessenen Krümeln. Eine Ratte wittert aus einem Spalt zwischen zwei Stufen einer alten Steintreppe heraus, huscht dann ins nächste Kellerloch.

Hinnerk verschwimmen die Konturen vor den Augen, er muss sich wieder setzen, diesmal auf den Rand des Blumenkübels. Ihm ist schlecht, elendig schlecht. Wie hat er noch gestern auf den Putz gehauen und gelacht. Vielleicht war das alles ein bisschen viel. Wie jedes Jahr.

Er steht auf, besieht sich den verdreckten Cut, die fleckige schwarze Hose. Tastet nach seinem Hemdkragen. Die weiße Fliege ist ihm abhandengekommen. Und die weißen Handschuhe auch. Das Hemd voller gelber Senfflecken. Trotzdem atmet er auf, er spürt seine Beine wieder, nimmt den Zylinder von einem vertrockneten Zweig und klappt ihn flach zusammen. In dem Outfit muss er durch die halbe Stadt und sich zum Gespött der Leute machen.

Er sucht nach seinem Taschentuch, um sich den Schweiß von der Stirn zu wischen. Die Taschen sind leer. Bis auf die abgebrochene Ecke eines Bierdeckels mit irgendeiner Telefonnummer. Sein Taschentuch ist weg, verloren.

Er wischt sich den Schweiß mit dem Handrücken von der Stirn. Dann ein Gedankenblitz, ein Zusammenhang. Das Taschentuch war voller Blut. Vielleicht ist es ganz gut, dass er es irgendwo weggeworfen hat, bevor es Melli in die Hände fallen könnte und sie unangenehme Fragen stellt. Er muss seine Kleidung so schnell wie möglich in die Reinigung bringen.

Aus einer Seitenstraße taucht ein Mann auf, er pfeift, pfeift noch einmal, ein großer brauner Hund kommt gelangweilt um die Ecke, trabt auf Hinnerk zu, schnüffelt an der herausgezogenen Hosentasche. Hinnerk hat

Angst vor dem Hund, außerdem stört ihn seine Aufdringlichkeit. Er steckt die Hosentasche zurück in die Hose, dreht sich weg. Der Mann ruft: „Zeno".

Ein kleines, orangefarbenes Fahrzeug der Straßenreinigung taucht auf, kehrt mit kreisenden Besen den Müll vom breiten Gehweg und hinterlässt eine glänzend feuchte Spur auf dem Kopfsteinpflaster. Eine Frau mit Kopftuch kommt aus der Kneipe und leert ihren Putzeimer im Gully am Straßenrand. Zeno lässt Hinnerks Hose nicht aus den Augen, knurrt, der Mann mit der Hundeleine beschleunigt seine Schritte. „Keine Angst", sagt er, „Zeno jagt nur Verbrecher!" Er lacht, muss der Straßenreinigung ausweichen, tritt ganz dicht an Hinnerk heran. „Ach, Sie sind es, Herr Benthe, ist Ihnen nicht gut?"

Auch das noch, ein Kunde! „Doch, doch, es geht schon", murmelt er, „nur ein leichtes Unwohlsein."

„Wohl ein bisschen viel gefeiert gestern?"

„Zu viel."

„Komisch", sagt der Mann mit der Hundeleine, „Zeno müsste Sie doch eigentlich kennen. Sie sind doch ein Ehrenmann. Na ja, vielleicht hat er gedacht, Sie wären ein ..."

Penner, denkt Hinnerk, er meint Penner.

Der Mann gibt seinem Hund einen Klaps, Zeno läuft bellend dem orangefarbenen Straßenreinigungsfahrzeug hinterher. Im Strauch hinter Hinnerk singt jetzt eine Amsel.

Hinnerk wartet noch einen Augenblick, versucht sich zu sortieren, dann geht er los, nein, er schleicht, schlurft, kann die Füße kaum heben, will zur U-Bahn-Station Markthalle/Landtag, hält sich für einen Augenblick an dem Gitter der Straßenbegrenzung fest.

Die Ampel springt auf Rot. Ein herankommender Wagen hält. Der Beifahrer beugt sich zur Fahrerin, gibt ihr einen raschen Kuss. Das Auto startet, die Frau schaut zufällig Hinnerk an, droht ihm mit dem Finger. Warum? Grün. Hinnerk überquert die Straße. War das eine Kundin? Er hat sie nicht erkannt.

Arne Sonneveld, dieser charmante Mann. Mitte dreißig und so allein. Sah würdevoll aus in Cut und Zylinder, wie er die Standarte trug. Eigentlich auch ein bisschen lächerlich. Aber irgendwie alles zusammen zum Liebhaben. Wie kokett er gelächelt hat, als er vor Hinnerk stand. Gefühle wie auf der Achterbahn. Im Alkoholrausch abgestürzt!

Hinnerk erreicht die Treppe zur U-Bahn, setzt sich unten auf einen der Metallstühle. Zwei Männer vom Wachdienst gehen vorbei, sehen ihn kurz an, vier Japaner mit Stadtplan sortieren ihr Besichtigungsprogramm – Marktkirche, Leineschloss, Künstlerhaus, Herrenhäuser Gärten, Niki de Saint Phalle, Kinder sind auf dem Weg ins Schimmbad. Sie betrachten ihn, feixen, rasch schwindet ihr Interesse, eines der Mädchen will seine Tasche öffnen, ein Junge tritt sie ihr aus der Hand. Die Tasche fällt zu Boden, allgemeines Gelächter, das Mädchen muss ihre Sachen wieder einsammeln. Sie rennt hinter der Gruppe her. „Abdul, du Spast, ich schlag dich Krankenhaus!"

Hinnerk besteigt die Linie 7 und fährt bis zur Wallensteinstraße, läuft dann noch einige hundert Meter die Göttinger Chaussee hinauf bis zur Schnabelstraße. Doppelhäuser mit zwei Etagen, Dachböden, Erkern und alle unterkellert. Eine heutzutage idyllische Arbeitersiedlung aus dem frühen zwanzigsten Jahrhundert. Saniert, neue Fenster, wärmeisoliert und Haus für Haus an private Interessenten verkauft.

Hinnerk versucht Klarheit in seinem Kopf zu schaffen, kann aber die Lücken in seiner Erinnerung nicht schließen und rollt den Gedankenfaden immer wieder von vorne auf. Sie hatten auf den Holzbänken im Bierzelt gesessen, alle hatten getrunken, gelacht und sich lustig gemacht über alles, was ihnen einfiel. Arne Sonneveld hatte sich irgendwann zwischen Hinnerk und Erich gedrängt. War bald aufgestanden, hatte Hinnerk mit sich gezogen. Und dann? Arne hatte vor ihm gestanden, hinter der Festhalle Marris im wechselnden Licht der Karussells. Musikfetzen wehten herüber. *Die Liebe ist ein seltsames Spiel.* Arne stand ganz nah vor ihm. Eine Hand hatte er um Hinnerks Hals gelegt, sich an ihn geschmiegt und versucht, den Reißverschluss an Hinnerks Hose zu öffnen. Hinnerk wusste nicht, wie ihm geschah. Sein ganzer Köper signalisierte Abwehr und Ekel, andererseits war da auch dieses unbändige Gefühl von Zärtlichkeit und Verlangen. Sie hatten sich geküsst? Diese fordernden Lippen auf seinem Mund. War mehr geschehen? Plötzlich hatte Sonneveld Nasenbluten. Und dann? Hinnerk hatte sein Taschentuch aus der Tasche gezogen, um Arnes Nasenbluten zu stoppen. Dieser dumme, dumme Junge. Er war so aufgeregt, und Hinnerk konnte ihm nicht helfen, war selber zu unerfahren. War da noch was? Geblieben ist ein dumpfes Verlangen. Und dieses Unbehagen, dass irgendetwas außer Kontrolle geraten ist.

Später, viel später und nach einigen weiteren Bierchen und Schnäpsen ist das Collegium dann gemeinsam von der Festhalle Marris aufgebrochen. Die meisten fühlten sich noch nicht reif fürs Bett, wollten noch mehr erleben. Einige hatten allerdings am Gilde-Tor gekniffen und sich mit dem Taxi nach Hause bringen lassen. Sie würden zum Gespött des nächsten Beisammenseins im Vereinsheim werden. Der harte Kern war in die Altstadt gezogen. Aber wie und wohin? Hinnerk schmerzt der Kopf.

Endlich steht er vor seiner Haustür. Er will den Haustürschlüssel wie gewohnt aus der Tasche holen. Kramt. Sucht. Findet nur die abgebrochene Ecke des Bierdeckels, lässt sie fallen und zerkleinert sie mit der Schuhsohle auf der grauen Steinstufe. Er muss klingeln. Das wird ein Empfang. *Wie du aussiehst, was sollen die Leute denken, kannst du nicht wie ein normaler Mensch …* Hinnerk atmet tief durch und drückt auf den Klingelknopf. Die Haustür öffnet sich mit einem Summen. Hinnerk schiebt mühsam die Türe auf, macht zwei, drei Schritte in den Flur, kann nicht mehr weiter und stützt sich mit einer Hand an der Wand ab. Schluckauf, ausgerechnet jetzt.

Zwei

Melli war am frühen Abend nach Hause gekommen. Ungern erinnert sie sich an den Schützenausmarsch, die Festzeltatmosphäre bereitet ihr noch immer Unwohlsein. Sie braucht einen anderen Geschmack im Mund, gießt sich ein Glas Tomatensaft ein. Verschüttet etwas von dem Saft. Ein roter Fleck breitet sich auf der weißen Tischdecke aus. Weiß wie Schnee, rot wie Blut. Melli greift nach dem Glas, setzt sich auf das Sofa und schaltet das Fernsehgerät ein. *Deutschlands gesündeste Großmütter* läuft gerade.

Melli ist nur ungern beim Schützenausmarsch mitgegangen. Sie kennt Hinnerks Schützenbrüder und kann sie nur kurze Zeit ertragen. Ihre Sprüche, das Bullengehabe, die Anzüglichkeiten der angetrunkenen Männer. Im Alltag schleichen sie grau in grau umher, verstecken sich in Wohlanständigkeit und Konformität. Aber an ihren Herrentagen lassen sie die Sau raus. Dieser elende Gestank nach Alkohol, Zigaretten und verschämt abgesetzten Bier- und Sauerkrautfürzen. Und Hinnerk mitten unter ihnen.

Sie schaltet den Fernseher aus und vertieft sich in ein kürzlich begonnenes Buch. Die Geschichte fängt gerade an, ein bisschen spannend zu werden. Ein Mann in der Midlife-Crisis. Schmeißt alles hin, rennt in Discos, lässt sich das Gesicht straffen und baggert eine Frau im Alter seiner Tochter an. Ein Buch vom Wühltisch.

Gegen zwei schreckt Melli auf. Sie scheint über der Lektüre eingeschlafen zu sein. Ein lautes Poltern kommt aus dem Treppenhaus. Kai Homm. Malermeister mit Allergiepass. Arbeitslos. Wohnt in der Mansardenwohnung unterm Dach. Eine Eigenbedarfsklage läuft, doch Homm wohnte bereits in dem Haus, bevor es von Hinnerk und Melli erworben wurde. Fährt ein Peugeot Cabrio und zahlt pünktlich seine Miete.

Draußen ein Flüstern und unterdrücktes Gekicher. Melli schleicht zur Wohnungstür und schaut durch den Spion. Kai mit einer jungen Frau. Sie stehen eng umschlungen vor der Treppe. Kai greift unter ihr T-Shirt. Sie lacht, küsst ihn. Plötzlich haben sie es eilig, stolpern die Treppe hinauf. Als letztes verschwinden ihre schlanke Beine in roten High Heels aus Mellis Blickfeld.

Jeden zweiten Tag hat er eine andere.

Melli kehrt ins Wohnzimmer zurück, geht ans Fenster, schaut hinaus. Was Hinnerk wohl gerade treibt? Noch immer halb besoffen oder sogar ganz weggetreten? Hoffentlich passiert ihm nichts. Melli gähnt. Der Asphalt schimmert fahl unter den Laternen. Kein Autoverkehr mehr in der ruhigen Seitenstraße, die Straßenränder zugeparkt. Zwei Betrunkene torkeln Arm in Arm über die Straße. Sie kommen wohl auch vom Schützenfest. Einer stolpert an der Bordsteinkante, sein Kumpan fängt ihn auf. Sie prosten sich mit kleinen Schnapsflaschen zu, die sie aus ihren Hosentaschen ziehen.

Melli geht zum Sofa, will noch ein Kapitel lesen. Sie hüllt sich in eine Fleecedecke und vertieft sich in den Roman. Doch immer wieder schweifen ihre Gedanken ab. Ein Frösteln geht durch ihren Körper. Ob Hinnerk auch dabei ist, sich neu zu orientieren? Ob er bereits fremdgeht? Immerhin ist er auch in diesem kritischen Alter. Und abends zu allem zu müde. Anstrengender

Job, belastende Gedanken, zu viele Konferenzen. Doch für andere Frauen interessiert er sich eigentlich gar nicht. Soweit sie das beurteilen kann. Nicht einmal Veras aufdringliches Dekolleté hat ihn bei der letzten Silvesterfeier angemacht. Hoffentlich ein Kriegsschauplatz weniger. Sie denkt an ihre Arbeit im Krankenhaus. Immer Ärger. Zu wenig Angestellte, zu große Aufgabenbereiche, nervende Patienten. Doch am schlimmsten sind die aufsässigen Weißkittel mit den Doppeltiteln vor dem Namen, Professor Doktor, und ihren Sonderwünschen.

Melli legt sich auf die Seite und zieht die Decke bis zum Kinn. Sie denkt gerade noch an die roten Schuhe, an diesen Scheißkerl von oben und dann an nichts mehr.

Als sie am nächsten Morgen aufwacht, meldet NDR 2 gerade einen Stau auf der A7, die Getreidepreise werden in diesem Jahr voraussichtlich um fünf Prozent steigen, der Wetterbericht kündigt Gewitter an. Draußen ist es bereits hell. Hinnerk ist noch immer nicht zu Hause. Auch Melli hat sich den Montag freigenommen, sie wollten zusammen eine neue Lampe für den Essplatz kaufen. Und vorher gemeinsam zum Frühstück in ein Café, meist wird es Loretta's Milchhäuschen in der Culemannstraße.

Im Brotschrank liegt noch eine angebrochene Packung Knäckebrot. Ein paar Scheiben Gouda sind auch noch da. Melli schaltet die Kaffeemaschine an, nimmt sich das Knäckebrot und setzt sich vor den Fernseher. Wiederholungen von gestern, supergünstige Reise in die Türkei, Topfsets, Massagegeräte, Diätsuppen. So allmählich sollte Hinnerk aber eintrudeln. Ob sie Erich anrufen soll, seinen besten Freund aus dem Collegium? Sie waren zusammen, als sich Melli vom Schützenplatz verabschiedet hat. Aber so früh am Tag? Das sieht nach Nachschnüffeln aus. Sie wird noch ein, zwei Stunden warten, dann kann man es als verständliche Sorge ansehen.

Im Fernsehen läuft *Mit Schirm, Charme und Melone.* Es gibt Schlimmeres. Im Bücherregal noch eine Packung mit Kartoffelchips. Es folgt eine Sendung über Nomaden in Kanada. Oder ist es Alaska? Melli schaltet das Fernsehgerät aus, tritt ans Fenster. Am Morgen sind immer Lücken zwischen den Autos auf dem Parkstreifen. Viele Nachbarn sind zur Arbeit gefahren. Sie könnte im Internet nach Esstischlampen schauen und eine Vorauswahl treffen.

Es klingelt. Noch ist es zu früh für den Postboten. Melli fragt „Hallo?“ in die Türsprechanlage. Keine Antwort. Ein Streich von Kindern? Sie geht zurück ins Wohnzimmer, hört erneut das Klingeln. Sie überlegt, betätigt den Türöffner an der Wohnungstür, tritt dann in den Hausflur.

Die Haustür wird aufgedrückt, eine Gestalt stolpert die Außenstufen herauf. Hinnerk. Mit einer Hand hält er sich an der Wand aufrecht, die Schuhe schlurfen über die Fliesen. Wie er aussieht! Er hat einen Schluckauf. Mit der freien Hand greift er nach dem Türrahmen.

„Komm rein, oder brauchst du eine Extraeinladung?“

Hinnerk schiebt sich an der Wand entlang, will sich an Melli festhalten. Sie weicht zurück, er sucht Halt an der Garderobe. Rutscht schließlich an Jacken und Mänteln ab und landet auf Händen und Knien auf dem grauen Teppichboden.

„Du siehst aus wie ausgekotzt“, sagt Melli, „und so riechst du auch.“

Marike Kalenberger öffnet sich der Sonne. Sie hasst es, früh aufzustehen. Jetzt hat sie endlich ein paar Tage frei und was macht sie? Sie steht wahnsinnig früh auf. Noch liegt weißer Dunst über dem Steinhuder Meer, Möwen suchen das Ufer nach Fressbarem ab, streiten sich um einen durchgeweichten Kinderhandschuh, Enten und Schwäne hoffen auf Brotreste der Frühaufsteher.

Mit dem Blick aufs Wasser beginnt sie ihre Tai-Chi-Übungen. *Der weiße Kranich breitet die Flügel aus.*

Für einen Augenblick verliert Kalenberger die Konzentration. *Weißer Kranich* – bei ihren Hüften! Mit ein wenig Konzentration findet sie wieder in ihre Übung zurück. *Arme und Beine bewegen sich in gegensätzliche Richtungen. Das linke Bein und der rechte Arm sollen leicht und voller Energie sein, während der feste Stand des rechten Beins mit einem Gefühl von Schwere im linken Arm einhergeht. Yin und Yang wirken in vollkommener Harmonie auf die innere Ausgeglichenheit. Der Kranich zieht seine Bahn in Schönheit und Anmut.*

Aus dem Frühstücksraum des kleinen Hotels weht der Duft von frisch gebrühtem Kaffee herüber. Kalenberger seufzt. Sie muss noch viel lernen, lässt sich zu leicht ablenken.

Ein kleines, aber feines Frühstücksbüfett. Sogar mit der Wahl zwischen Rühreiern und gekochten Eiern. Am Fenster sitzt ein älteres Ehepaar. Sie wollen heute auf ihren Rädern das Steinhuder Meer umrunden, berichten sie aufgekratzt. Er ist schon achtundsiebzig, sie verschweigt ihr Alter.

Kalenberger auch. Sie will sich heute nur entspannen, vielleicht mit einem kleinen Spaziergang am Ufer beginnen und einen Besuch der Töpferei im Ort unternehmen.

Sie setzt sich, schaut hinaus, ein entspannter Blick aufs Wasser, die Bedienung schenkt ihr Kaffee ein. Die Sonne saugt den Dunst vom Wasser ab. Es könnte ein schöner Tag werden. Morgen will Kalenberger *Den Tiger zum Berg tragen,* eine Übung, die sie gerade erst in ihrem Kurs gelernt hat.

Neunundvierzig Euro Einzelzimmerzuschlag. Sie ist doch nicht absichtlich allein. Hätte schon gern etwas Warmes neben sich im Bett. Aber der Angetraute musste auf der A2 mit einhundertachtzig die Leitplanke berühren, abheben und sich einen bereits mehrfach geschädigten Baum zum Ableben aussuchen. Ist jetzt auch schon dreieinhalb Jahre her. Seine Skatrunde hat sich ihrer angenommen. Jeden Freitag trifft sie sich mit Karl-Friedrich, Norbert und Helmut, falls ihr Dienstplan es zulässt; sonst spielt die Runde ohne sie. Norbert hätte sie sich schon zum Kuscheln zurechtbiegen können. Aber Norbert ist rechthaberisch, und sie kann nicht freiwillig verlieren. Pik gegen fünf mit zweiundsechzig Augen gewonnen. Hat sie bei ihrem Vater gelernt, der war Feuerwehrmann in Flensburg und konnte das letzte Dutzend Spiele exakt aus seinem Gedächtnis abrufen.

Und so ein richtiger Männertyp ist sie nun auch nicht. Zu groß, zu breit, zu präsent. Männer lieben kleine anschmiegsame Mäuschen, die nicht widersprechen und sich Schuhe und Handtaschen kaufen lassen. Norbert hätte frohlockt, wenn sie das Pik vergeigt hätte, und wäre sicher bereit gewesen, sie zu trösten. Ist sonst noch etwas gegen die eigene Person vorzubringen? Spreiz- und Senkfüße, Hallux valgus an beiden Füßen, unvorhersehbare Hitzewallungen, Albträume, das Übliche eben für eine Hauptkommissarin ihres Alters.

Ein Kormoran fliegt auf die Bank am Ufer und breitet seine Flügel zum Trocknen aus.

Natürlich hat sie auch ihre kleinen Laster. Sie ist knapp fünfzig und erhebt keinen Anspruch auf Vollkommenheit. Jede zweite Woche nimmt sie sich ihren Pizza-Tag. Wenn es ihr Dienstplan zulässt. Dann ruft sie in der Pizzeria Pinocchio an und bestellt eine Pizza Diavolo. Bei Tomaso.

Sie ist mit Tomaso ins Gespräch gekommen. Tomaso ist ein freundlicher Mann mit beruhigender Geduld. Bei der zweiten Bestellung hat er ein großes Brett mit merkwürdigen Löchern mitgebracht. Kalenberger vermutete etwas Abartiges, doch seither spielen sie mit Hingabe jedes Mal mindestens eine Runde Carambole. Carambole ist eine Art Billard, doch wird mit den Fingern statt mit Queue gespielt. Das Brett ist quadratisch und besitzt vier Ecklöcher. Zum Spielen werden runde Plastiksteine verwendet, die an Damesteine erinnern. Ziel ist es, die eigenen Spielsteine regelgerecht in die Ecklöcher zu schnipsen, bevor der Gegner seine Spielsteine versenkt hat. Es gibt ziemlich komplizierte Regeln, aber darum haben sich Kalenberger und Tomaso noch nie gekümmert, sie wollen einfach nur ihren Spaß haben. Auch danach. Denn Tomaso ist ein Liebhaber mit Humor und Temperament, sanft und energisch zugleich. Da Kalenberger immer seine letzte Auslieferung ist, muss er nicht auf die Uhr schauen und bleibt bis weit nach Mitternacht. Kalenberger bietet ihm jedes Mal ein üppiges Trinkgeld an, das er empört zurückweist. „Doch nicht von einer so hübschen und charmanten Frau!“ Sie steckt es ihm dann in einem unbeobachteten Augenblick heimlich in die Jacken- oder Hosentasche. Aber für Sex bezahlen ist auf die Dauer keine Lösung. Oder ist das eine von ihren überholten

Einstellungen? Jedenfalls ist die Skatrunde in den Hintergrund gerückt, und allmählich entschuldigt sie sich nicht einmal mehr, wenn sie einen Skatabend versäumt. Tomaso hat das Carambole-Brett bei ihr gelassen, Kalenberger hat es auf den Kleiderschrank geschoben.

Sie greift zur Kaffeetasse, das Handy klingelt. Einen Augenblick überlegt sie, ob sie das Gespräch annehmen soll. Schließlich hat sie Urlaub, offiziell eingereicht und genehmigt. Doch das Pflichtbewusstsein siegt.

„Kalenberger."

„Nisalski!"

Paul Nisalski, Erster Kriminalhauptkommissar des 1.1 K Hannover. Mordkommission. Kalenbergers Vorgesetzter. Er ist immer direkt und ohne Umschweife, nicht mal ein *Guten Morgen*.

„Am Schützenplatz wurde eine Leiche gefunden. Direkt an der Ihme. Scheint keine natürliche Todesursache zu sein. Eine Sonderkommission wurde eingerichtet. Vier Mann. Merken Sie sich den Namen *Soko Kleeblatt*. Sie haben die Leitung. Obanczek ist Ihr zweiter Mann. Urs Obanczek. Er ist schon am Tatort und meldet sich bei Ihnen, wenn er Sie braucht. Ansonsten noch einen schönen Urlaub."

Der versteht's. Weiß doch ganz genau, womit er Frau Hauptkommissarin in Bewegung setzt. ... *wenn er Sie braucht!* Wann ist das? Zu Obanczeks Beförderungsfeier? Soll sie ihm dann Blümchen streuen? „Bei uns herrscht das Leistungsprinzip", hat Nisalski noch in der letzten Woche verkündet, „ohne Rücksicht auf frühere Verdienste oder Berufsjahre. Wie in der Fußballnationalmannschaft!" Kalenberger musste gleich an Michael Ballack denken, obwohl der natürlich keine fünfzig ist. Doch ihren Kaffee wird sie noch austrinken, bevor sie sich auf den Weg macht.

B 441, Wunstorf, Garbsen, Hannover. Eine knappe Dreiviertelstunde wird sie unterwegs sein. Wenn sie ein bisschen auf die Tube drückt, schafft sie es vielleicht in fünfunddreißig Minuten. Ausgerechnet Schützenfest. Dem Trubel wollte sie entgehen. Jetzt steckt sie mittendrin. Vielleicht ein Betrunkener, der an seinem Erbrochenen erstickt ist? Das wäre zumindest weniger Arbeit, und ihr Koffer steht auch noch im Hotel am Steinhuder Meer.

Sie denkt an Urs Obanczek. Kriminalkommissar. Kein Haar auf dem Kopf, hat ein bisschen was von einem Türsteher. Eine Stufe unter ihr, auf dem Sprung. Ein unauffälliger Kollege, irgendwie synthetisch, mit geradliniger Lebensführung. Eine kleine Irritation: Er sammelt Lippenstifte, hat Kalenberger irgendwann einmal herausgefunden. Behält sie aber für sich. Obanczek tarnt es als Interesse an Zinnsoldaten. Aber sonst … er hat den Blick fürs Faktische, während Kalenberger mehr aus dem Gefühl heraus entscheidet. Dabei gibt sie sich solche Mühe, erst zu denken und dann zu handeln.

Für Kalenberger ist Obanczek ein Dienstmensch, von seinem Privatleben weiß sie so gut wie nichts. Im Dienst ist er ernsthaft und genau, verliert sich allerdings gelegentlich in kleinteiligen Tatortlogarithmen oder abwegigen Wahrscheinlichkeitskonstruktionen. Seine Gehirnwindungen scheinen mathematisch konstruiert zu sein. Im Internet trifft er sich zu mathematischen Knobeleien mit Gleichgesinnten.

Sie haben schon ein paar Mal gut zusammen gearbeitet, obwohl er fast anderthalb Jahrzehnte jünger ist.

Wenn er etwas sagt, ist es meist Gescheites. Aber sein Faible für Mathematik macht ihn schon ein bisschen unheimlich. Manchmal bringt er so eine mathematische Aufgabe ins Kommissariat mit. Mit der achten Wurzel aus und der siebten Potenz von irgendwem versetzt er jedem kollegialen Wortgeplänkel den Todesstoß. „Und ich dir, wenn du noch einmal bei Gelb bremst!" Der vorausfahrende Opel nervt schon eine Weile.

Sie braucht siebenunddreißig Minuten. Soll sie Obanczek anrufen, wo sie ihn finden kann? Sie verlässt sich auf ihre Intuition. Ein Begriff, den Obanczek nur vom Hörensagen kennt. Er hat ein Navi - in seinem Kopf.

Westschnellweg, Falkenstraße, Beuermannstraße hoch. Da ist es. Zwei Einsatzfahrzeuge stehen halb schräg im Graben, davor ein ziviler Wagen, großflächig ist das Terrain zwischen Festplatz und Ihme mit rot-weißen Bändern abgesperrt. Das Riesenrad dreht sich bereits, Sirenen locken zu einer neuen Fahrt auf dem Kinderkarussell, ein Hauch von Bratwurst und gebrannten Mandeln steht über dem Platz, die Luft ist heiß und überschwer. Gewitter wurden für den Tag vorhergesagt. Kalenberger greift nach ihrem stets einsatzfähigen Vorrat an Papiertaschentüchern. Dazu der Geruch von ausgebranntem Fritteusenfett. Wenn sie was im Magen hätte, müsste sie sich jetzt Sorgen machen. Wehmütig denkt sie an ihr zurückgelassenes Frühstück.

Sie steigt aus ihrem Auto. Die Kollegen widmen sich bereits ihrer Arbeit. Spurensucher in ihren weißen Anzügen, Engel des Todes. Der Arzt sitzt abseits auf einem Alukoffer und spricht in sein Diktiergerät. Die Abteilung Todesermittlung ist unterwegs und Streifenpolizisten kümmern sich um den Abstand der Gaffer mit ihren Handys im Anschlag. Eine Seuche, seit man mit den Dingern Fotos machen kann. So ist Kalenberger schon zweimal in ausgesprochen ungünstiger Pose in die Presse gekommen. Sie sah aus wie ein Kartoffelsack auf Plattfüßen ... Bürgerreporter - man sollte sie alle ...

Obanczek kommt auf sie zu, begrüßt seine Vorgesetzte, gibt ihr die Hand. „Offensichtlich erschlagen." Er dreht sich um und geht die Böschung zur Ihme hinunter. Kalenberger wischt sich den Schweiß von der Stirn, folgt ihm durch das Dickicht aus flachen Sträuchern und Brennnesseln. „Gib mir mal die Hand!" Obanczek schaut sich überrascht um, reicht Kalenberger dann seine Hand. Sie macht ein paar schnelle Schritte das steile Stück der Böschung hinunter. Vor ihr liegt eine gebauschte Goldfolie. Obanczek hebt die Folie an. Da liegt ein junger Mann in seiner festlichen Kleidung auf dem trockenen Gras. Cut, schwarze Hose, nur noch ein Schuh. Er liegt zusammengekrümmt auf der rechten Seite. Die Hose durchgeweicht von seinen Ausscheidungen. Kalenberger schwitzt noch mehr. Sie geht in die Hocke. Eine offene Wunde klafft am Hinterkopf des jungen Mannes. Das Blut ist bereits getrocknet. Seine Augen starren auf honiggelbe Blüten eines Löwenzahns. Ameisen haben ihre Spuren gelegt und krabbeln über Wangen, Lippen und die Stirn hinauf bis unter die Haare. Am Ufer der Ihme kämpft eine Gruppe Rabenkrähen um die Logenplätze. Eine dicke Schmeißfliege setzt sich brummend auf den Rand der offenen Kopfwunde. Kalenberger verscheucht sie mit einer energischen Handbewegung. Sie erhebt sich angewidert, schaut aufs Wasser und holt mehrmals tief Luft.

„Der zweite Schuh wurde etwas weiter oben gefunden“, sagt Obanczek.

„Gut“, sagt Kalenberger.

„Er wurde erschlagen“, sagt Obanczek.

„Wäre ich nicht drauf gekommen.“

Obanczek sieht sie fragend an.

„War ein Scherz!“, sagt Kalenberger.

Obanczek nickt. Er weiß, dass sie erst wieder ihren professionellen Ton finden muss. „Neben der Leiche wurde ein Pflasterstein gefunden und als vermutliche Tatwaffe sichergestellt.“

„Wann ist es passiert?“

„Zwischen Mitternacht und heute sechs Uhr. Weitere Einzelheiten nach Geschäftslage.“ Er weist mit dem Kopf auf den diktierenden Arzt, der schaut herüber, grüßt Kalenberger mit leicht erhobener Hand, ohne seinen Bericht zu unterbrechen.

„Weiß man schon, wer es ist?“

„Der Mann hieß Sonneveld. Arne Sonneveld. Ein Streifenpolizist konnte sich an ihn erinnern. Er war am Wochenende als einer der aktuellen Bruchmeister auf den Titelseiten der Zeitungen abgebildet.“

„Und da hat er sich den Namen merken können?“ Kalenberger schaut die Böschung hinauf.

„Wir haben eine Zeitung im Papiercontainer gefunden. - Und eine tote Katze. Hat aber wohl nichts mit dem Fall zu tun.“

Kalenberger schmerzen die Füße. Ihr Chi ist völlig durcheinander.

Sie braucht dringend einen Kaffee und etwas zwischen die Zähne. Zähne? Zahnarzt! In vierzehn Tagen beginnt die Bohrerei für ihre beiden Implantate. Am schlimmsten werden sicher wieder die Spritzen in den Gaumen sein. Irgendwie kann sie sich mit leerem

Magen nicht richtig konzentrieren. „Wollen wir zusammen frühstücken?"

„Können wir", sagt Obanczek.

Sie fahren zur Markthalle, Kalenbergers Vorschlag. Obanczek wäre lieber in Schäfer's Backshop gegangen. Im wahrsten Sinne des Wortes ein Sparbrötchen.

Die Markthalle liegt an der Karmarschstraße, unweit der Marktkirche und gegenüber vom Alten Rathaus. Dreiundsiebzig Marktstände bieten Gemüse, Wein, Wurst, Fleisch, Brotwaren, Fisch und Obst. Ebenso gibt es Stände mit warmem Essen, deutsche Küche und internationale Spezialitäten. Im Volksmund als *Bauch von Hannover* bezeichnet, ist die Markthalle ein beliebter Treffpunkt, um einzukaufen, ein Glas Prosecco oder einen Cappuccino zu trinken. Schließlich befindet man sich im Fadenkreuz von Geld, Politik und städtischer Gesellschaft.

Als Original der Markthalle gilt Karoline Duhnsen, genannt Oma Duhnsen, aus Lindhorst, die 2001 gestorben ist. Sie reiste täglich aus dem Schaumburger Land an und verkaufte an einem Marktstand über fünfzig Jahre lang Fleisch- und Wurstwaren. Sie präsentierte sich in Schaumburger Tracht jährlich auch beim Ausmarsch der Schützen. Noch zu ihren Lebzeiten wurde ihr ein Denkmal vor dem Haupteingang der Markthalle errichtet, das sie mit Kiepe und Korb darstellt.

Kalenberger lädt Obanczek ein. Sie parken auf dem Hof des Ordnungsamtes Mitte. Obanczek legt die Berechtigungskarte für die Benutzung des Parkplatzes an der Polizeidirektion auf die Armaturenablage. Besagt zwar nichts, hilft aber meist auch in reservierten Parkzonen.

Sie betreten die Markthalle durch den Eingang Leinstraße. Gleich rechts das *Miró*. Kalenberger bestellt sich einen Cappuccino und zwei halbe Brötchen mit Parmaschinken und Mortadella. Es sind nicht irgendwelche Brötchen, es sind *Tigelle* nach original Bologneser Rezept, knusprig und luftig zugleich.

„Mortadella?" Obanczek schüttelt missbilligend den Kopf. Kalenberger lacht, Obanczek wählt zum Cappuccino ein Brötchen mit Mozzarella.

„Aber du!", sagt Kalenberger.

„Hä?" Obanczek weiß mit der Bemerkung nichts anzufangen.

„Motzkopf!" Kalenberger lacht. Sie erzählt vom Sonnenaufgang am Steinhuder Meer, und Obanczek scheint zuzuhören und gleichzeitig eine seiner mathematischen Aufgaben zu lösen. Plötzlich greift er nach Kalenbergers Arm und deutet mit dem Kopf den Gang hinunter. „Ist das nicht der Schröder?"

„Welcher Schröder?" Normalerweise reagiert Kalenberger schneller.

„Unser Altkanzler."

„Wo?"

„Da vorne."

„Ich seh ihn nicht."

„Jetzt ist er weg."

„Der kommt wieder. Bestimmt."

Hinnerk schlurft ins Badezimmer. *… du riechst wie ausgekotzt*. Er würgt, doch sein Magen ist leer. In seinem Kopf ein kreischendes Durcheinander. Er zieht den Cut aus, Hemd und Hose fliegen unter den Waschtisch. An der Wand weiße Fliesen, dazwischen graue Fugen, ein bunter Blumenaufkleber von der Flasche eines Reinigungsmittels. Auf der Wand über der Badewanne ziehen weiße Möwen ihre Kreise über blauem Wasser. Einfach abheben, wegfliegen, das wär's. Das Motiv hat Melli ausgesucht. Ist das Design? Oder Kitsch? Damit hat er sich noch nie ausgekannt.

Er betätigt die Wasserspülung als Lebenszeichen, sieht sich im Spiegel an. Das Gesicht ist ziemlich zerknittert, Bartstoppeln geben ihm ein finsteres Aussehen, auf einer Wange entdeckt er einen verschmierten Lippenstiftabdruck. Diese aufdringliche Frau im Festzelt – hat sich auf seine Knie gesetzt, ihn abgeknutscht und ihren Wabbelbusen auf seiner Brust kreisen lassen. Er wollte sie loswerden, aber mit Armen wie Schraubstöcke hatte sie sich festgehalten. Die Schützenbrüder haben ihm hämisch zu seiner Eroberung gratuliert. Goldene Zähne blitzten in ihrem Mund und Ringe wie Wagenräder hingen an ihren Ohren. Sie hat ihm ihre Handynummer auf ein abgebrochenes Stück eines Bierdeckels gekritzelt. Einfach widerlich!

Erschöpft lehnt sich Hinnerk mit dem Rücken gegen die Badezimmertür, wischt mit Toilettenpapier den Spiegel blank, spült sich dann den Mund mit Wasser aus. Ein wenig Erleichterung. Und plötzlich die Erkenntnis: Heute sollte er mit Melli irgendwas für die Wohnung kaufen. Doch in seinem Zustand kann er in kein Einrichtungshaus fahren. Aber was Melli sich in den Kopf gesetzt hat … Das gibt noch mehr Ärger.

Wo liegen die Aspirin? Früher betreute ihn Melli in solchen Situationen, wärmte seine frierenden Glieder mit einer Wärmflasche und versorgte ihn mit Medizin und Kamillentee. Aspirin liegt in der Schublade des Spiegelschranks. Melli hält Ordnung. Er muss herausfinden, wohin sie heute fahren wollten. Das brächte zumindest ein paar klägliche Pluspunkte.

Schnell die zwei Tabletten auflösen und schlucken. Dann unter die Dusche. Könnte er doch den ganzen Tag unter dem warmen Wasserstrahl verbringen.

Keine bohrenden Fragen, keine ausweichenden Antworten. Mellis abschätzende Augen werden ihn festnageln. Wie soll er es ihr erklären? Nichts ist geschehen. Gar nichts!

Hinnerk stützt sich mit beiden Armen an der Wand der Dusche ab, den Kopf nach vorn gebeugt. Der harte Wasserstrahl massiert Nacken und Rücken. Bäche rinnen über seinen Körper, Tropfen sammeln sich an der gegenüberliegenden Glaswand, werden zu Rinnsalen und suchen sich ihren Weg zum Abfluss. Plötzlich ein Bild in seinem Kopf. Rote Tropfen. Blutrote Tropfen.

Hinnerk stellt die Dusche ab. Schaut noch einmal auf die Glaswand. Das Wasser ist wie immer: farblos, klar und rein.

Melli hat das Radio eingeschaltet, hantiert in der Küche.

„Die Esstischlampe können wir wohl vergessen!"

Dann die Nachrichten: Einer der vier Bruchmeister des gestrigen Schützenausmarsches wurde tot aufgefunden. Fremdverschulden sei nicht auszuschließen. Nähere Einzelheiten in einer Pressekonferenz der Polizei am frühen Abend.

Hinnerk setzt sich aufs Sofa und lehnt sich zurück. „Entsetzlich!" Wird man ihn auch befragen? Es klingelt an der Haustür. Was soll er sagen? Er hat doch keine Erinnerung, aber die Polizei wird sie ihm schon zurechtrücken. Es ist aber nur der Postbote mit einem Päckchen für Melli. Sie trägt es in die Küche, muss immer alles gleich auspacken. „Ein toter Bruchmeister?", ruft sie. „Wer kann das sein?"

„Ich weiß es nicht."

„Meinst du, er hat sich umgebracht? Da war doch schon mal so etwas."

„Woher soll ich das wissen?"

„Und wenn er ermordet wurde?“

„Die Polizei …“

„Wie fürchterlich, und wir waren ganz in seiner Nähe.“

Drei

Hinnerk schleppt sich ins Schlafzimmer. Das Bettzeug ist noch unter einer Tagesdecke versteckt. Er schlägt die geblümte Decke zurück, dann die Zudecke und legt sich auf das kalte Laken. Die Sonne schickt blendende Helligkeit ins Zimmer. Rollläden durften an den denkmalgeschützten Häusern nicht angebracht werden. Das Licht schmerzt in seinen Augen, er dreht sich zur Seite. In der Ferne hört er das Signalhorn eines Einsatzfahrzeuges. Er könnte aufstehen und die Vorhänge vor die Fenster ziehen, kann sich aber nicht aufraffen.

Hinnerk schläft ein, wacht auf, schläft wieder ein. Ein Gewitter entlädt sich über Hannover. Hinnerk bekommt nichts davon mit, wälzt sich in unruhigen Träumen. Als er aufwacht, ist sein Mund trocken und pelzig, der Magen hat sich etwas beruhigt. Hinnerk möchte sich wieder in das Niemandsland des Schlafes fallen lassen, hofft aufs Abdriften der Gedanken in einen sanften Traum. Vergebens. Sein Puls rast plötzlich. Er spürt seinen Herzschlag und ein Pochen im Kopf. Dieser dämliche Alkohol! Schließlich schläft er doch wieder ein, erwacht. Die Dunkelheit im Zimmer wird nur vom Licht der Straßenlaterne schwach durchbrochen. Jetzt sind die Vorhänge vorgezogen. Er sollte aufstehen, sich um seine Klamotten kümmern, bevor sich Melli ihrer annimmt. Er bleibt trotzdem im Bett. Fühlt sich zu matt, erschlagen. Schreckliche Szenen haben ihn im Traum in Angst und Schrecken versetzt. Waren es Träume oder Erinnerungen? Es muss schon Morgen sein. Die Bettseite neben ihm ist unberührt, kalt und leer. Es fröstelt ihn, seine Muskeln in Waden und Oberschenkeln verkrampfen sich. Er zieht eine Zudecke über sich, will einen klaren Gedanken fassen, doch alles verschwimmt ineinander, löst sich wieder auf, und wie in starkem Scheinwerferlicht sieht er plötzlich überdeutlich Arne Sonneveld vor sich. In seinen Armen.

Melli, wo ist Melli? Melli, ich brauche dich! Gib mir Halt! Melli, Melli! Doch Melli ist nicht da. Er erinnert sich schwach, wie sie die Decke um sich geschlungen hat und ins Wohnzimmer gestiefelt ist. Er steht auf, schleicht ins Wohnzimmer. Melli ist bereits zur Arbeit gefahren. Sie arbeitet in der Verwaltung des Klinikums Siloah. Wird sie ihm verzeihen, wenn sie erfährt, was passiert ist? Seine Schützenbrüder werden es bestimmt nicht für sich behalten.

Schwerfällig geht er ins Bad, hält seinen Kopf unter kaltes Wasser und trinkt dann gierig einige Schlucke. Trocknet sich ab, meidet den Blick in den Spiegel, zieht den Bademantel über und geht in die Küche. Er stellt die Kaffeemaschine an. Sein Blick fällt auf die Uhr an der Wand. Schon fast zwei. Wenn er den Montag verschlafen hat und heute Dienstag ist, muss er erst morgen wieder zur Arbeit. In der Küche liegt die Tageszeitung. Es ist Dienstag.

Jeden zweiten Dienstag kommt Erich zum Doppelkopf. Mit Frau. Heute ist doch der zweite Dienstag? Er weiß nicht, ob Melli den Spielabend abgesagt hat. Hinnerk macht den Kühlschrank auf, zehn bis zwölf Flaschen Bier, zwei Flaschen Weißwein, ein Teller mit Frikadellen, zwei Packungen Räucherlachs, Gläser mit Gürkchen, Silberzwiebeln und Peperoni, mild.

Kalenberger hat sich in der Toilette die Haare gerichtet und rosa Lippenstift aufgetragen. Es würde eine kurze Pressekonferenz werden, sie hatten einen Toten, der Pflasterstein wurde als Tatwerkzeug bestätigt und die ungefähre Uhrzeit des Verbrechens lag auch fest. Wichtig wären jetzt Zeugenaussagen.

Als Erstes waren die Angehörigen vom Tod Arne Sonnevelds unterrichtet worden. Das übernahm meist Obanczek. Ihn nimmt das Leid der Angehörigen nicht so mit, sagt er wenigstens. Bei Arne Sonneveld waren es die Eltern. Der Vater schnitt gerade die Hecke im Garten des Einfamilienhauses und die Mutter saß am Gartentisch und löste ein Kreuzworträtsel.

Harkenbleck, ein paar Kilometer im Süden Hannovers. Bekannt durch seine kunsthistorisch wertvolle Wehrkapelle. Der Vater hatte jahrzehntelang im technischen Bereich der Medizinischen Hochschule Hannover gearbeitet. Die Mutter Hausfrau und sehr aktiv in der Gemeindearbeit. Arne war ihr einziger Sohn. Die Mutter brach in den Armen ihres Mannes zusammen, der Vater schien wie versteinert.

Obanczek hatte sein Repertoire an mitfühlenden Sätzen abgespult. Sie waren ins Haus gegangen. Die Mutter war auf dem Sofa zusammengesunken, ihr Mann brachte ihr eine Packung Papiertaschentücher. Der Vater setzte sich aufrecht und gerade auf einen Stuhl am Esszimmertisch. Ihm war fast nichts anzumerken, nur seine starren Augen verrieten, dass sein Blick nach innen gerichtet war.

Obanczek ließ ihnen nicht viel Zeit. Er hatte offene Fragen zu klären. Nein, sie hatten Arne noch nicht vermisst. Nach solch ausschweifenden Festivitäten kroch er oft bei einem der Schützenbrüder unter, bis sich sein Rausch verzogen hatte. Natürlich war es ihnen nicht recht, wenn der Junge so viel trank. Aber es war nur einmal im Jahr Schützenfest, und in diesem besonderen Jahr war er der aktuelle Bruchmeister. Sie waren stolz auf ihn. Nein, eine Freundin hatte er trotz seines Alters noch nicht. Aus seinen Erzählungen wussten sie, dass er eher mit *den Jungs* rummachte. Aber wer das genau war, konnten sie nicht sagen. Es war ihnen auch sichtlich peinlich, über seine Beziehungen zu sprechen.

Kalenberg und Obanczek würden noch eine Menge an Ermittlungsarbeit vor sich haben. Mit einem Aufruf an eventuelle Zeugen würden sie bei der Pressekonferenz beginnen, darauf hatten sie sich geeinigt.

Noch einmal durchatmen, das Chi durch den Körper fließen lassen und ab geht's zur Pressekonferenz. Obanczek schaltet das Mikrophon an. „Guten Tag, meine Damen und Herren ..."

Der Spieleabend ist also vorbereitet. Dann werden Vonderheidens wie üblich gegen halb acht eintreffen.

Erich ist Architekt mit besten Einnahmen und einer Pferdezucht als Hobby. Seine Frau Sabine leitet drei oder vier Filialen eines aktuellen Schuhlabels. Bestimmt ist sie wieder sehr gestresst. Zuerst wird dann ein Glas Sekt im Stehen getrunken, man tauscht Belanglosigkeiten aus, setzt sich an den Tisch, greift unter Lobeshymnen nach Mellis Appetithäppchen und mischt die Karten. Mit jeder Runde lockert sich die Stimmung. Die leeren Bierflaschen füllen den Kasten auf der kleinen Terrasse, man ziert sich nicht, nach den letzten Häppchen und Frikadellen zu greifen, die Unterhaltung zwischen den Spielen neigt zu übertriebener Fröhlichkeit, und jeder ist bemüht, den andern im Erzählen amüsanter Geschichtchen zu übertrumpfen. Man wird immer ausgelassener, Erich legt zwischendurch mal seine Hand auf Mellis Arm, versucht, unter dem Tisch zu füßeln, und Melli weiß nicht, wohin mit ihren Beinen. Mit Schlafzimmerblick verteilt er großzügig Komplimente über Mellis kalte Platte, stiert dabei auf ihren Busen und popelt mit dem Nagel des kleinen Fingers Essensreste aus den Zähnen.

Trotzdem ist es ein wichtiger Termin. Freundschaften werden mit zunehmendem Alter immer rarer. Sie bröckeln ab - durch Umzug, Trennung der Paare oder unterschiedliche Lebensbedingungen. Neue Freundschaften lassen sich nur schwer aufbauen.

Auf das Treffen an diesem Abend würde Hinnerk gern verzichten. Das Brodeln der Kaffeemaschine reißt ihn aus seinen Gedanken. Der Abend wird bestimmt anstrengend.

Hinnerk gießt sich eine Tasse Kaffee ein, holt sich zwei Frikadellen aus dem Kühlschrank, schaltet das Radio an und stellt die Frikadellen wieder zurück. Dann setzt er sich an den kleinen Küchentisch vor dem Fenster.

Kaufhausmusik, wer hört sich so etwas freiwillig an, aber gleich kommen die Nachrichten. Nichts Besonderes. Auf der einen Seite des Globus' ein bisschen zu viel Wasser, auf der anderen eine große Dürre, oben zu kalt, unten zu warm und dann noch die normalen Katastrophen. Abgestürztes Flugzeug, Zugunglück im Tunnel oder untergegangene Fähre? Hinnerk hat es schon vergessen, als er es gehört hat. Dann Hannover. Der Tod des Bruchmeisters. Er wurde als Arne S. identifiziert. Überall Trauer, Bestürzung, Ratlosigkeit. Eine blutige Wunde am Hinterkopf. Mit einem stumpfen Gegenstand erschlagen, wahrscheinlich mit einem Pflasterstein. Die Polizei bittet die Bevölkerung um Mithilfe. Wer hat am Sonntag nach zweiundzwanzig

Uhr etwas Auffälliges auf dem Festplatz gesehen? Ist Arne S. eventuell in eine Auseinandersetzung verwickelt gewesen? Wer etwas Außergewöhnliches beobachtet hat, melde sich bitte beim Zentralen Kriminaldienst der Stadt Hannover oder jeder anderen polizeilichen Dienststelle.

Hinnerk schaut aus dem Fenster. Wolkenloser graublauer Himmel. Die schmale Straße mit den kleinen, zweistöckigen Häusern liegt friedlich vor ihm. Sie wirkt recht malerisch mit ihren Fachwerk- und Schindelfassaden, zum Teil mit kleinen Giebeln und Mansarden. Ein Bild des friedvollen Miteinanders. Allerdings werden hin und wieder Blumenstauden aus den Vorgärten geklaut, was zu Ärger und gegenseitigen Verdächtigungen führt.

Hinnerk will sich rasieren. Im Bad liegt noch die Unterwäsche von Sonntag auf der Waschmaschine. Der Anzug hängt bestimmt zum Auslüften auf der Terrasse. Da war doch noch etwas. Der schnüffelnde Hund?

Er geht auf die Terrasse. Der Cut hängt auf einem Bügel, die Hose wurde in eine Hosenklammer gespannt. Die Taschen der Hose sind nach außen gezogen. Ein Fleck. Deutlich sichtbar. Bestimmt vom blutdurchtränkten Taschentuch. Eingetrocknet. Es könnte auch verschmierte Schokolade sein oder Ketchupsoße. Er wird die Sachen so schnell wie möglich in die Reinigung bringen. Wieder rast sein Herz, viel zu schnelle und heftige Schläge. Der Zylinder hängt an der Garderobe, die Schuhe stehen ungeputzt, aber ausgerichtet im Flur.

Hinnerk zieht sich Jeans und ein Polo-Shirt über und schlüpft in seine leichten Schuhe. Er holt Hemd, Hose und Cut vom Balkon und steckt alles in eine große Plastiktasche. Aus der Schachtel mit den Briefmarken nimmt er den Ersatzschlüssel der Wohnung und verlässt das Haus.

„Schrecklich, schrecklich“, sagt Frau Büscher von gegenüber, „der tote Bruchmeister. Haben Sie ihn gekannt?“

„Nur vom Sehen.“ Jetzt bloß nicht stehen bleiben und reden. Er will sich an nichts erinnern lassen. Er bringt die beschmutzte Festkleidung zu Frau Sarstedt in die Schnabelstraße. Nächsten Mittwoch kann er alles abholen. Er läuft die Göttinger Chaussée hinunter, kann sich nicht dagegen wehren, er muss zum Schützenplatz.

Mit der U-Bahn fährt er in Richtung Innenstadt. Überraschend viele Menschen bummeln bereits am Vormittag über den Festplatz. Familien, ältere Paare, aufgeregte Kindergruppen. Hinnerk kauft sich ein Fischbrötchen, beißt hinein, Zwiebelringe fallen auf den feuchten Schotter. Das ganze Brötchen schmeckt nach Pappe. Liegt es an seinen Geschmacksnerven oder dem Brötchen? Er sieht sich um. Nichts Auffälliges zu entdecken. Er schlendert zur Festhalle Marris hinüber. Hier wird wieder gegessen und getrunken, die Musik spielt. Alles viel bürgerlicher als am Abend oder in der Nacht. Keine Betrunkenen, keine Randalierer, noch niemand im Griff von Polizei oder Rotem Kreuz.

Er will es genau wissen, geht um die Festhalle herum, vorbei am Toilettenwagen. Keine Polizei, nicht mal Absperrbänder. Aber da wurde doch die Ermordung von Arne Sonneveld gemeldet?

Er geht wieder zurück, trinkt ein Bier. Das Fischbrötchen rebelliert in seinem Magen. Vielleicht helfen

Bewegung und Ablenkung. Er entschließt sich zu einem Rundgang über den Rummel. Power-Tower, Autoskooter, Wildwasserbahn. Läuft in Richtung Ihme. Auf der Zufahrtsstraße an der Ihme parken Autos. Zwei Einsatzwagen der Polizei, davor ein unauffälliger Privatwagen. Er könnte seine Neugier befriedigen und an den Autos vorbeilaufen, vielleicht sogar stehen bleiben und einen der gelangweilten Polizisten nach den Vorgängen fragen. Er schafft es nicht, hat unbegreifliche Angst. Bleibt stehen, macht noch ein paar Schritte in Richtung Brauer Tor.

Vor dem Einsatzwagen diskutieren eine Gruppe Männer und eine Frau, ein Plan ist ausgebreitet. Plötzlich dreht sich ein junger Mann um und blickt direkt zu Hinnerk herüber. Warum ist ihm die Aufmerksamkeit so unangenehm? Er wird den Platz durch eines der anderen Festtore verlassen. Doch er kann nicht so einfach gehen, wird von dem Ort fast magisch angezogen, muss sich einen Überblick verschaffen.

Von der Wilden Maus hätte er eine gute Sicht direkt auf den Uferstreifen an der Ihme. Eine schlechte Lösung für seinen Magen. Daneben ein Kettenkarussell. Nicht ganz so erschreckend. Als Kind ist er gerne Kettenkarussell gefahren. Heute nennt es sich „Wellenflug". So fliegen die Sitze dann auch durch die Luft. Rauf und runter, rauf und … Neben der Geisterbahn muss sich Hinnerk übergeben.

Er konnte nicht viel erkennen. Ein größeres Gebiet zwischen Zufahrtsstraße und Ihme ist mit Absperrbändern gesichert. Es wird noch fotografiert, der Boden abgesucht, eine Gruppe stochert mit Stangen in den Büschen herum. Sein Unbehagen hat sich nicht gelegt. Er will nach Hause, zu Fuß, auch wenn es ein langer Weg wird. Nachdenken. Schritt für Schritt.

Arne hatte ihn hinter die Festhalle Marris gezogen. Sie hatten sich umarmt. Erst war er überwältigt, dann wehte dieser widerlicher Gestank vom Toilettenwagen herüber. Ekel hatte ihn erfasste. Er hatte Arne von sich gestoßen und war zurück zur Festhalle gewankt. Die liegt doch fast im Zentrum des Schützenplatzes. Warum dann die Absperrung an der Ihme? Er ist doch den ganzen Abend in der Festhalle gewesen. Dem Himmel sei Dank, er hat mit der ganzen Sache nichts zu tun. Oder fehlen seinem Erinnerungsvermögen weitere Einzelheiten? Ist er mit Arne vielleicht über den Festplatz gebummelt? Ganz bestimmt nicht. Dafür waren seine Beine von Schnaps und Bier schon viel zu schwer. Er kennt sich. Wenn er getrunken hat, neigt er nicht zu Geländeläufen. Die Tatsachen passen einfach nicht zu seiner tiefgründigen Furcht. Arne Sonneveld wurde mit einem Pflasterstein erschlagen. Eine blutende Wunde an seinem Kopf. Wo ist sein Taschentuch mit dem Blut?

Das Wasser in Kalenbergers Kaffeemaschine blubbert. Eigentlich ist es verboten, eine private Kaffeemaschine im Büro zu betreiben. Wegen der Brandgefahr. Doch Obanczek würde sich an keine erinnern, wenn er danach gefragt würde. Er selbst trinkt lieber Tee, seit er bei einem seiner mathematischen Rätselaufgaben eine Teemaschine gewonnen hat. Der Füllfederhalter von Montblanc wäre ihm lieber gewesen, aber das war der zweite Preis, und Obanczek würde niemals freiwillig verlieren.

Kalenberger steht am Fenster und öffnet sich dem Tag, lässt das Chi durch ihren Körper fließen, von den Haarspitzen bis zu den Fußsohlen hinab. Neunmal. Obanczek wird sie nicht stören, er hat den Computer eingeschaltet und bringt seine Gehirnwindungen mit schnellen Kopfrechenaufgaben in Schwung.

„Wir haben ein Opfer“, sagt Kalenberger und dreht sich um, „und wir haben den Pflasterstein.“

„Das ist doch schon mal was“, sagt Obanczek.

Kalenberger tritt an den Tisch, nimmt eine graue Mappe auf und wirft sie Obanczek über den Tisch. „Am Pflasterstein wurden Haare, Blut und Knochenabsplitterungen gefunden. Alles von Sonneveld. Aber keine Fingerabdrücke, die Oberfläche ist einfach zu rau.“

Obanczek schlägt die Mappe auf. Liest langsam und gründlich. Kalenberger setzt sich an ihren Arbeitsplatz, schaltet ihren Computer ein. Buddha als Bildschirmschoner.

„Zwei Pferdehaare?“, fragt Obanczek.

„Bestimmt zufällig am Stein haften geblieben. Die Reiterstaffel kommt gelegentlich vorbei auf ihrem Weg zur AWD-Arena. Zu einem Spiel von Hannover 96 oder einem Pop-Konzert. Also Opfer klar, Tatwerkzeug klar, fehlen nur noch Motiv und Täter.“

Obanczek lehnt sich zurück. „Damit hätten wir bereits fünfzig Prozent des Falls gelöst, den Rest machen wir heute Nachmittag. Wusstest du schon, dass fünfzig Prozent und fünfzig Prozent nicht unbedingt hundert Prozent …“

„Wir fangen am besten mit dem Auffälligsten an. Sonneveld war an dem Sonntag als Bruchmeister unterwegs. Es wird doch sicher eine Liste geben, welchem Zug er beim Schützenausmarsch vorangeschritten ist. Wir gucken uns irgendeinen Namen aus und starten unsere Befragung.“

Obanczek greift zum Telefonhörer. „Ich rufe bei der Stadtverwaltung an.“ Kurze Zeit später trifft die Zugaufstellung als E-Mail-Anhang ein. Schnell ist Arne Sonneveld gefunden. Dritter Zug, gelbe Standarte. „Schöne Bescherung", sagt Obanczek, „da sind fast dreißig Schützengesellschaften im dritten Zug. Wenn wir jede ..."

„Wir nehmen den Schützenverein, in dem Sonneveld selber Mitglied war."

„Muss ich da wieder ran?"

Kalenberger nickt.

Obanczek ruft bei den Eltern von Sonneveld an. Es dauert eine ganze Weile, bis abgehoben wird. „Urs Obanczek, Kripo Hannover, entschuldigen Sie ..."

Nach einer Weile legt Obanczek auf. „Man hört die Trauer durchs Telefon", sagt er zu Kalenberg, „der alte Sonneveld konnte sich nur schwer konzentrieren, aber dann ist ihm die Schützengesellschaft seines Sohns doch eingefallen. Er war bei der Schützenbruderschaft Eilenriede, sogar zweiter Vorsitzender. Da lag dann wieder ein wenig Stolz unter der Trauer."

„Lass dir das Vereinsregister zuschicken, und dann picken wir uns irgendeinen Namen heraus, mit dem wir anfangen."

„Wir nehmen den dreizehnten, die Zahl war schon bei den alten Babyloniern ..."

„Obanczek!"

„Klar, Chef, wir können natürlich auch die Sieben, die Vierundzwanzig oder die Neunundvierzig nehmen."

„Weißt du, was ich manchmal mit dir machen möchte?"

„Lass es lieber, darauf stehen mindestens fünfzehn Jahre."

In der Wohnung brummt der Staubsauger. Hinnerk stellt seine Schuhe in den Flur. Er hätte Melli vielleicht irgendetwas mitbringen sollen. Als Entschuldigung, will ihr zur Begrüßung einen Kuss geben, sie weicht aus. Hinnerk zieht sich zurück. Er weiß nichts mit sich anzustellen, knipst das Fernsehgerät an. Melli schaltet es wieder aus.

„Du kannst den Tisch decken. Aber vergiss nicht deine geliebte Kartenmischmaschine." Das *geliebte* ganz spitz ausgesprochen.

Hinnerk faltet die Servietten, stellt Gläser auf den Tisch, legt die Spielkarten bereit. „Die Gläser müssen noch poliert werden", sagt Melli.

Hinnerk geht in die Küche und holt ein frisches Küchenhandtuch. „Du hattest es aber eilig, deine Sachen in die Reinigung zu bringen", sagt Melli.

„Ich wollte dir nur Arbeit abnehmen."

„Das hört sich nach schlechtem Gewissen an."

Hinnerk poliert, haucht die Gläser an, poliert.

„Lass das Anspucken, das ist unhygienisch!"

Er will keine Auseinandersetzung riskieren, bringt die bereits bearbeiteten Gläser in die Küche, nimmt neue aus dem Schrank.

„Ich vermisse mein Taschentuch."

„Du vermisst dein Taschentuch? Vielleicht hat *sie* es an sich genommen. Als Erinnerung an die schönen Stunden mit dir. Ihr Lippenstift klebte dir noch an der Backe."

„Ist nicht so wichtig."

„Oh, doch!"

Ein Missverständnis, Hinnerk will es nicht aufklären, stellt Salzstangen auf den Tisch und geröstete Erdnüsse.

Melli räumt alles wieder weg.

„Ich habe Frikadellen und Lachsschnittchen vorbereitet. Oder schmeckt dir mein Essen plötzlich nicht mehr?"

Hinnerk würde gern draußen eine Runde laufen, aber damit wäre nichts gewonnen.

Er geht auf die Terrasse und schließt die Tür hinter sich. Melli macht die Tür wieder auf. „Wenn ich sauber mache, brauche ich frische Luft. Und die Gläser sind auch noch nicht poliert."

Vonderheidens kommen mit zehnminütiger Verspätung. Ein Küsschen links, ein Küsschen rechts. Dabei drückt ihm Schützenbruder Erich etwas Kaltes, Metallenes in die Hand. Das verlorene Schlüsselbund. „Woher hast du ...?"

„Pst, wir wollen doch nicht die Pferde scheu machen." Er umarmt Melli mit einer Hand auf ihren Hüften.

Zur Begrüßung das obligatorische Gläschen Sekt. „Habt ihr nicht etwas Anständiges?", fragt Erich. „Von dem Blubberwasser bekomme ich immer Sodbrennen." Er stellt das kaum angetrunkene Glas auf den Tisch. Melli räumt es ab. Hinnerk holt Bier und Wein aus dem Kühlschrank und schenkt ein.

„Der arme Junge", sagt Sabine, und alle wissen, wer gemeint ist.

„Mein Mitleid hält sich in Grenzen", sagt Erich. „Ich konnte den Kerl nicht ausstehen. So ein Schnösel. Er hat mich um eine ganze Stange Geld gebracht, als er mich zur Geldanlage in diese dubiosen Fonds überredet hat." Zu Hinnerk: „Und du hast ihm geholfen." Er grinst ihn schief an.

Hinnerk macht den Mund auf, um mit einer seiner üblichen Entschuldigungen zu antworten.

„Aber Schwamm drüber", sagt Erich, bevor Hinnerk auch nur ein Wort herausbringen kann, „wir wollen uns den Abend nicht mit schlechten Erinnerungen vermiesen lassen."

Hinnerk mischt die Karten und gibt aus. Man gewinnt und verliert wie an jedem Spieleabend. Erich sieht die Sache ganz locker, Sabine berichtet von einer neuen Boutique, die sie in der Osterstraße entdeckt hat, und alle haben ihren Spaß. Nur Hinnerk spielt unkonzentriert, verwirft sich ein paarmal, wird dabei ertappt, dass er eine Karte hätte ausspielen müssen, die er bei Spielschluss noch auf der Hand hat. „Du bist wohl mit den Gedanken ganz woanders?" Erich droht mit dem Finger, Melli lacht ein wenig zu laut.

Als Frikadellen und Lachsschnittchen gegessen sind und die Uhr fast Mitternacht zeigt, will Sabine aufbrechen. Dann ist es allerdings schon kurz vor eins, bis sich Erich endlich erhebt. Verabschiedung im Flur. Küsschen, Küsschen und wieder die Hand auf Mellis Hüften, diesmal zufassend. Hinnerk will die Tür schließen, doch Erich wendet sich noch einmal um. „Übrigens war die Kripo bei mir. Sie wollten wissen, wer am Sonntag mit Arne in der Festhalle Marris zusammen war. Da musste ich dich auch angeben. Aber du hast sicher nichts zu verbergen. Hab nur gesagt, wo du arbeitest. Privat bleibt privat." Noch ein Rülpser, ein Lachen. Bevor Hinnerk etwas fragen kann, sind Vonderheidens verschwunden.

Melli bringt das Geschirr in die Küche, Hinnerk stellt Spielkarten und Mischmaschine in den Schrank.

Hinnerk lauscht. Das Geschirr klappert, Melli wird es in die Spülmaschine stellen. Also schnell ins Badezimmer und ab ins Bett.

Als sich Melli ins Bett legt, stellt er sich schlafend. Das hat ihm Melli noch nie abgenommen. Sie kuschelt sich an ihn. Haben sie Erichs Annäherungsversuche angemacht? Sie streichelt seinen Oberschenkel, küsst ihn aufs Ohrläppchen, streichelt seinen Bauch, tastet sich tiefer. Hinnerk murmelt „zu müde" und dreht sich zur anderen Seite.

„Das war früher auch mal anders." Melli knipst das Licht aus.

Hinnerk hat kaum geschlafen. Wenn er doch mal kurz eingenickt ist, haben sich die Bilder vom Festplatz in seinen Traum gefressen. Polizeiautos, Absperrbänder, Personen in weißen Plastikanzügen.

Schweißgebadet wacht er auf. Melli ist längst aus dem Haus. Ein Zettel auf dem Tisch: *Wir müssen reden!* Ohne seinen geliebten Morgenkaffee macht er sich davon.

Als er aus der U-Bahn steigt, kauft er sich zwei Croissants in der Backfactory. Wie immer. Und dann alle Zeitungen der gesamten Region.

Jetzt sitzt er wieder im Büro an seinem Schreibtisch, Eingangsmappe links, Terminkalender mittig, der Füller für die wichtigen Unterschriften in der hölzernen Schreibablage, der Arbeitskugelschreiber griffbereit neben der leeren Kaffeetasse.

Seine Hände streichen liebevoll über die Schreibtischplatte aus hellem Eichenholz. Dieser Schreibtisch stand hier, als er die Stelle des Bereichsleiters antrat. Vor zwei Jahren wurden alle Räume des alten Gebäudes renoviert und mit funktionellen, modernen Möbeln ausgestattet. Mit viel Überredungskunst und noch mehr innerbetrieblichen Beziehungen hat er es damals geschafft, diesen alten Schreibtisch zu behalten. Dabei ist er eigentlich viel zu wuchtig für den kleinen Raum, die Besucherstühle mit Metallrahmen passen nicht so recht dazu, aber er schafft als Symbol der Tradition zusätzliches Vertrauen bei den Kunden.

Sein Blick schweift zu dem Bild an der gegenüberliegenden Wand, ein Foto, das Melli einmal im Urlaub gemacht und ihm vergrößert zum Geburtstag geschenkt hat. Weiße Prachtbauten, Lagune, Gondeln. Er hat es gegen die obligatorische Lithografie mit Geldscheinen verschiedener Länder ausgetauscht. Das kleine Sideboard darunter ist wie immer geöffnet und zeigt ein Durcheinander an Fachbüchern und Finanzzeitschriften.

Die Morgenzeitungen liegen auf Schreibtisch und Boden verstreut. Zuerst hat er auf der Suche nach einem Hinweis über die Vorgänge auf dem Schützenplatz hastig die Bildzeitung überflogen: *Wir müssen über zwanzig Milliarden zahlen, Mutter verkauft Tochter, Hundewelpen aus der Mülltonne gerettet.* Dann die Neue Presse Hannover: *Manager kassiert Schmiergeld – Hannover schafft neue Kitaplätze.* Dann auf der rechten Innenseite ganz oben: *Der tote Bruchmeister – die Polizei bittet um Mithilfe.* Da kann er nicht viel helfen, aber sicher gibt es eine Menge von Zeitgenossen, die sich mit wahren oder eingebildeten Beobachtungen herausstreichen wollen. Ob ihn jemand hinter der Festhalle mit Arne Sonneveld beobachtet hat?

Nicht alle wären traurig, wenn sich Handschellen um seine Handgelenke schließen würden. Kreditnehmer, die mit ihren Rückzahlungen Schwierigkeiten hatten und nicht verstanden, dass auch er an Weisungen gebunden ist. Ehemalige Mitarbeiter, die von Stellenstreichungen betroffen waren oder mit denen die Zusammenarbeit nicht geklappt hat. Kollegen aus anderen Abteilungen, die es nicht ertragen konnten, dass er die internen Spielregeln besser verstanden hat als sie: Eine Karriere richtet sich nicht unbedingt nach fachlicher Kompetenz. Wichtiger ist der gekonnte Umgang mit dem kleinen internen Netzwerk, Überzeugungskraft, suggestive Rhetorik, Ausstrahlung von Macht und Durchsetzungsvermögen. Ein wenig Glück gehört natürlich auch dazu.

Seine Feinde kann man sich nicht aussuchen. Können sich überall verkrochen haben. Sitzen eine Etage über dir oder direkt nebenan. Peter Brodinsky zum Beispiel. Fachbereich Immobilien und Kfz-Finanzierung. Ein arroganter Pinsel. Und diese Krawatten! Bärchen, Blitze oder Smileys. Einen Geschmack, dass es die Sau gruseln möchte. Er ist wohl nicht verheiratet. Hat sich am Sonntagabend auch in der Festhalle Marris rumgetrieben. Mitläufer. Brodinsky würde ihn denunzieren. Ohne Bedenken. Der ist noch stinksauer, weil ihm Hinnerk die Beförderung vereitelt hat. Aber Sonderkonditionen für Duzfreunde eines Vorstandsmitglieds konnte er nicht unkommentiert lassen. Anonym natürlich. Er wird Brodinsky im Auge behalten müssen.

Im Eingangsbereich wird es lebendig. Die Mitarbeiter nehmen ihre Arbeitsplätze ein. Hinnerk macht seine Bürotür weit auf, atmet tief ein und lässt seinen Blick durch die Halle schweifen. Brodinsky lässt sich Zeit heute Morgen. Könnte man auch als eine Art Provokation betrachten, bis jetzt heißt der Leiter der Kundenberatung noch immer Hinnerk Benthe und nicht

Peter Brodinsky, und einfache Angestellte haben keine Sonderrechte.

Frau Rozari hängt gerade ihren Mantel in den Schrank. Maria Rozari. Italienische Abstammung, schulterlanges dunkles Haar, tolle Figur. Seine Sekretärin. Strahlt permanente Freundlichkeit aus. Es ist angenehm mit ihr zu arbeiten, aber sonst regt sich da nichts bei ihm. Im Büro gilt sein Interesse der Pflicht. Maria betreut nebenbei noch einen kleinen Kreis von ausgewählten Firmenkunden.

„Morgen, Chef! Na, Sie sehen heute aber ein wenig mitgenommen aus!"

Ein gurrendes Lachen. Wie sie ihn Chef nennt! Hört sich ein bisschen ironisch an.

Morgens kocht sie als Erstes einen Kaffee für ihn und für sich. Einen starken italienischen Kaffee. Si!

Hinnerk steht auf, schlendert durch die Halle. Die Kassiererin, Frau Scheffoldt, geht den Nachtbriefkasten leeren, der Azubi heftet irgendetwas Unwichtiges ab, und Frau Grundel, Kundenberaterin ohne festen Arbeitsbereich, sortiert die Wiedervorlage.

Brodinsky trifft ein! Hinnerk schaut demonstrativ auf die große Uhr an der rückwärtigen Wand. „Wollen Sie schon Mittag machen?", fragt ihn Brodinsky und wirft seine Tageszeitung auf den Schreibtisch, trifft nicht genau, und die Zeitung rutscht von der Platte auf den Boden. „Daneben!", konstatiert Hinnerk. Er geht zum Azubi hinüber und schaut ihm bei der Arbeit zu. Seine Hände zittern unter Hinnerks Blick. Ein netter Junge, dieser Azubi. Da gab es schon ganz andere, die ihm mit Rechtsvorschriften und Betriebsverordnungen kamen. Hinnerk lächelt. Er mag den zurückhaltenden Jungen. Erinnert ihn an seine ersten Schritte ins Berufsleben. Übernommen wird er nach der Lehrzeit aber garantiert nicht. Überall wird Personal abgebaut, obwohl die Gewinne steigen.

Noch zwei Minuten bis zur Schalteröffnung. Brodinsky isst ein Croissant und bekrümelt seine Arbeitsunterlagen. Schrecklicher Mensch! Hinnerk geht zurück in sein Büro, der italienische Sonnenschein kommt mit dem Kaffee. Hinnerk macht es sich hinter seinem Schreibtisch bequem, Frau Scheffoldt bringt die Post.

„Und bitte schließen Sie die Tür!" ruft ihr Hinnerk hinterher.

Er geht die Briefumschläge durch. Die meisten sind schon geöffnet. Ein Brief vom Verein für misshandelte Katzen, wollen mal wieder eine Spende. – Na, mal sehen, was sich machen lässt, man ist doch kein Unmensch. Könnte gut sein für eine Erwähnung in der Presse. Weiterleitung an die oberste Etage mit Befürwortung. Und hier, natürlich, der monatliche Brief vom Querulanten. Beschwert sich über die ständig besetzte Hotline, verspätete Gutschriften seiner Bareinzahlungen und heute über den Stromverbrauch der Leuchtreklame. Sollen sie vielleicht Kerzen reinstellen? Dann ein persönlicher Umschlag. Vermutlich wieder mal zwei Karten für ein Konzert im NDR-Sendesaal oder ein Heimspiel von Hannover 96. Ein kleines Dankeschön für einen Börsentipp beim Bier.

Hinnerk greift zum Brieföffner und schlitzt den Umschlag auf. Er enthält ein weißes Blatt. Hinnerk faltet es auseinander und starrt einige Sekunden auf den Text, ohne das Geschriebene zu begreifen. Der Brieföffner fällt ihm aus der Hand, für einen Moment verschwimmt ihm alles vor den Augen. Auf dem Blatt steht nur eine einzige Zeile, altmodisch aus Zeitungsbuchstaben zusammengeklebt: *Fühl dich nicht zu sicher!* Er steckt die Drohung in den Aktenvernichter.

Endlich Mittagspause. Hinnerk hat versucht, sich mit Arbeit abzulenken. Vergebens. Die Anträge für alle möglichen Finanzierungen stapeln sich weiterhin auf seinem Schreibtisch. Immer wieder sind seine Gedanken zu diesem dämlichen Zettel zurückgekehrt. Und seit elf war er überhaupt nicht mehr fähig, sich auch nur ansatzweise zu konzentrieren. Vielleicht fehlt ihm der Schlaf. Selbst mehrere Tassen von Marias starkem italienischem Kaffee können seine bleierne Müdigkeit nicht vertreiben. Noch eine Viertelstunde bis zwölf. So lange hält er es nicht aus. Er schnappt sich sein Jackett, murmelt: „Bin zu Tisch!“ und verlässt fast fluchtartig die Bank. Brodinsky grinst. Wie soll Hinnerk bloß den Nachmittag überstehen? Es ist wirklich keine gute Zeit für ihn.

Er muss ausspannen, wenn er nicht durchdrehen will. Ein paar Tage Tunesien. Oder Türkei. Mal sehen, was es im Internet an günstigen Angeboten gibt. Sonne, blaues Meer und Strandbars mit kühlen Getränken. Das wird ihm helfen, seine bedrückenden Gedanken zu verscheuchen. Entspannung, Erholung, nur Zeit für sich und – Melli. Er würde durchaus auch alleine fahren, aber damit kann er Melli jetzt nicht kommen.

In letzter Zeit fühlt sie sich sowieso vernachlässigt. Sie ist unruhiger geworden, unduldsamer. Sicher, sie hat ihre anstrengende Arbeit. Außer einer gelegentlichen Shopping-Tour mit ihren Freundinnen gönnt sie sich auch keine Freizeitvergnügen. Und in Sachen Sex, da läuft wenig, eher nichts. Sie beklagt sich kaum noch. Das hat Melli aufgegeben. Es sind ihre gelegentlichen Blicke, die ihm zusetzen. Sicher erwartet sie mehr von ihm als finanzielle Sicherheit. Aber die Arbeit lässt ihm kaum noch Spielraum für erotische Fantasien. Ist doch normal, dass sexuelles Verlangen mit zunehmendem Alter und beruflicher Beanspruchung nachlässt? So ein gemeinsamer Urlaub kann da sicher wieder einiges an Nähe entstehen lassen.

Ganz in Gedanken biegt Hinnerk in die Ständehausstraße ein. Soll er sich eine Schokolade und ein Stück köstlicher Torte in den Holländischen Kakaostuben gönnen? Hinnerk bleibt stehen. Er schaut durch eines der dunklen Fenster. Die Kakaostuben sind wie immer gut besucht. Von draußen ist kaum etwas zu erkennen. Doch ganz nah am Fenster sitzt ein Mann mit dem Rücken zu ihm. Sieht aus wie ... wie Arne. Der Mann dreht sich um, als fühle er den Blick auf seinem Rücken. Es ist Arne! Aber Arne ist tot! Kurzschluss im Gehirn. Jetzt nur nicht durchdrehen. Soll er hineingehen? Einfach so „Hallo" sagen?

Hinnerk findet nicht den Mut, läuft weiter, geht ohne Ziel durch die Straßen. Es muss ein Doppelgänger gewesen sein. Oder hatte Arne einen Zwillingsbruder? Er hätte sich doch vergewissern sollen. Seine Gedanken rasen. Unter seinen Füßen scheint der Boden zu schwanken.

Er muss sich zusammenreißen, hat keinen Spielraum für Entscheidungen, muss zurück in die Bank. Nachlässigkeiten kann er sich nicht erlauben.

Die Geier warten schon, um sich auf seinen Platz zu stürzen.

Es klopft an der Bürotür. Frau Rozari kündigt Besucher an. Die Kripo. Eine Kommissarin Talberg oder Bamberger und ein jüngerer Kollege.

Hinnerk bietet den beiden Besuchern die beiden Stühle vor seinem Schreibtisch an. Die Frau setzt sich, schiebt ihm eine Visitenkarte über den Tisch. Also Hauptkommissarin Kalenberger. Kriminal-Fach-Inspektion 1.1, Straftaten gegen das Leben. „Hieß früher Mordkommission", sagt Kalenberger, als sie Hinnerks ratlosen Blick auffängt.

Wenn man sie so sieht, könnte man denken, sie verkauft Blumen auf dem Markt oder frisiert ältere Damen. Aber Kripo? Sie stellt ihren Kollegen vor: Kriminalkommissar Urs Obanczek. Obanczek will sich nicht setzen, sieht sich im Büro um.

„Es geht um Arne Sonneveld. Sie wissen, dass er tot ist?", fragt die Hauptkommissarin.

„Ich habe es in den Nachrichten gehört."

„Wir haben bereits einige Ihrer Schützenbrüder befragen können. Sie waren doch beim Schützenausmarsch mit ihm im gleichen Zug und haben in der Festhalle Marris zusammengesessen?"

„Ich kann mich nicht mehr erinnern."

„Als Verdächtiger könnten Sie uns nach Strich und Faden belügen oder einfach schweigen", sagt der jüngere Kommissar mit dem Rücken zum Schreibtisch, „doch als möglicher Zeuge sind Sie verpflichtet, uns die Wahrheit zu sagen."

„Wir sind uns wohl über den Weg gelaufen", sagt Hinnerk, „soweit ich mich erinnere."

„Er wurde ermordet!", erwähnt die Hauptkommissarin fast beiläufig. Sie nimmt einen Block aus ihrer Handtasche und schlägt ihn auf. „Erschlagen! Mit einem Pflasterschein. Eine etwas unwürdige Todesart für einen Schützen. Macht aber weniger Lärm als ein Gewehr. Einfach ein Krachen und Knirschen und weg bist du."

Blumen und Friseurladen sind ab sofort gestrichen. „Wie entsetzlich!“ Hinnerk lässt sich gegen die Stuhllehne fallen.

„Hatten Sie etwas gegen Arne Sonneveld?“

„Nein, wieso? Wollen Sie mir etwa …“

„Regen Sie sich nicht auf, eine reine Routinebefragung. Bis wann waren Sie auf dem Schützenfest?“

„Bis Betriebsschluss.“

„Und dann?“

„Filmriss.“

„Wann sind Sie zu Hause angekommen?“

„Am nächsten Morgen.“

„Und wo waren Sie in der Zwischenzeit?“

„Ich bin erst nach Sonnenaufgang an der Marktkirche wieder zu mir gekommen.“

„Hatten Sie ein besonderes Verhältnis zu Arne Sonneveld?“, fragt die Kommissarin.

„Verhältnis? Wie meinen Sie das?“

„Hatten Sie oder hatten Sie nicht?“

„Nein, wir kannten uns doch kaum.“

Die Kommissarin blättert in ihrem Block. „Am Sonntagabend sollen Sie aber sehr vertraut mit Sonneveld getan haben.“

„Ich?“

„Haben jedenfalls zwei oder drei Ihrer Schützenbrüder ausgesagt.“

„Vielleicht haben wir ein bisschen rumgeulkt. Wir hatten alle viel getrunken. Ich kann mich wirklich nicht erinnern.“

„Ist Ihnen an diesem Abend etwas Ungewöhnliches an oder in Verbindung mit Sonneveld aufgefallen?

„Nein.“

Der junge Kommissar gähnt verstohlen. „Wissen Sie von einer Meinungsverschiedenheit oder einem Streit zwischen Sonneveld und einem seiner Schützenbrüder?"

„Wie haben ein sehr harmonisches Vereinsleben, um das uns andere Vereine beneiden."

„Harmonie ist doch etwas Wunderbares", sagt die Kommissarin, „wenn da nicht gelegentlich diese Idioten mit den Pflastersteinen wären." Sie erhebt sich. „Wenn Ihnen noch etwas einfällt ..." Sie tippt mit dem Zeigefinger auf ihre Visitenkarte. Die beiden Kriminalbeamten verlassen Hinnerks Büro, ohne die Tür zu schließen.

Frau Rozari steckt ihren Kopf herein und bietet Hinnerk einen frischen Kaffee an. Hinnerk springt auf und schließt die Tür direkt vor ihrer Nase.

Was soll er jetzt machen? Er ist innerlich zu aufgewühlt, um zur Tagesordnung überzugehen. Er muss mit jemandem sprechen, den Druck loswerden. Melli ist noch nicht zu Hause. Er ruft Erich an. Erich hat eigentlich keine Zeit, müsste in den Stall und sich um seine Pferde kümmern. Aber in solch einer Notsituation kann er sich ein paar Minuten abknapsen. Sie verabreden sich zu einem Kaffee im Mövenpick, Erich weiß nicht genau, wann er sich von seiner Arbeit losreißen kann.

Er wird Hinnerk in der Bank abholen. Hinnerk wartet ungeduldig, es fühlt sich an wie eine Ewigkeit, bis Erich endlich kommt. Er strahlt Hinnerk an. „Du siehst aus, als wärst du bei Ackermann zum Rapport gewesen."

Hinnerk grinst gequält, nimmt seine Jacke. Sie gehen zum Mövenpick hinüber.

Erich bestellt einen Cappuccino.

„Die Kripo war bei mir", sagt Hinnerk, noch bevor er sich gesetzt hat.

„Und du bist noch frei?", fragt Erich gespielt entsetzt.
„Irgendjemand hat ihnen gesteckt, dass ich mit Sonneveld *sehr vertraut* rumgemacht haben soll."
„Hast du? Ist mir gar nicht aufgefallen."
„War auch bloß eine Routinebefragung. Wie Sonneveld so im Umgang war, ob ich ihn näher kannte oder irgendetwas an dem Abend beobachtet hätte."
„Haben sie mich auch gefragt. Und … rege ich mich auf?"
Hinnerk schaut in seine Kaffeetasse. „Ich weiß gar nicht, wie ich damit umgehen soll. Es ist einfach zu entsetzlich. Ein Verbrechen, so nah. Ich habe Angst und gleichzeitig eine innere Wut. Woher kommt das alles? Es ist, als läge Sonnevelds Leiche direkt vor mir." Hinnerk hebt den Blick, schaut seinem Freund für einen Moment in die Augen, ist irritiert und schaut zum Fenster hinaus. „Dein Gemüt möchte ich haben."
„Ich habe eben ein reines Gewissen." Eine blonde Frau mit Sonnenbrille geht durch das Café in Richtung Toiletten. Erich folgt ihr mit seinem Blick, hebt eine Augenbraue.
„Es macht mich richtig fertig", sagt Hinnerk.
„Soll es aber nicht." Erich wendet sich wieder seinem Freund zu. „Vergiss alles und genieße die schönen Seiten des Lebens. Abschalten, ausspannen, mal so richtig …" Die Blonde kommt zurück und Erichs Satz bleibt ohne Punkt.
„Ich habe auch schon daran gedacht, ein paar Tage mit Melli zu verreisen."
„Gute Idee! Fahren wir doch gemeinsam. Ein bisschen Urlaub würde Sabine und mir sicher auch guttun. Wir haben uns in den letzten Jahren auch keinen längeren Urlaub mehr gegönnt. Sind einfach nicht dazu gekommen."

„Mit euren Ansprüchen können wir aber nicht mithalten. Ich habe an Tunesien oder die Türkei gedacht."

„Muss auch nicht immer Bali oder die Karibik sein. Tunesien klingt doch gar nicht so schlecht." Erich winkt die Bedienung an den Tisch.

„Du meinst, wir sollten zusammen verreisen?"

„Dann hätten wir wenigstens Gesprächspartner und könnten gelegentlich zusammen Karten spielen. Ich werde mal mit Sabine sprechen. Vielleicht kann sie sich für ein paar Tage eine Vertreterin besorgen."

Erich bezahlt für beide, sie stehen auf. „Aber erst nach der Beerdigung", sagt Hinnerk, „da werden wir doch wohl in geschlossener Schützenformation Abschied nehmen."

„Auf mich müsst ihr leider verzichten. Ich habe in der nächsten Zeit wirklich keine Zeit. Eine meiner wertvollsten Stuten fohlt, da will ich möglichst dabei sein."

Vor der Tür ein kurzer, kräftiger Händedruck und ihre Wege trennen sich.

„Ich weiß gar nicht, wo mir der Kopf steht!" Hinnerk lässt sich aufs Sofa fallen. „Arbeit über Arbeit und im Hinterkopf immer dieser tote Arne Sonneveld. Die Polizei war auch schon bei mir."

„Hast du etwas mit der Sache zu tun?"

„Wie kommst du denn darauf? Aber es ist doch etwas anderes, ob es sich um ein anonymes Opfer handelt oder um jemanden, den man kannte."

„Lass es uns für heute Abend vergessen." Melli holt eine Flasche Bier aus dem Kühlschrank, öffnet sie und will sie mit einem Glas vor Hinnerk auf den Tisch stellen. Er greift nach ihrem Arm. „Du zitterst."

„Ich?"

„Hast du Angst?"

„Früher hättest du nicht fragen müssen. Ich habe keine Angst, ich bin erregt." Melli stellt das Glas neben die Bierflasche, hockt sich neben Hinnerk aufs Sofa. Hinnerk zieht seine Jacke aus, Melli schmiegt sich an ihn und schiebt ihm die linke Hand unters Hemd. „Ich brauche - dich. Ich brauche dich ganz dringend!"

Hinnerk legt ihr seinen Arm um die Schulter. Melli öffnet Gürtel und Reißverschluss an seiner Hose. Sie knabbert an seinem Ohr. „Schlaf mit mir!", fordert sie drängend. „Jetzt, hier, sofort!"

Hinnerk windet sich ein wenig, dann schält er sich aus Hose und Unterhose, Melli steht vor ihm, hat sich schon bis auf Slip und BH entkleidet. Schwarz und mit Spitze. Sie dreht sich um die eigene Achse, kennt die Wirkung ihrer Hüften auf seine Erregungskurve, zieht den Slip aus, wendet sich ihm wieder zu. Ihr Gesicht ist ernst, fast verkrampft. Sie öffnet den BH, streichelt ihre Brüste, hebt sie an, knetet sie ein wenig. Ihre Brustwarzen reagieren sofort. Ein kleines Lächeln fliegt über Mellis Gesicht, als sie Hinnerks Erektion sieht. Sie kniet sich über seine Beine und senkt sich langsam über sein Glied, drückt sich dabei fest an ihn. „Zeig's mir, mach mich fertig!", flüstert sie ihm ins Ohr und beginnt, ihren Körper rhythmisch zu heben und zu senken.

Hinnerk legt Melli seine Hände auf die Hüften, nimmt ihren Rhythmus auf, betrachtet ihre wippenden Brüste, den geöffneten Mund, die Röte auf ihren Wangen. Melli erhöht den Rhythmus, legt Hinnerk die Hände hinter den Kopf und zieht ihn ganz nah an ihren Körper. Sie wird schneller, fast schon hektisch in ihren Bewegungen. Er schließt die Augen, will sich nur auf Melli einlassen. Doch dann, ganz plötzlich und ohne eigenes Dazutun, schiebt sich das Bild von Arne zwischen ihn und Melli. Arnes Lippen nähern sich seinem Mund, die Musik weht vom Rummel herüber, das bunte Licht, sein Lächeln …

„Das ist jetzt nicht dein Ernst", sagt Melli. Sie spürt, wie sich Hinnerk aus ihr zurückzieht. Hinnerk drückt sie an sich, reibt seinen Oberkörper an ihren Brüsten, seine Hände gleiten ihren Rücken entlang, tätscheln ihren Po, doch nichts hilft. Melli löst sich von ihm, schaut mit einem verächtlichen Blick auf sein kraftloses Glied.

„Vielleicht könntest du ihn mit dem Mund …"

„Befiehl es mir!", sagt Melli.

„Ich bitte dich darum." Kaum ausgesprochen, weiß er, es ist vorbei.

„Versager!", sagt Melli. Sie hebt ihre Kleidung vom Boden auf und geht ins Badezimmer. Sie wird ein paar

Runden mit dem Fahrrad um den Block fahren, um sich abzuregen.

„Guten Tag, Frau Benthe." Melli hat gerade die Haustür aufgeschlossen und will ihr Fahrrad in den Flur schieben. Kai Homm, der arbeitslose Maurermeister aus dem Dachgeschoss. Wohnte schon im Haus, als sie es gekauft haben, war deshalb nicht rauszuklagen. Gipsallergie. Enges Muskel-Shirt, knappe Jeans und immer wieder eine andere Freundin. Fährt ein Citroën-Cabrio. Er sieht sie mit einem anzüglichen Lächeln an. Sie schaut ihm nur kurz in die Augen, muss dann wegsehen.

„Tag", sagt Melli. Ist sie rot geworden?

„Ich helfe Ihnen mit dem Fahrrad", sagt Homm. Er fasst das Rad am Gepäckträger. Zusammen bringen sie es in den Keller. Melli schließt es ab. Sie dreht sich um. Homm verstellt ihr den Weg, grinst jetzt ganz breit. „So eilig?"

Melli will sich an ihm vorbeidrängen, er zieht sie an sich, fasst ihr ziemlich brutal an die Brust. Ihre Brustwarzen reagieren. Melli fährt zusammen, will schreien, denkt an Hinnerk oben in der Wohnung und erstickt den Schrei. Sie wird das selber regeln. Sie zwingt Homms Hände von ihrem Busen, er greift erneut zu, Melli schlägt ihm mit den Fäusten ins Gesicht. Homm lässt sich nicht beeindrucken, drückt ihr seine Lippen auf den Mund. Mit der Zunge will er ihre Lippen öffnen, drängt sich an ihren Körper, dicht, ganz dicht, sie spürt sein erigiertes Glied, Tränen schießen ihr in die Augen, sie öffnet ihre Lippen und seine Zunge nimmt sich, was sie will. Melli kann an nichts denken, nur noch fühlen. Jetzt und hier. Es gibt nichts mehr außerhalb der Lust. Mehr, mehr, mehr …

Nach einer Ewigkeit lässt er von ihr ab, hebt ihren Kopf mit einem Zeigefinger an, lächelt.

Melli erschrickt. „Lassen Sie mich gehen!“ Sie will das alles nicht.

„Ruf doch deinen Mann!“ Jetzt grinst er wieder, noch unverschämter, „Er wird dir sicher helfen.“

Melli will sich an ihm vorbeidrängen, er scheint jede Berührung zu genießen. „Du bist geil und unbefriedigt!“

Mellis Widerstand erlahmt, das Verlangen gewinnt erneut die Oberhand über die Angst.

„Küss mich!“, sagt Homm und gibt gleichzeitig den Weg frei.

Sie zögert, drückt ihm dann einen schnellen Kuss auf die Lippen.

Sie muss hier weg, läuft die Kellertreppe hinauf. Tränen rinnen ihr über die Wangen. Er ist so beängstigend stark und potent. Jetzt hat er sie eingeholt, hält sie mit einem Griff an ihren Hosenbund zurück.

„Bedank dich!“

Melli schluckt. Sie flüstert. „Danke!“ Ihre Stimme bricht.

„Morgen um drei stehst du auf der Matte vor meiner Wohnung“, sagt er. „Aber im Kleid und ohne Unterwäsche!“

Kaum hat Melli die Wohnungstür hinter sich geschlossen, stürzt sie ins Bad, schließt ab. „Schweinehund!“, zischt sie den Spiegel an. „Verdammter, widerlicher Dreckskerl!“ Warum hat sie ihn bloß geküsst? Natürlich wird sie Hinnerk alles erzählen. Jetzt gleich? Nicht heute. Er war so brutal und direkt. Fordernd und besitzergreifend. Die Zeitschrift *Brigitte* hatte vor längerer Zeit das Buch einer Mutter von drei Kindern vorgestellt. Eva B.: *Mit dem Schmerz gehöre ich dir*. Melli hatte sich das Buch gekauft und immer wieder darin gelesen. Abgestoßen und angeturnt zugleich. Sie hatte nie gedacht, dass sie sich auch einmal erniedrigen würde, um ihre Lust zu befriedigen. Sie konnte es nicht steuern, es war einfach da. Und dieser Mistkerl konnte sie an- und ausknipsen wie er wollte. Doch sie würde sich dagegen wehren.

Sie verlässt das Bad, geht ins Wohnzimmer. Was macht Hinnerk wohl gerade? Ihr Mann liegt im Sessel vor dem laufenden Fernsehgerät. Er ist eingeschlafen.

„Jeder hat jeden gesehen, aber gesehen hat niemand etwas." Kalenberger streift sich unter dem Schreibtisch die Schuhe von den Füßen. Obanczek kaut genüsslich an einem Müsliriegel. Kalenberger hat sich zum Mittag zwei geschälte Möhrchen und ein Stück Gurke neben ihren Bildschirm gelegt. Die Übung *Der Goldene Hahn steht auf einem Bein* war ihr mangels Standfestigkeit kläglich misslungen. Zu viele Kilos auf zu empfindlichem Fuß. Aber Obanczek hatte nichts Eiligeres zu tun, als in die Kantine zu gehen und mit drei Müsliriegeln auf einer Untertasse zurückzukehren. Mit Schokoladenüberzug. Mit einer beiläufigen Handbewegung hatte er sie aufgefordert zuzugreifen. Wer solche Kollegen hat, braucht keine Feinde mehr!

„So kommen wir nicht weiter", sagt Kalenberger. „In Hannover gibt es neunzig Schützenvereine und -gesellschaften."

„Was schlägst du vor?" Der zweite Riegel wird von Obanczek ausgepackt.

„Wir sollten uns intensiver mit Arne Sonneveld beschäftigen. Wo, wie und wovon hat er gelebt? Gibt es außerhalb der Schützengesellschaft Hinweise auf berufliche oder private Feindschaften. Mach ausfindig, wo er gemeldet war, wir fahren hin. Aber vorher ..." Kalenberger macht eine lockende Bewegung mit dem rechten Zeigefinger wie die Hexe im Märchen, und Obanczek reicht ihr den letzten Müsliriegel.

Es war eine unruhige Nacht für Hinnerk. Melli hat ihr Bettzeug genommen und sich im Wohnzimmer aufs Sofa gelegt. Er wird sie mit seinem unruhigen Schlaf gestört haben. Nur schwer ist er heute Morgen in die Gänge gekommen, hat sich gewaschen und rasiert und sich mit leerem Magen auf den Weg zur Bank gemacht. Heute ist er mit dem Auto gefahren, hätte die Menschenmenge in der U-Bahn wohl kaum ertragen können.

Er stellt das Auto auf einem Firmenparkplatz im Hinterhof ab.

Meist zögert er mit dem Hineingehen in die Bankfiliale, um sich privat mit einem der Anwohner oder Geschäftsinhaber noch ein wenig zu unterhalten.

Heute möchte er sich jedoch so schnell wie möglich ins Büro zurückziehen. Er lässt die Schlösser an seinem Mercedes fernbedient klacken, will den Schlüssel in die Tasche stecken, doch der Schlüssel fällt ihm aus der Hand und landet in einer Pfütze. Es hat doch gar nicht geregnet heute Nacht? Vielleicht ist es Wischwasser, das hier ausgekippt wurde. Oder hat es doch geregnet?

„Guten Tag, Herr Benthe." Hinnerk fährt zusammen. Beinahe wäre ihm der Schlüssel ein zweites Mal aus der Hand gefallen.

„Hallo, Herr Schinkel!" Sein Gruß soll locker klingen. Herr Schinkel ist Bankkunde, betreibt einen Handyladen und ist über alle Vorgänge des Häuserkarrees bestens informiert. Er ist zum Rauchen einer

Zigarette in den Hof hinausgetreten, hat die Hintertür seines Geschäfts aber offen gelassen.

„Geht's gut?", ruft Herr Schinkel über die Autodächer hinweg und winkt ihm fröhlich zu.

„Alles bestens!" Hinnerk hebt einen Arm und versucht ein Lächeln. Es bleibt bei dem Versuch.

„Schrecklich, was dem Bruchmeister zugestoßen ist. Er soll mit der eigenen Standarte erschlagen worden sein?"

„Tatsächlich?", fragt Hinnerk.

„Es wird immer schlimmer", sagt Herr Schinkel. „Hier treiben sich in letzter Zeit auch bereits zwielichtige Gestalten herum."

Er zieht an seiner Zigarette und macht mit dem anderen Arm eine groß ausholende Bewegung. „Ich werde mich jedenfalls schützen."

Wieder ein Zug an der Zigarette.

„In wenigen Tagen wird hier alles neu gesichert und videoüberwacht."

„Doch wohl nicht nach zwanzig Uhr?" Hinnerk droht ihm mit dem Finger.

„Warum nicht?"

„Wegen der knutschenden Liebespärchen! Das wäre dann *spannen* und wird bestraft."

Über den Hof kommt die Inhaberin des Friseurladens, grüßt ihn. Hinnerk würde sie gerne zurückgrüßen, ihm fällt ihr Name nicht ein. Es ist anstrengend, sich unbefangen zu geben. Das Hemd klebt ihm am Rücken. Aus einem offenen Fenster schallt Musik. Klaviermusik. Bach. *Wohltemperiertes Klavier*. Lange wird er diesen Druck nicht aushalten können. Für einen Augenblick betrachtet er den Autoschlüssel in seiner Hand. Dieselbe Hand. Ihm ist, als sähe er das blutverschmierte Taschentuch.

Melli zieht die Türe von Homms Wohnung hinter sich ins Schloss. Sie hatte sich vorgenommen, den Vorfall im Keller aus ihrem Gedächtnis zu streichen. Oder Homm wenigstens warten zu lassen. Dann hat sie um kurz nach drei aber doch an seine Tür geklopft.

„Es ist offen!", hat Homm gerufen. Sie wusste nicht, was sie zu ihm zog. „Hübsches Kleid", hatte er gesagt, „heb es hoch!" Lange ließ er sie vor der Liege stehen. An der Wand hinter ihm Aktzeichnungen von Frauen in obszönen Stellungen, aber von faszinierendem Reiz.

Sie musste sich mehrmals um sich selber drehen, sich präsentieren, schließlich befahl er sie zu sich auf die Liege. „Gefallen dir meine Zeichnungen?" Sie konnte nicht antworten. „Wenn mir danach ist, mache ich nachher vielleicht noch ein paar von dir. Komm her!"

Er hat sie nicht geschont, seine Lust brutal an ihr ausgelassen. Als sie aufgelöst und ermattet bäuchlings auf der Liege lag, hat er nach einiger Zeit einen Block und Stifte von einem Regalbrett gezogen und sie in einige Stellungen gebracht, wie sie schamloser kaum sein konnten. Es war ihr egal. Sie hatte sich als Frau gefühlt, und er hatte sie befriedigt.

Jetzt schleicht sie die Treppe zu ihrer Wohnung hinunter. Ihre Beine zittern, ihre Brüste schmerzen, sie hat bestimmt am ganzen Körper blaue Flecke. Er hat sie Sachen tun lassen, die Hinnerk nicht mal im Traum eingefallen wären. Sie fühlt sich ausgelaugt, verbraucht, gedemütigt. Und trotzdem weiß sie, dass sie immer wieder zu ihm gehen würde, wenn er es wünschte.

Hinnerk ruft Melli an. Sie haben von oben Flyer für ein neues Fondsangebot geliefert bekommen. Ob Melli in der Klinik ein paar Flyer auslegen könnte. Am besten in den Büros ihrer Chefs. Eine dicke Provision wäre bei Abschlüssen für ihn fällig. Chefärzte und Professoren ließen sich doch sicher noch mit satten Gewinnaussichten ködern. Ganz anders als die Kleinanleger mit ihrer ausgeprägten Peniaphobie, der krankhaften Angst vor Armut. - Hinnerk lacht ins Telefon. Melli antwortet nicht. Er ist ihr fremd. Melli lässt ihn nicht weiterreden, stammelt etwas von schwachen Akkus, und die Verbindung bricht ab.

„Schreckliches Pflaster", sagt Obanczek.

„Ich nehme an, du meinst die Straße", sagt Kalenberger.

Langsam fahren sie den Georgswall entlang. Belanglose Gebäude. Hoch, stark, fest einbetoniert. Glatte Fassaden ohne Architekturschnickschnack. Abweisendes Grau, Geheimniskrämerei hinter verschlossenen Türen.

Obanczek bringt den Wagen zum Stehen. Zwischen zwei Gebäuden eine Einfahrt. *Kundenparkplätze im Hof. Fremdparker werden abgeschleppt.* Obanczek biegt ein, das Auto rollt auf den Hinterhof. Alles sauber, adrett, die einzelnen Parkplätze mit einem abgeschlossenen Sperrpfosten gesichert.

Ein Sperrpfosten scheint bei unvorsichtigem Rangieren beschädigt worden zu sein und hängt schief in der Verankerung. Obanczek hält an, steigt aus und legt den Pfosten mit einem gezielten Tritt flach.

Aus einer der hinteren Türen kommt ein Mann in einem blauen Overall herausgestürmt. „Wie können Sie ..."

Obanczek weitet die Brust, stellt seine Füße fest und sicher auf das Pflaster, senkt das Becken ab. Kalenberger kann sich ein Lächeln nicht verkneifen. Der hat sich was von ihren Tai-Chi-Übungen abgeschaut. „Mach keinen Wind", sagt sie zu ihrem Kollegen, zückt ihren Dienstausweis und hält ihn dem übereifrigen Hausmeister unter die Nase.

„Sie können hier nicht stehen bleiben. Nicht auf dem Parkplatz vom Bankhaus Merzenbecher und Sohn!"

„Wo dann?", fragt Kalenberger.

„Tja, wo dann?" Der Hausmeister beißt sich auf die Unterlippe und sieht sich um. „Eigentlich nirgendwo."

„Sie können die Polizei rufen, wenn Sie wollen", sagt Obanczek.

„Moment."

Der Hausmeister eilt mehrere Stellplätze weiter, nimmt einen Schlüssel aus der Tasche und schließt einen Pfosten auf. „Doktor Meier ist noch vier Wochen zur Reha in Sankt Joachimsthal. Schlaganfall. Ob er überhaupt wiederkommt …"

„Wir möchten zu Arne Sonneveld."

„Wissen Sie das denn nicht? Arne Sonneveld ist tot." Jetzt mit leiserer Stimme. „Er wurde auf dem Schützenfest ermordet." Der Hausmeister richtet sich zur vollen Größe auf. „Da sind Sie von der Polizei und wissen nicht einmal …"

„Was halten Sie davon, wenn Sie Ihren Vortrag abkürzen und uns einfach sein Büro zeigen."

„Bitteschön, bitteschön. Ich kann es Ihnen gern zeigen …," und dann mit einem leicht hämischen Grinsen, „… allerdings ist es versiegelt."

„Das wollen wir uns doch mal ansehen", sagt Obanczek.

Der Hausmeister dreht sich um und steuert die Hintertür an. Ohne einen weiteren Wortwechsel führt er die Beamten in die zweite Etage. „Das Büro von Arne

Sonneveld", sagt er und weist auf das Siegel. Neben der Tür ein dezentes Messingschild mit dem eingravierten Schriftzug *Finanzberatung*.

Obanczek zieht einen Kugelschreiber aus der Tasche und durchtrennt den Papierstreifen. „Sie haben doch sicher einen Schlüssel für das Büro."

„Selbstverständlich", sagt der Hausmeister grinsend, „aber dafür brauchen Sie einen Durchsuchungsbeschluss der Staatsanwaltschaft." Er dreht sich um und kostet seinen Sieg mit jedem Schritt aus, den er zum Lift zurücklegt.

Ein kurzes metallisches Geräusch lässt ihn zusammenfahren.

„Gut gemacht", sagt der jüngere Beamte zu seiner Kollegin.

„Stabiler Stand, kontrollierte Bewegung und volle Konzentration, so lehrt es Zheng Manqing."

„Und ich wollte mal zur Polizei", murmelt der Hausmeister und geht zu Fuß die Treppe hinunter.

Hinter der aufgesprungenen Tür liegt ein kleines helles Büro. Ein Schreibtisch mit Laptop, Besucherecke mit weißen Ledermöbeln, auf einer weißen Säule eine stylishe weiße Kaffeemaschine, mit der man gegebenenfalls sogar in den Weltraum abheben könnte.

Kalenberger durchquert den Raum und öffnet eine weitere Tür, die zu einem Nebenzimmer führt. Strahlt der Büroraum Klarheit und Überlegenheit aus, so ist der Begriff Chaos für den zweiten Raum noch geschmeichelt. In einer Ecke steht ein Gästebett, verlassen wie entstiegen. Unter einem kleinen Fenster zwei Koffer, der obere ist geöffnet. Im hinteren Bereich ein Waschbecken mit Spiegel, an dem Waschbecken hängt ein kariertes Jackett, und über den Handtuchhalter sind mehrere Krawatten verteilt.

„Wenn Mutti von dem Durcheinander gewusst hätte …", sagt Kalenberger. Sie verschafft sich einen Überblick, ohne irgendetwas zu berühren, vermisst dann plötzlich Obanczek. Der sitzt vor dem Laptop und sieht sie herausfordernd an. „Soll ich oder soll ich nicht?"

„Die Spurensicherung wird ihn sich vornehmen, dann geht alles seinen geregelten Gang."

„Haben wir so lange Zeit?"

„Natürlich nicht", sagt Kalenberger.

Obanczek sieht sich um und zieht sich zwei Klarsichthüllen über die Hände. Er startet den Computer. *Eingabe des persönlichen Passworts.*

„Versuch es mal mit … irgendetwas. Worauf war der Junge denn besonders stolz?"

Obanczek tippt *Bruchmeister.*

Der Computer spuckt es wieder aus. „Wohl nicht ganz so einfach."

„Wir können nicht den ganzen Tag mit Rätselraten verbringen. Ich muss noch meinen Koffer am Steinhuder Meer abholen."

„Nimmst du mich mit, ich ess so gerne Räucheraal aus dem Steinhuder Meer."

„Wenn du den Computer knackst, spendiere ich dir eine Dose Bratheringe - von Aldi."

„Mir läuft das Wasser im Mund zusammen."

„Hoffentlich tropft es nicht auf die Tastatur."

„Spielverderberin. - Ich probiere es mal zusätzlich mit der Jahreszahl. Erst vorne, dann hinten und dann zwischen *Bruch* und *Meister.*" Der Computer zuckt und Obanczek sagt „Bingo".

„Wir sind doch ein gutes Team …", stellt Kalenberger fest.

„… the brain and the body!", ergänzt Obanczek.

„Noch ein Wort über meine Figur und du kannst den Aalen im Steinhuder Meer Gesellschaft leisten."

„Ich finde dich ganz proper ..."

„Ist das als Kompliment gemeint?"

„Sag ich dir ein anderes Mal. Jetzt will ich mich erst einmal zur Kundendatei durchhangeln."

„Hangel dich", sagt Kalenberger. Sie zieht sich einen zweiten Bürostuhl heran und setzt sich neben Obanczek. An den Hüften könnte sie schon ein wenig abnehmen.

Obanczek tippt, entert, tippt erneut, seine Eingaben werden immer energischer, doch der Computer lässt sich nicht beeindrucken. „Nichts zu machen", sagt Obanczek nach einer geraumen Weile und lehnt sich auf seinem Stuhl zurück.

„Schade", sagt Kalenberger, „jetzt musst du dir deine Bratheringe selber kaufen."

„Dann reicht es nur für Wilhelmsteiner Sprotten ... Da fällt mir ein kleines mathematisches Denkspiel ein. Einfach so zur Lockerung."

„Nein!"

„Doch! Wenn du es löst, gibt es eine zweite Portion für dich. Mit Gabel und Serviette. – Zwei Kinder kaufen am Kiosk für zwanzig Cent zwanzig Bonbons. Ein Schokobonbon kostet vier Cent, vier saure Bonbons kosten einen Cent und zwei Minzpastillen einen Cent. Wie viele Bonbons haben die beiden von jeder Sorte gekauft?"

„Wir sind doch nicht hier, um uns zu amüsieren!"

„Es ist ganz einfach: Vier Schokobonbons plus ein viertel saure Bonbons plus ein halb Minzpastillen ergeben zwanzig Cent. Wenn du nun ..."

„Es gibt doch gar keine Wilhelmsteiner Sprotten."

„Eben."

„Nassauer!"

„Schau mal, was ich gefunden habe. Sein Portefeuille war doch recht einseitig bestückt."

Kalenberger beugt sich über Obanczek, ihre Lesebrille liegt im Auto.

„Frau Hauptkommissarin ist keineswegs durchsichtig", sagt Obanczek.

„Halten wir uns nicht mit Nebensächlichkeiten auf. Wie ich sehe, hat er sich nur einem Hexenmeister verschrieben. *AWD – Ihr persönlicher Finanzoptimierer*. Das kann schon mal zu persönlichen Feindschaften führen."

„Die Kundendatei lässt sich leider nicht öffnen."

„Da müssen wir also mal wieder selber nachdenken." Kalenberger steht auf und gönnt ihrem Körper eine einfache Tai-Chi-Übung: *Spüre der entspannten Verbindung zwischen Füßen, unterem Rücken, Taille und Armen nach.*

„War das die Übung *Das gekränkte Huhn?*"

„Lass die Dummheiten, an die Arbeit!"

„Also zurück ins Büro. Es waren übrigens drei Schokobonbons, zwei saure Bonbons und fünfzehn Minzpastillen."

„Sag ich doch!"

Sie fahren zurück, Obanczek am Lenkrad. „So nachdenklich, Frau Hauptkommissarin?"

„Ich muss gerade an den Finanzoptimierer denken."

„Ich habe nichts anzulegen."

„Diese ganzen Spekulationen finde ich zum Kotzen. Manche Firmen haben durch Finanzaktionen mehr verdient als durch ihre Produktion. Wie muss sich da ein Arbeiter fühlen, dem die acht Stunden am Band auf die Knochen gehen, und die jungen Schnösel in der oberen Etage lockern nicht mal den Krawattenknoten, um mit einer Computereingabe Millionen aufs Spiel zu setzen."

„Und wie fühlt er sich?"

„Er will teilhaben am großen Verdienen", regt sich Kalenberger auf. „Zwei Prozent Zinsen auf sein Erspartes? Lächerlich! Fünf Prozent? Uninteressant. Sieben Prozent, schon besser, zehn Prozent Rendite, die will ich haben! Raffen ist geil. Und alles ohne Risiko. Wer da nicht mitmacht, ist doch selber schuld. Expertenrunden in den Medien, Gewinndiagramme auf den Zeitungstitelseiten, Börsenberichte auf einem eigenen Fernsehkanal. Da werden die letzten Kröten zusammengekratzt, um in Papiere zu investieren, die für keinen Wert, sondern ein anonymes Versprechen stehen. Doch Papier bleibt Papier, und das ist geduldig bis zum großen Knall."

„Wir versuchen mit unseren kriminalistischen Steinzeithirnen Zusammenhänge herzustellen", sagt Obanczek, „die selbst für einen studierten Finanzwissenschaftler nur in Ausschnitten zu erfassen sind. Wenn ich an Finanzhandel denke, sehe ich immer die Bilder von schweißnassen Börsianern, ein Telefon ans Ohr gedrückt, schreiend und gestikulierend Aktien abstoßen oder kaufen. Dabei wird der Handel schon in vielen Fällen direkt vom Computer übernommen. Eigenständig. Vor einiger Zeit ließ ein Computerfehler die Kurse in New York schlagartig fallen. Als der Computer dann seinen eigenen Fehler entdeckte, ließ er die Kurse genau so schnell wieder steigen."

„Der Computer?"

„Computergestützten Börsenhandel nennt man so etwas. In turbulenten Zeiten kann es dabei zu sogenanntem Algo-Trading kommen."

„Aha."

„Dabei werden sehr viel Handelsgeschäfte in sehr kurzer Zeit platziert. In extrem kurzer Zeit. In Millisekunden. Die Entscheidung über Kauf und Verkauf basiert dabei auf algorithmisch-mathematischen und finanztheoretischen Modellen. Der Kursvorteil ist oft nur gering, aber die Menge macht es!"

„Um mal auf unsere Arbeit zurückzukommen. Wer schreibt den Bericht?"

„Du. Ich muss noch zur Sparkasse, fünf Euro auf mein Sparbuch einzahlen." Kalenberger gähnt.

Natürlich gibt es Doppelgänger. Oder Zwillingsbrüder. Hinnerk nutzt die Mittagspause zu einem kleinen Spaziergang, der ihn wie zufällig an den Holländischen Kakaostuben vorbeiführt. Was für eine absurde Idee, der junge Mann könnte wieder an dem Tisch sitzen. Es ist ungefähr die gleiche Zeit. Der Platz am Fenster ist wieder von einem jungen Mann besetzt, er dreht sich zur Seite, und er ist es.

Hinnerk betritt das Café, sucht sich einen unauffälligen Platz. Er will sich zu einer dickeren Frau mit einem Stück Schokokirschtorte an den Tisch setzen. Sie sieht ihn misstrauisch an, er grüßt, lächelt ihr zu, sie sticht die Gabel in die Torte und nickt ihm zu. Hinnerk bestellt sich ein Stück Quark-Zitronenkuchen.

Der junge Mann blättert in einem Magazin, nicht sehr konzentriert, eher gelangweilt. Seine Gesichtszüge sind ein wenig herber als die von Arne Sonneveld und die Frisur ist auch anders. Er könnte nicht sagen wie.

Hinnerk trinkt von seiner Schokolade, steht auf und geht auf dem Weg zur Toilette an dem Tisch mit Arnes Doppelgänger vorbei. Für einen kurzen Augenblick sehen sich die beiden Männer in die Augen, und da ist wieder diese unerklärliche Beklemmung und Anziehung zugleich.

Auf dem Rückweg von der Toilette lenkt er bewusst seinen Blick auf die Kuchentheke, um sich nicht noch einmal in den Augen des jungen Mannes zu verlieren. Die dicke Frau stopft, hat sich wohl doch zu viel zugetraut, greift nach jedem zweiten Bissen zur Kaffeetasse.

Der junge Mann legt das Magazin aus der Hand, schaut sich suchend im Café um. Eine junge Frau mit Pagenkopf steuert seinen Tisch an, beugt sich zu ihm herab, sie küssen sich und seine Hand streichelt liebevoll ihren nackten Arm. Sie setzt sich an den Tisch, sofort beginnt eine intensive Unterhaltung, sie zieht einen Gegenstand aus ihrer Einkaufstasche, ein luftig leichtes Hemdchen, er lacht.

Hinnerk bezahlt und verabschiedet sich von der Dicken, empfiehlt ihr den Quark-Zitronenkuchen und bringt sie damit zum Würgen. Die Mittagspause ist beendet, das Haar wurde gerichtet und ein anregender Kaffeeduft liegt in der Luft, als er die Bank betritt.

Auf dem Weg zu seinem Büro zieht Hinnerk seine Jacke aus, hängt sie über den Arm.

Ein Mann mit Cap und Turnschuhen betritt die Bank, offensichtlich sehr aufgebracht. Er sieht sich um, entdeckt Brodinsky und stürmt an seinen Schreibtisch. Er knallt ihm einen kleinen Gegenstand auf das Mousepad, Brodinsky springt auf, nimmt den Gegenstand an sich und lässt ihn in einer Schreibtischschublade verschwinden.

Hinnerk ist mitten im Raum stehen geblieben. Jetzt nähert er sich Brodinskys Schreibtisch. „Betrug", hört er, „anzeigen, Polizei, Schadenersatz."

„Gibt es Schwierigkeiten?", fragt Hinnerk.

„Nur eine kleine Meinungsverschiedenheit", sagt Brodinsky. Er ist hochrot im Gesicht, merkwürdigerweise sind die Ohren fast weiß geblieben. Er fasst den Nörgler am Oberarm und dirigiert ihn durch die Halle zur Straße hinaus.

Hinnerk kann sich keinen Reim auf die Auseinandersetzung machen. Um eine Hausfinanzierung kann es wohl kaum gegangen sein, der Jüngling könnte sich doch nicht mal eine Gartenhütte leisten.

Hinnerk sieht seine Mitarbeiter an, keiner scheint ihm irgendetwas erklären zu wollen, er geht in sein Büro und schließt die Tür. Kurze Zeit später macht Frau Rozari die Tür wieder auf. „Sie wollen doch sicher einen Kaffee?" In der Hand hält sie eine Thermoskanne. „Ist nicht mehr ganz frisch, aber darum geht es auch eigentlich nicht."

„Worum geht es denn?", fragt Hinnerk.

„Es geht um die Handys."

Zwölf Namen aus der Liste der Schützenbruderschaft Eilenriede haben sie abgearbeitet. Drei Treffer bei Kalenberger und zwei bei Obanczek.

„Mir dröhnen die Ohren. Kaum habe ich AWD und Sonneveld erwähnt, herrschte eisiges Schweigen …"

„Davon dröhnen dir die Ohren?"

„… oder die Leute haben losgelegt, als hätte ich ihnen persönlich die Anteile des Dreiländerfonds aufgeschwatzt."

„Dreiländerfonds?"

„Dreiländerfonds der AWD!"

„Sonneveld muss die Anteile als einmalige Gewinnchance unter Brüdern angeboten haben. Viele haben gekauft und wollten damit ihren Ruhestand finanziell absichern."

„Haben wir was über den Fond im Netz?"

„Mehr als genug! Zum Beispiel Stiftung Finanztest mit einer Meldung vom neunten März Zweitausendelf. Ich drucke es aus."

„Lies es lieber vor, dabei kann ich mich dem *gekränkten Huhn* widmen."

„Gibt es die Übung wirklich?"

„Nein, lies vor!"

„Carsten Maschmeyer, Gründer des AWD, behauptet, dass sich die Zahl der unzufriedenen AWD-Kunden im Promillebereich bewegt. Eine AWD-Liste, die dem NDR, dem Stern und Finanztest vorliegt, belegt etwas anderes: Darauf stehen über 34 000 AWD-Kunden, die mit geschlossenen Immobilienfonds der Capital Konsult aus Stuttgart Verluste

machten. Viele dieser Kunden sind heute finanziell ruiniert. Entschädigen will der AWD die Anleger nicht.

Die Liste belegt nicht nur, dass der AWD in den neunziger Jahren Zehntausenden Kunden langjährige Beteiligungen an riskanten Fonds vermittelte, den sogenannten Dreiländerfonds. Sie belegt auch, dass Tausende Anleger ihre Anteile an den geschlossenen Fonds, die ihnen vom AWD häufig als sichere Altersvorsorge verkauft wurden, mit einem Kredit finanzierten.

Laut AWD-Liste haben etwa zwanzig Prozent der Kunden ihre Fondsanteile mit einem Kredit finanziert. „Tatsächlich waren es aber viel mehr", erklärte ein früherer Finanzierungsspezialist des AWD. Der Mann muss es wissen. Seine Aufgabe war es, Beschwerden von AWD-Kunden zu bearbeiten.

Auf der Liste stünden nur etwa die zwanzig Prozent Kunden, die ihre Anteile über die mit dem AWD zusammen arbeitenden Banken BHW-Bank und Hypovereinsbank finanziert hätten. Tatsächlich hätten etwa achtzig Prozent der Kunden ihre Anteile auf Kredit gekauft. Viele Kunden seien in der Liste jedoch als Anleger mit Eigenkapital aufgeführt, weil hier der persönliche AWD-Berater die Finanzierung für den Kunden etwa über dessen Hausbank besorgt habe. Finanztest hat das nachgeprüft und einige Kunden, die laut Liste Eigenkapital eingesetzt haben sollen, angerufen. Alle Befragten gaben an, ihre Fondsanteile auf Pump finanziert zu haben."

„Trink erst mal einen Schluck." Kalenberger stellt Obanczek eine Tasse Kaffee vor seinen Bildschirm.

„Die von AWD-Beratern empfohlene Finanzierung der Fondsanteile auf Kredit, die viele Anleger finanziell ruinierte, ist aus Sicht von Finanztest eine systematische Falschberatung. Die Aussagen der Berater, dass Anleger ihre monatlichen Kreditraten mit den Ausschüttungen aus den Fonds

bezahlen könnten, waren unseriös. Denn langjährige Beteiligungen an geschlossenen Fonds sind immer riskant.

Die Anbieter von Immobilienfonds müssen mit vielen Risiken kämpfen. So können beispielsweise Immobilienpreise fallen, Mietobjekte wie Läden leer stehen, Theater und Hotels nicht ausgelastet sein oder Mieten niedriger ausfallen als geplant. Ganz zu schweigen von den Kosten, die Anleger für Vertrieb, Verwaltung und Management des Fonds bezahlen müssen, und die erst einmal wieder erwirtschaftet werden müssen. Bei langjährigen Beteiligungen an geschlossenen Fonds müssen Anleger also immer auch mit geringeren Ausschüttungen als den erhofften und im schlimmsten Fall auch mit einem Totalverlust rechnen. Die Empfehlungen der AWD-Berater, Fonds zur Alterssicherung auf Pump zu kaufen, war hochgefährlich."

Obanczek trinkt noch einen Schluck, öffnet die oberen beiden Knöpfe an seinem Hemd.

„Spätestens als viele Dreiländerfonds die erhofften Ausschüttungen nicht mehr erwirtschafteten, bekamen die Anleger zu spüren, welche Folgen die Finanzierung ihres Fondsanteils auf Kredit haben kann. Nachdem Ausschüttungen aus den Fonds sanken oder ganz ausblieben, konnten Anleger ihre monatlichen Kreditkosten nicht mehr aus den Ausschüttungen decken. Viele von ihnen gerieten in finanzielle Not.

Maschmeyer erklärt heute in Interviews, dass nicht der AWD als Vermittler, sondern die Anbieter der Fonds für die Verluste verantwortlich seien. Das stimmt auch, ändert aber nichts an der fehlerhaften Beratung über die Risiken durch die AWD-Berater. Hätten die AWD-Berater ihre Kunden vollständig über die Risiken der geschlossenen Fonds informiert, hätten die allermeisten Kunden wohl keine Anteile gekauft. Wie wenig die Berater über die Risiken der Dreiländerfonds wussten, zeigt sich auch daran, dass sehr viele AWD-Berater selber verlustreiche Fonds gezeichnet haben.

Die Vermittlung solcher geschlossenen Fonds war für den AWD ein einträgliches Geschäft.

Der AWD vermittelte Dreiländerfonds, Falk-Immobilienfonds oder IMF-Medienfonds im großen Stil und kassierte dafür hohe Provisionen. Nachdem die Fonds die prognostizierten Ausschüttungen nicht mehr erwirtschafteten oder sogar – wie der Falk-Fonds – pleitegingen, will der AWD für seine fehlerhaften Beratungen der Kunden nicht geradestehen. Zwar hat Maschmeyer den AWD ab Zweitausendsieben an den Schweizer Versicherungskonzern Swiss Life verkauft. Dennoch äußert er sich regelmäßig in den Medien zu den Fondsvermittlungen der neunziger Jahre. Da alle diese Fonds Laufzeiten über viele Jahre haben, leiden Anleger bis heute unter den Folgen der Beratung, die zum Fondskauf führte. Maschmeyer gibt unterschiedliche Bewertungen der damaligen Beratungssituation ab. Mal sagt er, dass die Fonds „als sicher" galten. Mal sagt er, dass die Berater in Protokollen umfassend über die Risiken informiert haben, wie in der Süddeutschen Zeitung vom fünften und sechsten Februar Zweitausendelf. Maschmeyer, der die Beratungspraxis des AWD bis heute verteidigt, hat mit den Vermittlungen geschlossener Fonds viel Geld verdient. Er soll heute zu den reichsten Männern Deutschlands gehören."

„Was wir bisher haben", sagt Kalenberger „ist ein Toter, ein mögliches Tatwerkzeug und Rache als nicht ganz unwahrscheinliches Motiv."

„Ich überlege gerade", sagt Obanczek, „ob man mit unserer Zahl an Verdächtigen ins Guinness-Buch der Rekorde kommen könnte. Da sind wohl erst einmal die Schützen, die am Tattag mit Sonneveld zusammen waren, dann die Fondsgeprellten, die sich übervorteilt fühlen und schließlich die Schw…"

„Sag jetzt nichts Falsches!“

„... könnte man aus seiner sexuellen Neigung schließen, dass es eventuell und unter allen Vorbehalten gedacht, in seinem privaten Umfeld möglicherweise Missstimmungen gab, die sich in einem aggressiven Handlungsverlauf entluden.“

„Wow, Herr Oberstaatsanwalt, ick hör' dir trapsen!“

„Man will doch schließlich auch weiterkommen und nicht immer eine Frau Hauptkommissarin vor der Nase haben.“

„Wenn ich weiter so geärgert werde, mache ich auf Burnout und meine Gehaltsstufe A zwölf wird frei für dich.“

„Das K 1 ohne dich? Fürchterlich, entsetzlich, unvorstellbar. - Darf ich die Abschiedsrede halten?“

Kalenberger zieht die Schublade ihres Schreibtischs auf, entnimmt ihr ein Päckchen getrockneter Bananenchips und reißt die Packung auf.

„Mal wieder auf Diät?“, fragt Obanczek.

„Wenn du nicht so frech wärest, hätte ich dir ein paar Chips abgegeben.“

„Eine Diät hast du doch gar nicht nötig!“

Kalenberger reicht Obanczek die Packung über den Tisch.

„Wir brauchen also drei Listen: die Schützen aus dem vierten Zug, Sonnevelds Dreiländerkunden und seine persönlichen Beziehungen.“

„Möchtest du Resultate zur vollen Stunde oder reicht der gute Wille?“

„Ich habe Verstärkung angefordert.“

„Wie viel?“

„So viel wie möglich, je nach Arbeitsanfall.“

„Ab wann?“

„So schnell wie möglich. Wir haben einfach zu wenig Leute. Die meisten ermitteln in dem Bandenkrieg der Rocker am Steintor. Da kannst du niemanden alleine hinschicken. Da muss alles dreifach besetzt werden."

„Und wenn wir unsere Listen haben?"

„Ermitteln wir die Schnittmenge aus allen dreien."

„Schnittmenge", Obanczek starrt Kalenberger überrascht an, „Schnittmenge ist doch Mathematik."

„Darum überlasse ich auch dir die Aufgabe. Ich forsche mal nach, wie weit die Kriminaltechnik mit ihren Ermittlungen ist."

„Also keine richtigen Handys", sagt Frau Rozari und lehnt sich mit dem Rücken gegen die Bürotür ihres Chefs, „eher diese modernen iPhones."

„Ich überlege auch, ob ich mir ein solches Gerät kaufe", sagt Hinnerk. Im Augenblick wartet er noch auf eine Entscheidung der Geschäftsleitung, die Geräte auf Firmenkosten anzuschaffen. „Aber was hat Brodinsky damit zu tun?"

„Er konnte ein ganze Weile solche Geräte ziemlich billig besorgen. Dreihundertfünfzig statt sechshundert Euro wollte er dafür haben. Trotzdem muss er noch eine ganze Menge daran verdient haben, weil er sie wie Speiseeis bei ausgefallener Kühlung angeboten hat."

„Hier in der Bank?"

„Auch hier in der Bank."

„Das ist doch wohl die Höhe!" Hinnerk springt auf und nähert sich der Bürotür.

„Aber ich will nichts gesagt haben." Frau Rozari macht ein abweisendes Gesicht und schaut zum hinteren Fenster hinaus.

„Bitte“, sagt Hinnerk, und Frau Rozari gibt die Tür frei. Hinnerk stürmt in die Halle, direkt auf Brodinskys Schreibtisch zu. „Brodinsky“, artikuliert er schon aus einiger Entfernung sehr scharf, „wie kommen Sie dazu …“

Melli hat die Wohnung geputzt, die Fußmatte zwischen Türrahmen und Wohnungstür geklemmt und wischt nun den Hausflur bis zur Haustür.

Er hat sich schon seit drei Tagen nicht mehr gemeldet. Der Dreckskerl.

Sie horcht an der Treppe, von oben ist nichts zu hören.

Für kein Geld der Welt würde sie sich so weit erniedrigen und bei ihm anklopfen. Sie steigt drei Stufen die Treppe hinauf, um besser lauschen zu können. Ihr ist, als würde die Kaffeemaschine zischen. Noch zwei weitere Stufen.

Da wird die Haustüre aufgeschlossen.

„Hereinspaziert!“

Kais Stimme. Dahinter ein piepsiges Lachen. Kai schiebt die Tür auf, Melli hastet die Stufen hinunter, läuft Kai fast in die Arme, ein junges Ding stolpert hinter Kai in den Flur. Langes blondes Haar, Leggings, darüber ein weißes Shirt mit Spaghettiträgern. Irgendwie macht sie den Eindruck, als würde sie die Schule schwänzen.

„Wir könnten einen Prosecco zusammen trinken“, sagt Kai.

„Weiß nicht“, kichert das Blondchen.

Kai schiebt das Mädchen an Melli vorbei, zwinkert ihr herausfordernd zu.

Als die Blonde die Treppe hinaufgeht, schiebt ihr Kai eine Hand von hinten zwischen die Beine. Das

Blondchen kreischt und stolpert die letzten Stufen zu Kais Wohnung hinauf.

„Wer war das denn?", hört Melli die Kleine fragen, bevor sich die Türe hinter ihnen schließt.

„Uninteressant", sagt Kai, „nur die Putzfrau!"

„Infos aus der Kriminaltechnik." Obanczek schaut auf seinen Computerbildschirm.

Das Telefon klingelt. Kalenberger hebt ab, hört einen Augenblick zu, sagt „Danke!" Sie legt auf. „Meine Nachbarin! Der Koffer vom Steinhuder Meer steht vor meiner Wohnungstür, wurde von *Hermes* gebracht."

„Lenk nicht ab. Bei dem Toten handelt es sich zweifelsfrei um Arne Sonneveld, er wurde mit dem sichergestellten Pflasterstein erschlagen, Fundort könnte auch Tatort sein, es wurden Schleifspuren vom oberen Weg hinab zur Ihme gefunden. Der Pflasterstein stammt von Straßenbauarbeiten in unmittelbarer Nähe."

„Wow, der Fall ist gelöst!"

„Mach dich nicht lustig. Die Kriminaltechnik macht wahnsinnige Fortschritte und uns eines Tages noch zu ihren Handlangern. Künftig können sogar Fingerabdrücke auf Textilien sichtbar gemacht werden. Dazu legt man das Beweisstück in eine Vakuumkammer und verdampft Gold, das sich als feine Schicht auf den Stoff legt. Danach überzieht man es mit Zinkdämpfen. Die Zinkteilchen sammeln sich nur dort, wo keine Fingerabdrücke zu sehen sind. Wie bei dem Negativ eines Fotos werden somit die Konturen des Abdrucks sichtbar."

„Woher hast du das denn?"

„Aus einer englischen Fachzeitschrift."

„Dann dauert es, bis es bei uns ankommt."

„Was machen unsere Schnittmengenermittler?"

„Keine Ergebnisse oder besser gesagt, viel zu viele. Sonneveld hat einigen von seinen Schützenbrüdern Anteile des Dreiländerfonds aufschwatzen können."

„Also ran an den Feind!"

Obanczek schnuppert. „In der Kantine gibt es Kohlrouladen. Wollen wir auf den Rummel gehen und uns ein paar Schinkengriller schmecken lassen?"

„So richtig fett gegrillt mit ungesunden polyzyklischen Kohlenwasserstoffen?"

Obanczek steht auf. „Du kannst einem aber auch jeden Appetit verderben."

Kalenberger öffnet die Schublade ihres Schreibtischs, nimmt eine rote Plastikdose heraus, öffnet sie und stellt sie genau auf die Fuge der Schreibtische. „Bediene dich, wir arbeiten heute durch."

Obanczek setzt sich wieder.

„Leberwurst?"

„Schinken, Corned Beef und Emmentaler - alles biologisch erzeugt und mit vierzehn Siegeln bestätigt." Obanczek greift zum Käsebrot.

Es klopft an der Tür. Eine sehr blonde junge Frau tritt ein. Frau Schmitz-Erdal. Arbeitet gleich ein paar Türen weiter. Sie sieht sich nach einer Sitzgelegenheit um, hockt sich dann halb auf Obanczeks Schreibtischplatte. „Ich hab da etwas für euern Mord auf dem Schützenplatz."

„Dann ist der Fall wohl so gut wie gelöst", murmelt Kalenberger. Sie mag den Doppelnamen nicht besonders. Zu jung, zu blond, und die Lippen sind wahrscheinlich auch aufgespritzt.

Schmitz-Erdal lässt sich nicht beeindrucken. Professionalität bedeutet auch Sachlichkeit vor Konfliktbewältigung.

„Dazu hatte ich einen sonderbaren Anruf. Also, nicht der Anruf war sonderbar, nur dass er auf meinem privaten Anschluss gelandet ist."

„Hatte ich auch schon mal", sagt Kalenberger, „weiß der Henker, wie man an unsere privaten Telefonnummern kommen kann."

„Im Internet bekommt man alles", sagt Obanczek. Er mag Frauen mit kurzen blonden Haaren. Allerdings auch mit langen und …

„Der anonyme Anrufer will den Ermordeten hinter der Festhalle Marris im Streit mit einem andern Mann gesehen haben. Soll auch die Bruchmeisterkleidung getragen haben, allerdings älter gewesen sein als der Ermordete."

Obanczek legt das angebissene Käsebrot zurück in die rote Plastikdose.

„Das war es auch schon", sagt Schmitz-Erdal.

„Den möglichst genauen Wortlaut des Telefongesprächs werde ich in einem Gedächtnisprotokoll festhalten."

„Warum hat der Kerl nicht mich angerufen?", fragt Kalenberger.

„Ich geh dann mal", Schmitz-Erdal rutscht von der Schreibtischplatte, „hab gleich eine Vernehmung von drei netten Damen aus dem Milieu." Sie stiefelt mit übertriebenen Hüftbewegungen zur Tür.

„Und?", fragt Kalenberger.

„Lecker", sagt Obanczek.

„Ich meine das Käsebrot!"

„Auch", sagt Obanczek. Er steht auf. „Ich hole uns einen Kaffee."

„Zwei!"

„Wenn ich uns zwei Kaffee hole, wären das vier."

„Wäre das so schlimm?"

Brodinsky ist einfach aufgestanden, hat sein Jackett genommen und die Bank verlassen.

Hinnerk hat sich sofort einen Termin bei der Personalleitung geben lassen. Dr. Krollmann, eigentlich Dr. Dr. Krollmann, aber auf den zweiten Dr. legt er in der Anrede keinen Wert.

Er weiß, dass ihn Hinnerk nicht mit Lappalien belästigen würde und hat ihm gleich einen Besprechungstermin gegeben.

Hinnerk berichtet ihm von den Gerüchten um Brodinsky. Dr. Krollmann nimmt sich eine Zigarette, tritt ans Fenster, öffnet es und steckt sich die Zigarette an. „iPhones?“, fragt Dr. Krollmann, „zu welchem Preis?“

Diese Frage verblüfft Hinnerk.

„Mir hat er keins angeboten. Er soll aber dreihundert verlangt haben.“

„Was kosten die Geräte im Geschäft?“

„Sechshundert, sagt man.“

„Dann muss es sich um gefälschte Ware handeln. Irgendetwas aus Fernost. Vielleicht können Sie Augen und Ohren offen halten. Die Polizei werden wir jedenfalls nicht einschalten, bei einer solchen Lappalie.“

Also doch eine Lappalie! „Selbstverständlich nicht, Herr Doktor Krollmann.“

„Und jetzt wieder an die Arbeit! Wir hängen mit unserer Bilanz.“

„Und was ist mit Brodinsky?“

„Den knöpfe ich mir bei Gelegenheit einmal gründlich vor. Nur zu Ihrer Information: Seine Umsatzzahlen sind gigantisch!“

Hinnerk schleicht zurück an seinen Arbeitsplatz.

Die beiden Kommissare kauen ihr Brot und trinken ihren Kaffee. Kalenberger blättert in irgendwelchen Unterlagen, Obanczek starrt auf den Bildschirm.

„Was machst du?“, fragt Obanczek.

„Ich denke nach.“

„Worüber?“

„Du zuerst.“

„Ich habe mir mal schematisch einen Tisch aufgezeichnet und die Schützen nach ihren Angaben am Tisch platziert. Als Arne Sonneveld zum letzten Mal gesehen wurde, hat er zwischen Erich Vonderheiden und Hinnerk Benthe gesessen. Ihnen gegenüber die Schützenbrüder Moritz Nathow und Herbert Reineck.“

„Gute Arbeit“, sagt Kalenberger. Sie schüttet sich die Brotkrümel aus der Plastikdose in die Hand und wirft sie in den Mund.

„Vielleicht doch noch einen Schinkengriller?“

„Kommt nicht infrage!“

„Weißt du, was ich an der Polizeiarbeit so hasse? – Den Ton! Man kann das alles auch viel freundlicher formulieren.“

„Wenn es dir recht ist, rufen wir die Herrschaften jetzt an und fragen einfach, ob sie den ganzen Abend zusammen waren.“

„Wird gemacht, Chefe!“

„Möchtest du Nathow und Reineck übernehmen?“

„Nicht so gern“, ziert sich Obanczek aus reinem Opportunismus.

„Dann rufe ich sie an, und du telefonierst mit Vonderheiden und Benthe.“ Kalenberger steht auf und geht in ein anderes Büro, um bei ihren Gesprächen Ruhe vor Obanczeks Gesprächen zu haben.

Nach wenigen Minuten finden sie wieder zusammen. Alle Schützen wurden erreicht, drei an ihrer Arbeitsstelle, nur der vierte wurde zu Hause angetroffen, er hat einen Bänderriss und ist arbeitsunfähig.

„Nathow und Reineck haben übereinstimmend ausgesagt, dass sie zwar die meiste Zeit zusammengesessen haben, aber hin und wieder ist auch mal einer aufgestanden und hat sich an einen anderen Platz gesetzt oder das Zelt verlassen. Ob und mit wem Sonneveld in und außerhalb der Festhalle unterwegs war, konnte keiner sagen."

„Vonderheiden hat die gleichen Angaben gemacht", sagt Kalenberger. Sie holt noch eine zweite Plastikdose aus ihrer Schreibtischschublade mit essbarem, aber schon ein wenig ermattetem Gemüse. „Aber jetzt kommt es: Hinnerk Benthe behauptet steif und fest, die ganze Zeit in der Festhalle gewesen zu sein. Nur einmal sei er mit Erich Vonderheiden zur Toilette gegangen."

„Hatte er nicht bei der ersten Befragung so wahnsinnige Gedächtnislücken?"

„Hatte er, aber diesmal eine so sichere Aussage. Wir sollten uns mal mit ihm unterhalten."

„Wenn man sonst nichts hat …" Obanczek greift nach einer dünnen Gurkenscheibe.

Melli putzt das Wohnzimmerfenster. Sie hat gesehen, dass Kai nach Hause gekommen ist, doch sie hat ihn nicht beachtet und weiter die Scheibe poliert.

Kai hat nur kurz gestutzt und ist dann ins Haus gegangen. Jetzt klingelt das Telefon. Melli ignoriert das Klingeln und widmet sich dem Fensterrahmen. Das

Klingeln hört nicht auf, Melli steigt von der Leiter. Gerade will sie den Hörer abnehmen, da bricht das Läuten ab.

Melli geht ins Badezimmer und schüttet das schmutzige Wischwasser in die Toilette.

Das Telefon meldet sich wieder. Melli nimmt ab, sagt: „Hallo".

„Hübsch siehst du aus, wenn du dich so reckst und streckst."

Melli beendet den Anruf. Zwei Schritte in Richtung Badezimmer, dann wieder das Telefon.

„Bist du eingeschnappt?"

„Sollte ich?"

„Das war doch nichts mit der Kleinen. Ich hab sie nur so ein bisschen gekitzelt. Das hat überhaupt nichts mit unserer besonderen Beziehung zu tun."

„Wir haben keine Beziehung!"

„Jetzt ist Schluss", sagt Kai plötzlich energisch, „ich stehe in zwei Minuten vor eurer Wohnungstür und du machst mir auf. Du brauchst dich nicht einmal auszuziehen, das erledige ich." Er legt auf.

Melli schließt die Tür zum Flur ab, geht ins Badezimmer, stellt die Dusche an und lässt mit hartem Strahl Wasser ins Waschbecken laufen. Und doch hört sie es. Laut, überlaut. Das Klopfen an der Wohnungstür. Melli will nicht. Wenn Hinnerk überraschend nach Hause kommt. Eine Katastrophe. Und trotzdem ist da diese Erregung, die stärker ist als alle Angst und Vorsicht. Gefahr scheint sie sogar noch zu verstärken. Melli krallt ihre Hände zusammen, beißt sich auf die Lippen, will sich nicht bewegen und gibt dann doch auf. Sie stellt das Wasser ab, geht in den Flur und macht die Wohnungstür auf. „Ich muss dir etwas sagen." Ein letzter Versuch von Melli, sich zu wehren, doch Kai kennt keine Rücksicht, schiebt sie ins Wohnzimmer und nimmt sie über den Esszimmertisch gebeugt. Zerrt sie dann ins Schlafzimmer, ins Ehebett und fällt noch einmal über sie her. Melli verliert sich selbst. Lust, Ekstase, Scham, Abwehr, Besitznahme, Demütigung und überschäumende Glücksgefühle.

„Beim nächsten Mal lässt du dich nicht so lange bitten!" Kai geht ins Bad, lässt die Türe offen und pinkelt ins Toilettenbecken.

„Ich will das nicht." Melli setzt sich auf die Bettkante. Verzweifelt. „Ich verliere mich selbst."

„Mach dir keine Gedanken, lass es einfach geschehen." Kai betätigt die Toilettenspülung. „Ich mach mir doch auch keine, wenn du dich von deinem Alten besteigen lässt."

Melli zieht sich einen Bademantel über. „Ich bin mir so fremd."

„Du gewöhnst dich dran." Kai steht vor ihr, greift in den Bademantel, nimmt eine Brustwarze und rollt sie grob zwischen zwei Fingern. Sie wird sofort steif. Melli wehrt Kais Hand ab, Kai lacht. Er sucht seine Klamotten zusammen, zieht aber nur die Hose an. Sein Blick fällt auf Mellis Slip.

„Das müssen wir auch ändern." Er nimmt den Slip mit dem kleinen Finger auf. „In deinem Alter brauchst du Sachen, die animieren. Ich nehme an, so etwas hast du nicht im Wäscheschrank?"

Melli schüttelt den Kopf.

„Dann werden wir es besorgen!" Er überlegt einen Moment. „Übermorgen um elf im Café Extrablatt in der Friesenstraße."

„Ich muss arbeiten."

„Nimm dir frei!" Er küsst sie heftig auf den Mund, sagt „Ciao, bis übermorgen" und ist weg.

Melli erhebt sich benommen, geht in den Flur und schließt die Tür hinter Kai. Sie wird sich auf keinen Fall freinehmen.

„Hast du die neuesten Meldungen auf dem Schirm?", fragt Obanczek. „Ein Unglück kommt selten allein."

„Ach, du Scheiße!", sagt Kalenberger, nachdem sie die Meldung auf dem Bildschirm gelesen hat, und es ist ihr nicht einmal peinlich.

„Ich ruf mal bei der Bereitschaft an", sagt Obanczek. Er wählt, spricht eine Weile mit dem Telefonpartner. „Schlimm, wirklich schlimm", sagt er, nachdem er aufgelegt hat. „Die Eltern von Arne Sonneveld haben sich erhängt. Gestern haben sie ihren Hund zur Pflege bei einer Nachbarin abgegeben. Sie wären für ein paar Tage verreist. Die näheren Umstände sind noch nicht bekannt, doch ein Fremdverschulden ist wohl auszuschließen."

„Schrecklich", sagt Kalenberger.

Obanczek steht auf und tritt ans Fenster. „Ihren Abschiedsbrief haben sie im eigenen Briefkasten am Gartenzaun deponiert. Nach Arnes Ermordung würde sie im Leben nichts mehr halten oder so, eine Kopie des Schreibens geht uns als Fax zu."

Eine ganze Zeit sagt keiner ein Wort. Nur der Lärm der Autos von der Waterloostraße schallt herüber.

„Das hätten wir wohl nicht verhindern können", sagt Obanczek.

„Wohl kaum."

„Wir sollten uns an die Pressemeldung anhängen", sagt Obanczek, „und noch einmal eindringlich nach Zeugen suchen, die Arne Sonneveld am Sonntagabend und in der Nacht auf dem Schützenplatz gesehen haben."

„Jetzt nehmen wir erst einmal Hinnerk Benthe ins Gebet, mal sehen, ob er seine Gedächtnislücken inzwischen ausfüllen konnte."

„Die Kripo!" Frau Rozari hat an Hinnerks Bürotür geklopft und den Kopf ins Büro gesteckt. Hinnerk lässt die Tagezeitung in der Schreibtischschublade verschwinden. Die Kripobeamten treten ein.

„Was kann ich für Sie tun?" Hinnerk erhebt sich und geht den beiden entgegen.

„Wir haben noch ein paar Fragen an Sie."

„Als Zeugen", sagt Obanczek, „Sie müssen also wahrheitsgemäß Auskunft geben, sonst können Sie bestraft werden."

„Das haben Sie mir schon bei Ihrem letzten Besuch gesagt. Ich wüsste nicht, warum ich etwas verheimlichen sollte."

„Nur zur Erinnerung."

Man setzt sich. „Kennen Sie die Eltern von Arne Sonneveld?"

„Ich glaube, ich habe sie ein- oder zweimal mit ihrem Sohn gesehen. Bei einer Geburtstagsfeier und … es fällt mir nicht ein."

„Wieder eine Ihrer gefürchteten Gedächtnislücken?", fragt Obanczek.

„Die Eltern haben Selbstmord begangen. Sie haben sich erhängt. Auch kein schöner Tod."

„Mein Gott," sagt Hinnerk, „wie schrecklich! Das ist doch fürchterlich. Warum?"

„Ihr einziger Sohn wurde ermordet, da haben sie wohl keinen Sinn mehr gesehen weiterzuleben."

„Das kann ich verstehen, wirklich schrecklich."

„Und darum sind wir noch einmal hergekommen", sagt Obanczek. Er stellt ein kleines Aufnahmegerät auf den Schreibtisch. „Wenn Sie nichts dagegen haben, würden wir unser Gespräch gerne mitschneiden."

„Natürlich hab ich nichts dagegen."

„Uns geht es um die Situation in der Festhalle Marris."

„Sie hatten mich doch schon angerufen ..." Hinnerk spielt mit einer Büroklammer.

„Vielleicht erinnern Sie sich genauer, wenn wir Ihnen gegenübersitzen", sagt Obanczek. „Wir wissen inzwischen, dass alle Schützen an Ihrem Tisch an jenem Abend mehrmals ihre Sitzplätze gewechselt haben, natürlich auch mal austreten mussten."

„Natürlich." Hinnerk wirft die Büroklammer in die entsprechende Schale zurück.

„Keiner weiß, ob und wann er wo mit Arne Sonneveld zusammengesessen hat oder irgendwo hingegangen ist. Nur Sie sind sich absolut sicher, dass Sie den ganzen Abend nichts mit Arne Sonneveld zu tun hatten?"

„Sicher", fragt sich Hinnerk, „was heißt schon sicher? Eventuell sind wir uns mal über den Weg gelaufen. Oder wir haben kurze Zeit am selben Tisch gesessen. – Moment, jetzt erinnere ich mich wieder. Als die Kapelle den Tölzer Schützenmarsch gespielt hat, kam Arne Sonneveld und hat sich zwischen Erich und mich gedrängt. Er ist aber nur kurz geblieben, und wo er dann hingegangen ist ..."

„Sie sind Arne Sonneveld an diesem Abend also nicht außerhalb der Festhalle Marris begegnet?"

Hinnerk schüttelt langsam den Kopf. „Ich glaube nicht. Ich erinnere mich an keine entsprechende Situation."

„Wenn Ihnen noch etwas einfällt, rufen Sie uns an!" Obanczek schaltet das Aufnahmegerät aus.

„Selbstverständlich“, sagt Hinnerk, „ich hab doch Ihre Visitenkarte.“

Die beiden Kommissare schütteln Hinnerk die Hand. „Wir haben im Zuge unserer Ermittlungen bestimmt noch ein paar Fragen an Sie. Wenn Sie vorhaben zu verreisen, sollten Sie uns vielleicht vorher informieren.“

„Eigentlich wollten wir ein paar Tage …“

„Haben Sie schon gebucht?“

„Nein, war nur so eine Idee.“

„Wir bleiben in Verbindung“, sagt der Kommissar. Sie verlassen Hinnerks Büro. Die Tür bleibt ein wenig offen stehen und durch den Spalt kann er sehen, wie sich Brodinsky und die Kommissare zunicken, vielleicht eine Spur zu vertraut.

Sie sitzen wieder im Büro. Kalenbergers Bildschirm flackert. Sie schnipst mit Daumen und Zeigefinger gegen das LCD. Für einen Augenblick wird der Bildschirm dunkelblau, dann baut sich die Farbe allmählich wieder auf, und der Fehler ist behoben.

„Wann hast du den Antrag auf einen neuen Bildschirm gestellt?“, fragt Obanczek. „Es dauert immer einige Zeit, bis so ein Antrag bewilligt ist, und dann muss auch noch jemand kommen und das Gerät anschließen.“

„Vor vier Wochen habe ich schon einen Antrag stellen wollen.“

„Vier Wochen?“

„Es muss etwas dazwischengekommen sein. Ich habe ihn erst gestern wieder in meinen Unterlagen gefunden.“

„Und?“

„Und gleich abgeschickt.“

„Die Arbeit frisst uns auf", sagt Obanczek.

Das Telefon auf Kalenbergers Schreibtisch klingelt. Sie hebt ab, hört einen Augenblick zu und sagt dann: „Ich rufe dich übers Handy an."

Obanczek starrt hochkonzentriert auf den Bildschirm, kann sich dabei aber ein Grinsen nicht verkneifen.

„Meine Tochter, du Affe!", sagt Kalenberger und verlässt das Büro.

Na ja, ihre Tochter, denkt Obanczek. Anja, Alina oder wie sie heißt. Ist eigentlich nicht ihre Tochter, eher eine Hinterlassenschaft ihres verunglückten Ehemanns. Auf seiner Beerdigung haben sie sich erst kennengelernt. Kalenbergers Ehemann hatte ein unaufgedecktes Verhältnis in Schkeuditz bei Leipzig. Hat sich Obanczek wegen des tollen Namens merken können. Die Mutter des Mädchens war uninteressant, hat Kalenberger berichtet, aber das Mädchen und sie hatten sofort einen Draht zueinander gefunden. Genetisch bedingt konnte das wohl nicht sein, obwohl es Kalenberger über Ecken anzudeuten versuchte. Nicht bei ihm: Wie viele Fälle hat die Abteilung im letzten Monat gelöst, also – vier Fälle weniger als fünf Achtel der Gesamtzahl wären genau so viel wie elf Fälle weniger als vier Fünftel der Gesamtzahl. Obanczek macht das im Kopf: Fünf Achtel Fälle minus vier ist gleich …

Kalenberger kommt zurück, setzt sich wieder an ihren Platz. Ist offensichtlich an keiner Kommunikation interessiert. … ist gleich vier Fünftel der Fälle minus elf.

Nach ein paar Augenblicken schnipst sie wieder gegen ihren Bildschirm, schaut dann über die Bildschirmkante Obanczek an. „Aylin hat mal wieder ein Problem. Sie hat wohl in der Schule mit *ihrer Tante bei*

Interpol angegeben und dabei blöderweise auch meinen Namen genannt. Irgendeiner muss im Internet nach mir recherchiert haben, und jetzt wird sie in der Schule gemobbt."

„Wie kann man denn damit gemobbt werden?"

„So: Pst, pst, sagt nichts, sonst erfährt es Interpol. Aylin hat Verbindung zu den höchsten Kreisen – oder so was Ähnliches muss sie sich wohl ständig von den Mitschülern anhören."

„Ist doch kein Problem, schick einen Kollegen aus Schkeuditz ..."

„Dass du dir den Ort merken konntest."

„Gehirntraining – und das Ergebnis sind vierzig gelöste Fälle in einem Monat."

„Hast du dir irgendetwas reingeworfen? Wenn ja, will ich auch davon haben."

„Egal. Schick einen Kollegen bei den mobbenden Mitschülern vorbei, und der Spuk hat ein Ende."

„Ich setze meine berufliche Stellung doch nicht für meine Privatangelegenheiten ein."

„Dann tu ich es."

„Ich kann dich nicht daran hindern."

Es klopft an der Tür. Schmitz-Erdal von der Sitte. „Ich hab mal wieder was für euch!"

„Von deinem nächtlichen Quälgeist?", fragt Kalenberger.

„Der macht eine Kur in Bad Kissingen. Hat es im Rücken."

„Prima", sagt Obanczek, „hast du seine Adresse?"

„Na klar", sagt Schmitz-Erdal, „Kirchbergstraße neunundzwanzig."

„Wahnsinn", murmelt Obanczek, „vielleicht auch noch seinen Namen?"

„Natürlich! Markus Schmitz-Erdal."

Kalenberger möchte sich ausschütten vor Lachen. Obanczek hat sich vorführen lassen wie ein Praktikant. Rot ist er geworden bis zum Haaransatz, und ganz plötzlich sind blonde Frauen in seiner Favoritenliste um einige Plätze abgestürzt.

„Was hatte er denn diesmal zu bieten?" Kalenberger wischt sich Lachtränen aus den Augenwinkeln.

„Er wollte einen Hinweis geben zu dem unaufgeklärten Mord. Ich wüsste schon, um welchen Mord es sich handelt. Arne Sonneveld habe am fraglichen Abend in enger Umarmung mit dem Mann von der HPP-Bank hinter der Festhalle Marris gestanden."

„Gestanden?", fragt Kalenberger.

„Hat er so gesagt, klang aber wie Knutschen und Fummeln."

„Das ist doch schon mal was", meldet sich jetzt auch Obanczek wieder zu Wort.

„Und ich habe noch mehr. Ein Schützenbruder soll die beiden bei ihrem, äh, Stelldichein beobachtet haben. Ich habe mir gleich den Namen notiert." Schmitz-Erdal öffnet das kleine Notizbuch in ihrer Hand.

„Vielleicht Schmitz-Erdal aus Bad Kissingen?", murmel Obanczek vor sich hin. Nachtragend ist er nun mal nicht.

„Brosinski."

„Brodinsky?" Jetzt ist Obanczek wieder im Hier und Heute.

„Ich habe es nur phonetisch mitgeteilt bekommen, Kollege, es kann also auch durchaus Brodinsky geheißen haben." Sie schließt ihr Notizbuch. „Ich hoffe, ihr könnt mit der Information etwas anfangen."

„Glaube schon", sagt Kalenberger.

„Sollen wir dich über deinen privaten Anschluss über unsere Ermittlungsergebnisse informieren?", bietet Obanczek an.

„Untersteht euch!", sagt Schmitz-Erdal und stupst ihm mit der Faust gegen den Oberarm.

Obanczek grinst, doch als sie die Tür hinter sich geschlossen hat, zieht er den halben Ärmel seines Hemds hoch und betrachtet sich die angestupste Stelle. Ihre vier Fingerknöchel zeichnen sich deutlich ab. Durch heftiges Reiben versucht Obanczek, den aufkeimenden Schmerz zu betäuben.

„Ich mag leidenschaftliche Frauen."

„Du hast wohl einen gewissen Notstand?"

Obanczek gönnt sich einen Schokoriegel als Seelentröster. Da sich Kalenberger so interessiert an seinem Privatleben zeigt, bekommt sie auch einen.

„Du weißt doch, wie das ist: Du bist bei der Polizei? Das ist mir zu stressig. Unregelmäßige Arbeitszeiten, als Auto allenfalls einen Golf Kombi und im Urlaub höchstens nach Rab, Krk oder Hvar."

„Was ich dich schon immer mal fragen wollte", Kalenberger wickelt den angebissenen Schokoriegel wieder ein, „wie viele Zinnsoldaten hast du eigentlich in deiner Sammlung?"

„Frau Kommissarin, ich gesteh, es sind keine Zinnsoldaten."

„Ich weiß. Ich wollte nur diskret sein."

„Du und diskret? – Es sind genau einhundertachtundvierzig!"

„Und jeder ist von einer anderen Frau?"

„Alle sind fabrikneu", empört sich Obanczek, „gebrauchte Lippenstifte wären für eine Sammlung völlig wertlos."

„Und das macht Spaß?"

„Was?“

„Die Lippenstifte zu sammeln?“

Obanczek sieht Kalenberger einen Augenblick lang an, dann beginnt er zu grinsen. „Es bleibt unter uns?“

„Großes Kommissarsehrenwort!“

„Die Lippenstifte sind mir eigentlich ziemlich schnuppe. Aber hin und wieder gibt es Lippenstiftbörsen. Und wer sammelt Lippenstifte? Fast ausschließlich Frauen. Da ist es dann nicht schwer, ins Gespräch zu kommen ...“

„... und die Damen zu einem Besuch der privaten Sammlung einzuladen? – Tolle Methode.“

„Die Auswahl ist nicht schlecht, und so ein privates Rendezvous ist dann auch meist drin. Aber dann wieder: Du bist bei der Polizei ...“

„Und wie wäre es mit einer Kollegin?“

„Muss auch nicht sein.“ Obanczek reibt sich den Oberarm.

„Tja“, sagt Kalenberger, „dann kann ich dir auch nicht helfen!“ Obanczek verschluckt sich an einem Bissen von seinem Schokoriegel, hustet, Tränen steigen ihm in die Augen, Kalenberger lacht und greift zum Telefon. „Verbinden Sie mich bitte mit Herrn Benthe.“

„Kannst du dir morgen auf dem Heimweg etwas zu essen mitbringen?", fragt Melli. „Ich muss für eine Kollegin einspringen. Ich fange um elf an und bin erst spät zurück."

Hinnerk schaut in die Fernsehzeitschrift, hat den falschen Tag aufgeschlagen, Melli sagt nichts.

„Dann können wir doch erst in Loretta's Milchhäuschen zusammen frühstücken, ich muss auch erst später aus dem Haus."

„Ein auswärtiger Termin?"

„Ich soll zum Kriminalkommissariat in die Waterloostraße kommen."

Er hätte in der Fernsehzeitschrift vorwärts blättern müssen, um auf das Programm des heutigen Tages zu kommen, er hat mehrere Seiten zurückgeschlagen.

„Haben sie einen Grund genannt?"

„Steht alles in Zusammenhang mit dem Tod von Arne Sonneveld."

Melli sieht Hinnerk an.

„Ich habe das Gefühl, du wirst immer tiefer in die Sache hineingezogen."

„Ich weiß auch nicht, was sie von mir wollen." Hinnerk springt auf, pfeffert die Programmzeitschrift auf den Couchtisch und gießt sich ein Glas Mineralwasser ein.

„Ist ein bisschen schwierig mit einem gemeinsamen Frühstück in Loretta's Milchhäuschen", sagt Melli, „ich muss spätestens um halb elf hier raus."

„Schön, schön", sagt Hinnerk, „dann eben kein gemeinsames Frühstück."

„Ich habe noch Brötchen eingefroren und Aufschnitt ist auch noch genug da."

„Was soll ich denen denn erzählen? Ich weiß doch nichts mehr. Aber sie graben und graben, und am Ende hängt man in irgendetwas drin. Den Urlaub können wir auch streichen, solange der Fall Arne Sonneveld nicht geklärt ist."

„Kein Urlaub? Dann fahre ich vielleicht für ein paar Tage zu einer Freundin. Ich muss hier einfach mal raus."

Hinnerk stellt das leere Wasserglas auf die Abtropffläche neben der Spüle, dreht sich um und schaut gedankenverloren zum Fenster hinaus. „Ich müsste auch einfach aus allem raus!"

„Ich würde mitkommen zur Polizei, wenn es nicht ausgerechnet morgen wäre."

„Ist nicht nötig", sagt Hinnerk, „sie werden nicht viel zu fragen haben." Er wendet sich Melli zu, stutzt. „War dir mal wieder was im Wege?"

„Wieso?"

„Der blaue Fleck an deinem Arm."

„Das ist nichts", sagt Melli, „da bin ich gegen das offene Wohnzimmerfenster gelaufen." Dabei röten sich ihre Wangen.

Kalenberger ist müde. Außerdem schwellen ihre Füße bei dem heißen Wetter immer an, und dann noch der Hallux vulgus an beiden Füßen, wie ein sechster Zeh. Es gibt kaum Schuhe für sechs Zehen im Angebot. Mit Sandalen kann sie beruflich nicht unterwegs sein. „Hallo, Sie, warten Sie mal, bis ich Sie einhole, ich habe einen Stein in der Sandale!" Schöne Verbrecherjagd. Morgen dann Hinnerk Benthe. Kalenberger ist nicht sicher, ob er sich seiner Gedächtnislücken wirklich schämt oder sie genießt. Der anonyme Hinweis macht ihn noch nicht zum Verdächtigen. Doch ein neutraler Zeuge ist er auch nicht mehr. Irgendwie fehlt ihr die Intuition, wie das Verbrechen abgelaufen sein könnte. Warum wird der Bruchmeister auf dem Schützenfest erschlagen? Wenn es mit seiner Tätigkeit für den AWD und seine geprellten Kunden zu tun haben sollte, hätte der Mord heimlicher und risikoloser stattfinden können. Und warum erst jetzt? Die Pleite des Dreiländerfonds erstreckt sich über sechs, acht Jahre und Enttäuschung, Wut, Rachegedanken verblassen mit der Zeit. Wenn es nicht ein ganz kalt kalkulierter Racheplan ist. Aber wie passt Hinnerk Benthe in den Plan?

Kalenberger schließt den Wagen vor ihrer Haustüre ab. Elkartallee, eine ruhige Wohngegend. Sauber gestutzte Hecken vor den beschaulichen Backsteinfassaden der dreigeschossigen Häuser. Ihre Eigentumswohnung liegt in der zweiten Etage, wenn sie in Rente geht, ist die letzte Hypothek bezahlt.

Die junge Frau mit den Zwillingen grüßt. Gegenüber aus der Einfahrt zum DRK-Altenheim biegt ein Krankenwagen auf die Straße ein. Es kommt alles schneller als man denkt.

Kalenberger steigt die Treppe zu ihrer Wohnung hinauf. Die Luft ist stickig, ein Gewitter liegt in der Luft. Sie kippt zwei Fensterflügel, zieht sich eine Bluse, eine legere Hose und ihre Sandalen an. Sie wird zum Engesohder Friedhof hinübergehen. Ihrem Ort der Entspannung, Konzentration und Eingebung. Hinter dem Maschsee grummeln bereits erste Donner, doch es sind nur wenige Schritte zum Friedhof. Sie betritt den Friedhof durch das Torhaus des Haupteingangs. Hannoverscher Rundbogenstil. Nicht Kalenbergers Geschmack. Bögen und Bögen, dazu spitze Türmchen, geflochtene Balustraden und Säulchen mit orientalischen Kapitälchen.

Der Stadtfriedhof Engesohde wurde als einer der ältesten Friedhöfe Hannovers zwischen 1861 und 1864 angelegt. Zahlreiche künstlerisch gestaltete Grabdenkmäler und Gruftgebäude erinnern an prominente Bewohner Hannovers - wie die Tänzerin Yvonne Georgi, den Dadaisten Kurt Schwitters und die Architekten G. L. F. Laves und Dieter Oesterlen. Doch Kalenberger ist das Wichtigste die Atmosphäre - Ruhe, Gelassenheit und der Charme des Vergänglichen. Wer kennt heute noch den königlichen Kapellmeister Karl Herner? Wer wird in fünfzig Jahren noch Marike Kalenberger kennen? Und genau diese Einsicht lässt Kalenberger durchatmen, nimmt ihr den Druck von den Schultern und macht die Gedanken frei. Sie setzt sich auf *ihre* Bank in den Schatten eines grauen Sandsteingrabmals der Angermanns. Nur einzelne Blätter bewegen sich an den hohen Bäumen. Ein Grünfink landet auf dem Kiesweg, Kalenberger bewegt sich nicht, um ihn nicht zu vertreiben. Sie atmet tief, schließt die Augen und schläft augenblicklich ein.

Sie wird wach, als sich etwas Weiches und Warmes an ihr Bein schmiegt, sich sanft bewegt. Instinktiv zieht Kalenberger das Bein an, erste Tropfen fallen aus den sich auftürmenden Wolken.

Kalenberger schaut auf ihr Bein. Etwas seitlich sitzt eine kleine Katze. Ein erbärmlich hässliches Ding. Fast weiß mit einem schwarzen Schmiss im Gesicht, der ihr ein böses, aggressives Aussehen gibt.

Kalenberger stampft mit dem Fuß auf, um das Tier zu vertreiben, doch entgegen der Erwartung kommt die Katze näher und schaut sie fragend an. „Verschwinde!“, sagt Kalenberger und will sie mit einer energischen Handbewegung davonjagen. Die Katze springt zur Seite, nähert sich dann aber wieder auf ihren, ja, drei Pfoten der Frau auf der Bank.

„Hässlich und auch noch verkrüppelt“, mault Kalenberger, „eine schöne Mischung.“

Der Regen wird stärker. Jetzt muss sie aufstehen und nach Hause gehen. Die Katze schaut Kalenberger mit schräg gelegtem Kopf an. Kalenberger erhebt sich. Ein Blitz, nur wenige Sekunden danach der krachende Donner und dann brechen die Wolken auf. Kalenberger eilt strammen Schritts nach Hause. Rennen nur im Dienst! Einen Augenblick stellt sie sich im Torhaus unter. An der Straße sind die Laternen angegangen, werden wohl von einem Helligkeitssensor gesteuert.

Kalenberger dreht sich um, schaut zum Maschseehimmel. Noch schwärzer als schwarz und das klatschnasse Kätzchen zu ihren Füßen. Den Regen abwarten? Das kann sich hinziehen. Außerdem will Kalenberger raus aus ihren nassen Klamotten. Sie stürmt los, bleibt nach wenigen Schritten stehen, greift sich das Kätzchen und nimmt es auf den Arm. Jetzt ist keine Zeit für weiterführende Überlegungen. An der Hildesheimer Straße überquert sie die Kreuzung bei Rot, ihre Sandalen knatschen bei jedem Schritt, sie zieht die Sandalen aus, läuft barfuß. Wieder ein Blitz und unmittelbar darauf folgt der Donner. Das Kätzchen auf ihrem Arm zittert. Kalenberger sucht in der falschen Hosentasche nach dem Schlüssel, findet ihn endlich, schließt auf, im Hausflur knutscht die Tochter aus der dritten Etage mit einem jungen Mann, schrickt zusammen, grüßt, Kalenberger eilt die Treppen hinauf.

Sie schließt die Türe hinter sich, nimmt mit einer Hand eine Zeitung vom Papierstapel und breitet sie etwas ungeschickt auf dem Esszimmertisch aus. Sie stellt das Kätzchen auf die Zeitung, zieht als Erstes ihre Hose aus, erbarmt sich des Kätzchens und holt aus dem untersten Fach des Wäscheschranks ein ausgefranstes Badetuch. Sie rubbelt das Kätzchen trocken und legt das Badetuch mit Kätzchen in eine Sofaecke. Das Kätzchen rollt sich zusammen, schnurrt und Kalenberger kann ihre restlichen Sachen ausziehen, wirft alles zusammen in die Badewanne und kleidet sich neu ein. Sie nimmt eine kleine Flasche Prosecco aus dem Kühlschrank und geht zurück ins Wohnzimmer, setzt sich in die freie Sofaecke. „Was machen wir nur mit dir?", fragt sie ins Blaue hinein.

Das Kätzchen stellt sich auf die Vorderpfoten und mauzt. „Natürlich, klar", sagt Kalenberger, „wir haben Hunger!" Für sich hat sie noch einen Rest Kartoffelsalat vom Vortag, dazu wird sie ein kaltes Geflügelwürstchen aus dem Glas essen. Und Toto – so hat sie das Kätzchen spontan nach dem legendären Mafia-Boss Totò Riina getauft? Bekommt Milch, natürlich. In Kalenbergers Haushalt gibt es keine Milch, und Toto hat das Problem schon selbst gelöst. Er oder sie frisst das erste Geflügelwürstchen. Und das zweite und das … Kalenberger stellt eine Schale mit Wasser auf den Tisch. Toto trinkt. Alles im grünen Bereich. Oder? Wer frisst und trinkt, der braucht auch ein Klo. Helge Schneider: *Katzenklo, Katzenklo – ja, das macht die Katze froh!*

Toto könnte natürlich auf den Balkon gehen. Und dann? Morgen wird Kalenberger ein Katzenklo mit dem entsprechenden Einstreu im Baumarkt kaufen. Aber heute? Toto springt auf das Badetuch in der Sofaecke und mummelt sich ein.

Kalenberger klingelt bei den Eltern der Zwillinge. Eltern von Kleinkindern haben doch bestimmt eine große Schale, die provisorisch als Katzenklo dienen könnte. Haben sie nicht. Nach längerem Überlegen fällt der Mutter die ausrangierte Babybadewanne ein. Die steht allerdings im Keller, und als Kalenberger mit der Wanne und einem Packen alter Zeitungen in ihre eigene Wohnung zurückkommt, hat sich Toto bereits in der Ecke neben dem Sofa entleert. Es stinkt penetrant. Sie wird Toto im Kommissariat an einen tierliebenden Kollegen weitergeben.

Kalenberger geht unter die Dusche, föhnt die kurzen Haare, schaut sich im Spiegel an und findet ihr Aussehen durchaus zufriedenstellend. Warum kann sie nur damit nicht richtig punkten? Sind es ihre paar Kilo zu viel oder übersieht sie mittlerweile alle zarten Kontaktversuche? Der Beruf hat sie sicher ernüchtert. Wer sich verlieben will, muss auch bereit sein, einen Strauß Gänseblümchen für ein Rosenbouquet zu halten. Mach das mal als Kriminalbeamtin!

Eine Spinne steigt über die Klopapierrolle die Wand hinauf. Kalenberger greift zum Zahnputzglas, stülpt es mit einer raschen Bewegung über das Krabbeltier und schiebt eine dünne Probepackung Body-Milk zwischen Wand und Glas. Obwohl sie Spinnen hasst, wird sie das unschuldige Tier auf den Balkon tragen und zwischen den Blumen ausschütteln.

Die Balkontür ist geschlossen, damit der unerfahrene Toto mit einem Fehltritt nicht vom Balkon stürzen kann. Kalenberger balanciert das umgestülpte Glas mit einer Hand, um den Türgriff herunterzudrücken. Das Glas kippelt, fällt zu Boden und die Spinne versucht, eine rettende dunkle Ecke zu erreichen. Doch Kalenberger ist schneller und schlägt mit der Programmzeitschrift zu. Die Spinne hatte ihre Chance. Morgen wird sie eine neue Programmzeitschrift besorgen müssen. Warum hat sie niemanden, der so etwas für sie erledigt? Sie ist nicht gern allein, würde auch am Wochenende gern mal mit jemandem sprechen und nach den Tagesthemen mit ihm unter die Bettdecke schlüpfen. Nächsten Freitag wäre Skatabend. Dann schon lieber Pizza-Abend. Und wenn sich Tomaso und Toto nicht leiden können? Dann würde sie endlich mal im Mittelpunkt des Interesses stehen. Aber sicher verbrüdern sich die beiden und sie bleibt mal wieder außen vor. Dann fliegen beide raus!

Ein Blick in den Kühlschrank. Eier, Aufschnitt, ein halbes Schnitzel und eine angebrochene Packung gemischten Salat. Sie wirft die Packung in den Abfalleimer, nimmt sich zwei Reiswaffeln aus der Brotbox. Unter sechsunddreißig Fernsehprogrammen kann sie ihre Auswahl treffen. Sie zappt einmal die Programme rauf und runter, nimmt sich dann eine Gartenzeitschrift und vertieft sich in den Artikel über mediterrane Bauerngärten. Immer noch dieser leichte Gestank in der Luft, Toto schläft in der Babybadewanne im Gästeklo. Seine rechte Pfote zuckte, als sie das letzte Mal nach ihm gesehen hat. Sie holt ihr Eternity aus dem Bad und gönnt dem Wohnzimmer eine neue Duftnote.

Sie kann sich in die Gartenzeitschriften vertiefen, soviel sie will, sie wird diese unterschwellige Sehnsucht nicht los. Sie sehnt sich nach Zärtlichkeit. Ob sie sich einen Dildo anschaffen soll? Haben jetzt viele Frauen, ist modern und völlig legal. Gegen halb elf gibt sie auf. Sie wird in der Pizzeria Pinocchio anrufen. „Eine Bestellung für Tomaso. Bitte eine Pizza Diavolo in die Elkartallee. Er weiß Bescheid. Danke!"

Kalenberger legt das Telefon in die Basisstation, sieht sich an, ordnet die Kissen auf der Couch, geht ins

Schlafzimmer und zupft die Tagesdecke über dem breiten Bett glatt. Jetzt kann sie sogar eine Quizsendung im Fernsehen ertragen, ihre Gedanken sind sowieso woanders.

Es klingelt. Kalenberger geht zur Sprechanlage.

„Ja, bitte?"

„Pizzeria Pinocchio!"

Das ist nicht Tomasos Stimme. Sie drückt trotzdem den Türöffner. Ein junger Mann kommt die Treppe heraufgesprungen.

„Buona sera!"

Der junge Mann lächelt sie an, scheint ein wenig verlegen. „Tomaso lässt sich entschuldigen, er kann heute nicht kommen." Er will die Pizzapackung loswerden.

„Was be..." Kalenbergers Stimmbänder sind belegt, sie muss hüsteln. „Was bekommen Sie?"

„Nichts", sagt der junge Mann und drückt ihr die Packung in die Hände, „geht aufs Haus."

„Auf keinen Fall!", sagt Kalenberger.

Der junge Mann druckst ein wenig herum. „Sie sollen bitte nicht böse sein. Tomaso hat sich einen Zahn abgebrochen."

„An seinem Tiramisu?"

„No, no", sagt der junge Mann, „an einem Olivenkern. Jetzt sitzt er in der Notaufnahme und wartet auf eine Behandlung."

„Wieso sollte ich böse sein? Hauptsache, die Pizza schmeckt."

„Dann also guten Appetit", sagt der junge Mann, „wir haben viel zu tun." Er sprintet die Treppe wieder hinunter.

Kalenberger muss sich einen Augenblick besinnen, geht in ihre Wohnung, will die Pizza in den Abfalleimer werfen, doch sie duftet zu verführerisch, und außerdem ist man mit einem abgebrochenen Zahn entschuldigt.

Sie schiebt die Pizza auf einen Teller, stellt das Fernsehgerät an und setzt sich an den Esstisch. *So habe ich meine große Liebe gefunden.* Kalenberger kaut und schaut. Die einen haben sich im Tanzkurs kennengelernt, ein zweites Paar bei einem leichten Autounfall und dann kommen drei Paare, die sich übers Internet gefunden haben. Warum eigentlich nicht? Kalenberger holt sich ein Bier aus dem Kühlschrank, die Pizza ist ziemlich scharf. Ob sie es auch mal versuchen soll? Sie stellt Geschirr und Besteck zum Abwasch und setzt sich vor ihren Laptop. Was Kalenberger macht, macht sie gründlich. Erst einmal informiert sie sich bei der Stiftung Warentest über die Erfolgsaussichten und Vertragsfallen der Singlebörsen. *Nicht alle Anbieter sind seriös. Viele Mitglieder wirken nicht authentisch.* Kalenberger macht den Laptop aus und geht ins Gästeklo. Sie nimmt Toto auf den Arm und setzt sich mit ihm auf das Sofa. Ein kurzer Blick einer erfahrenen Ermittlerin genügt: Es ist ein Er.

Von außen prasselt der Regen gegen die Fensterscheiben, sogar ein paar Hagelkörner sind darunter.

Es war eine unruhige Nacht für Hinnerk. Melli hat mal wieder ihr Bettzeug genommen und sich im Wohnzimmer aufs Sofa gelegt. Was will die Kripo von ihm?

Natürlich findet er keinen Parkplatz direkt an der Polizeidirektion in der Waterloostraße. Er muss noch ziemlich weit fahren, bis er seinen Wagen endlich abstellen kann, und dann ist es auch schon fünf vor elf.

Er muss sich im Empfang anmelden, wird in ein kleines Besprechungszimmer geführt, eher einem verlassenen Büro. Ziemlich kahl, an den Wänden zwei

Aktenschränke mit bunten Ordnerrücken, in einer Ecke eine kränkelnde Topfpflanze.

Die Tür geht auf. Der jüngere, glatzköpfige Beamte erscheint, sie geben sich die Hand. Im Zusammenhang mit dem Tod von Arne Sonneveld wären weitere Fragen aufgetaucht.

Ob das eine Vorladung sei, will Hinnerk wissen.

Er wolle sich alle Vorreden sparen, sagt Obanczek. Benthe wäre in der Tatnacht in inniger Umarmung mit Arne Sonneveld hinter der Festhalle Marris gesehen worden. Ob er dazu etwas zu sagen hätte.

„Wer will mich gesehen haben?“ Hinnerk ist überrascht und entrüstet.

„Verstehen Sie uns nicht falsch“, sagt Obanczek, „ihre erotischen Vorlieben gehen uns nichts an und sind uns auch völlig egal. Uns interessiert nur, warum Sie uns bisher nichts von dem, nun sagen wir mal, Stelldichein, erzählt haben.“

„Ich hatte keinerlei Veranlassung. Mir ist nichts von einem solchen Zusammentreffen bekannt. An große Teile der Nacht kann ich mich überhaupt …“

„… nicht mehr erinnern“, ergänzt Obanczek. „Eine andere Frage: Verkehren Sie in der homosexuellen Szene, und kannten Sie Arne Sonneveld vielleicht aus diesem Bereich?“

„Ich bin seit Jahren glücklich verheiratet!“ Hinnerk springt auf.

„Sie wären nicht der Erste, der zweigleisig fährt!“

„Was soll die Unterstellung. Ich möchte jetzt gehen.“

„Ich habe nichts dagegen.“ Obanczek steht ebenfalls auf. „Aber sicher haben Sie nichts gegen einen DNA-Test. Der tut nicht weh und ist schnell erledigt.“ Schon hat er ein Wattestäbchen in der Hand, und Hinnerk soll seinen Mund weit aufmachen.

„Sollten noch Fragen auftauchen", sagt Kalenberger, „melden wir uns."

Hinnerk klappt den Mund zu.

Hinnerk will zur U-Bahn-Station. Auf halbem Weg fällt ihm ein, dass er mit dem Auto gefahren ist. Er muss zurück, den Wagen suchen, läuft hierhin und dorthin. Reiß dich zusammen oder willst du die ganze Welt auf dich aufmerksam machen? Er findet das Auto und fährt zur Bank, stellt es auf dem Kundenparkplatz im Hof ab.

Er zögert mit dem Hineingehen in die Bankfiliale. Irgendetwas hat sich verändert. Hinnerk sieht sich um. Auf Anhieb fällt ihm nichts auf. Doch. Herr Schinkel fehlt, und die Tür zu seinem Handy-Shop ist nur angelehnt. Wie leicht kann da jemand …

Hinnerk kann Herrn Schinkel nirgendwo entdecken. Hinnerk nähert sich vorsichtig der Ladentür, sie schwingt in der Angel, er macht sie einen Spalt weit auf und schaut in den Laden. Der Laden ist leer. Alles ausgeräumt, nur die Regale und die Theke stehen noch im Raum. An der Türe zur Straße klebt ein einfaches weißes Blatt Papier mit Filzstift beschriftet. Hinnerk kann es ohne Probleme von der Rückseite her lesen: *Wegen Krankheit geschlossen.*

Hinnerk lässt die Schlösser an seinem Mercedes fernbedient klacken. Er geht in die Bank.

Alles scheint irgendwie anders zu sein. Seine Mitarbeiter beäugen ihn verstohlen. Sieht man ihm seine Unsicherheit an? Er zwingt sich zu einem heiteren, sicheren Schritt, spürt die Schweißperlen auf seiner Stirn, schließt die Tür des Büros hinter sich und atmet tief durch.

Im Aktenschrank steht eine Flasche Cognac. Wichtige Besucher bekommen ihn serviert. Hinnerk holt die Flasche, füllt sich ein Wasserglas zur Hälfte, geht ans Fenster und trinkt einen Schluck. Er muss husten, das Licht blendet ihn. Er stellt das leere Glas auf den Schreibtisch. Ein Klopfen an der Tür. Frau Rozari mit einem verspäteten Morgenkaffee.

„Sie haben es sicher schon gesehen, Herr Schinkel hat seinen Handyladen aufgegeben“, sagt Frau Rozari.

„Vielleicht ist er krank?“

„Herr Brodinsky ist auch nicht an seinem Arbeitsplatz erschienen.“

Hinnerk ist mit wenigen Schritten an der Tür seines Büros, Brodinskys Schreibtisch steht aufgeräumt und verwaist in seiner Ecke.

„Hat er angerufen?“

„Nein“, sagt Frau Rozari, „aber die meisten Mitarbeiter fanden es gut, wie Sie ihn zusammengefaltet haben.“

„Ich habe niemanden ...“

„Neulich. Als sich der junge Mann über sein gefälschtes iPhone bei Brodinsky beschwert hat.“

„Sie meinen, Brodinsky und die Krankheit von Herrn Schinkel könnten zusammenhängen?“

„Ich will nichts gesagt haben.“ Frau Rozari schenkt Hinnerk eine zweite Tasse Kaffee ein.

Vielleicht hat sich Brodinsky abgesetzt, weil die Sache mit den gefälschten iPhones aufzufliegen droht? Schinkel könnte ihn gewarnt haben. Doch ganz gut, dass er Brodinsky vor versammelter Mannschaft zusammengestaucht hat, damit ist er aus der Sache raus.

Erich ruft an. Er hat vier Karten fürs GOP, dem Varieté gegenüber der Staatsoper. Das wäre doch was, um mal für ein paar Stunden abzuschalten. Hinnerk sagt zu. Melli wird sicher auch mit Begeisterung dabei sein.

Melli ist mit der U-Bahn in die Innenstadt gefahren und verlässt den Hauptbahnhof in Richtung Lister Meile. Sie hat ihre flachen Schuhe angezogen, aber ein Kleid. Das hat Kai verlangt. Sie betritt das Café Extrablatt in der Friesenstraße, sieht sich um. Es ist ein paar Minuten nach elf. Einige Männer betrachten sie mit einem neugierigen Gesichtsausdruck, ein Mann bietet ihr mit einer kleinen Handbewegung einen Platz an seinem Tisch an. Kai ist noch nicht da. Melli setzt sich hinter eine immergrüne Kübelpalme, bestellt sich einen Espresso. Es ist zum Verrücktwerden. Schon beim Gedanken an Kai zittern ihr die Knie. Liebt sie ihn? Nein, sicher nicht. Es ist einfach nur Sex. Und wenn Sex Liebe ist? Weil Liebe ohne Sex keine Liebe ist. So einfach?

„Hallo!"

Kai steht vor ihrem Tisch, beugt sich zu ihr, gibt ihr einen Kuss auf den Mund.

„Trink aus!" Er lächelt.

Ihr sagt niemand, was sie tun soll. Doch ihr Espresso ist bereits ausgetrunken, Kai legt ein paar Münzen auf den Tisch, sie steht auf und Kai lässt seinen Blick langsam ihren Körper hinuntergleiten, sagt „hübsch" und wendet sich zur Tür.

„Ich geh vor", sagt er draußen, „wir wollen doch sicher nicht zusammen gesehen werden. Gib mir deine Handynummer, damit ich dich anrufen kann, wenn wir uns aus den Augen verlieren sollten."

Von wegen *aus den Augen verlieren sollten*, er will sich mit ihrer Handynummer einen noch direkteren Zugriff auf ihr Leben verschaffen. Sie gibt ihm ihre Nummer, er tippt sie in sein Handy, Melli wartet auf seine Angaben, doch vergebens. Er läuft voraus, ein Stück die Lister Meile hinauf, dann biegt Kai in die Elkertstraße ein, es geht noch um mehrere Ecken, und schließlich bleibt Kai vor einem Sex-Shop stehen und wartet auf Melli.

„Geh hinein!“

Damit kann er sie nicht schocken. Sie drückt die Türe auf, ein hell erleuchteter Raum mit bunt bestückten Regalwänden, in der Mitte des Eingangsbereichs ein Rondell mit Sexspielzeug, größere Schilder hängen von der Decke und weisen den Weg zu einzelnen Abteilungen.

„Kann ich Ihnen helfen?“ Eine junge Verkäuferin lächelt Melli an.

Jetzt betritt Kai den Laden, sagt: „Hi - ich kümmre mich selbst um meine Freundin.“ Er zwinkert der Verkäuferin zu. Die Verkäuferin nickt und verzieht sich hinter die Kasse neben der Eingangstür. Die beiden scheinen sich zu kennen.

Kai fasst Melli am Ellbogen und schiebt sie weiter in das Geschäft hinein. Lovetoys, Fetisch, Dildos, Kondome und Schnäppchen. Im hinteren Bereich Dessous für *Sie*. Rechts zwei Umkleidekabinen.

Kai schlendert um die Rondelle herum, an denen die Artikel ausgehängt sind. BHs, Straps-Sets, Bodys und Torseletts, Catsuits und Overalls. „Welche Größe hast du?“ Kai ist bei den Corsagen und Korsetts stehen geblieben, nimmt einen Bügel heraus.

„Vierzig“, sagt Melli, „aber so etwas ziehe ich nicht an!“

Kai umfasst sie mit einem Arm, küsst sie und drückt sie an sich. Sie spürt seine Erektion an ihrem Bein. „Hast du das zu bestimmen?“

Er drängt seine Zunge in ihren Mund.

Kai sucht einige Kleidungsstücke aus, reicht sie ihr. „Zieh das an und sonst nichts." Er greift ihr zwischen die Beine, Melli kann einen Schrei gerade noch unterdrücken, zögert, nimmt dann aber den Bügel und geht in die recht große Umkleidekabine mit der festen Tür. Größe achtunddreißig.

Die Corsage ist aus schwarzem Netzstoff und lässt die Brüste frei, am unteren Saum baumeln rote Strapshalter. Sie muss sich hinzwängen.

„Bist du so weit?", fragt Kai.

Melli zieht den durchsichtigen schwarzen String an. Sie betrachtet sich im Spiegel. So etwas hat sie noch nie getragen, es gehörte zu einer anderen Welt, zu der sie bisher keinen Zutritt hatte. „Es gefällt mir nicht", sagt Melli, „ich zieh es wieder aus."

Ein Knacken an der Tür der Umkleidekabine, Melli hat die Tür extra versperrt, doch jetzt wird sie aufgeschoben und Kai drängt sich zu ihr in die Kabine. Natürlich, solche Riegelschlösser lassen sich mit einem Schraubenzieher oder einer Münze von außen ganz leicht öffnen.

Melli nimmt ihr Kleid vom Haken und will sich dahinter verstecken.

„Das ist nicht dein Ernst", sagt Kai, nimmt ihr das Kleid einfach aus der Hand und hängt es zurück. Er betrachtet sie mit einem Lächeln, streichelt die frei liegenden Brustwarzen und dreht sie um die eigene Achse. „Du siehst himmlisch aus!" Er zieht sie an sich, küsst sie, tätschelt ihre nackten Pobacken. „Und jetzt zieh den String aus!"

Melli gehorcht. Kai küsst sie wieder, öffnet seine Hose und dreht Melli um. Ohne weitere Zärtlichkeiten dringt er in sie ein. Melli wundert sich für einen

Augenblick über die Haltestange an der Wand, die ihr bisher gar nicht aufgefallen ist. Oder sind es Stangen zum Aufhängen von Kleidungsstücken? Weiter kann Melli nicht denken, Kai lässt ihr keinen Spielraum für abschweifende Gedanken. Er will sie und sie will ihn.

„Wir geben doch ein richtig schönes Paar ab", sagt Kai, greift Melli ins Haar und dreht ihren Kopf nach rechts. Im Spiegel kann sie sehen, wie Kai sich rhythmisch in ihr bewegt.

Es ist Wahnsinn, Wahnsinn, Wahnsinn, doch dann explodiert alles in einem überwältigenden Orgasmus. Kai richtet sie auf, nimmt sie in die Arme und streicht ihr übers Haar.

„Und was sagt meine geile Stute jetzt?", flüstert er ihr ins Ohr.

„Danke!", murmelt Melli. Tränen laufen ihr über die Wangen. Sie braucht eine ganze Zeit, bis sie sich gefangen und wieder so weit hergerichtet hat, dass sie die Umkleidekabine verlassen kann.

Kai sitzt in einem Ledersessel, die Beine weit von sich gestreckt. Melli will die Corsage zurück an den Kleiderständer hängen, zögert, sieht Kai an, und Kai hebt nur eine Augenbraue. Sie wird das Teil ganz unten in ihrem Wäschefach verstecken.

Kai steht auf. „Schau mal", sagt er und deutet auf zwei kleine Kugeln über der Tür der Umkleidekabine. Melli versteht nicht gleich, was sie sieht. Doch dann begreift sie, es sind Videokameras. Vor Entsetzen krallt sie sich in Kais Arm, Kai lacht und beißt ihr ins Ohrläppchen. „Reg dich nicht auf", flüstert er ihr zu, „das ist nur für unseren privaten Gebrauch, bekommt sonst niemand zu sehen. Als kleine Erinnerung an unser erstes Date außer Haus ist so ein Filmchen doch lustiger als ein Sträußchen Vergissmeinnicht."

An der Kasse bekommt Kai eine DVD ausgehändigt, bezahlt vierundfünfzig Euro und die junge Frau lächelt ihm zu. Für Melli hat sie keinen Blick. Aber die achtundsiebzig Euro für die Corsage muss Melli selber bezahlen. „Ich verschenke nie Kleidungsstücke", sagt Kai.

Als Melli mit Handtasche und Plastiktüte alleine in der U-Bahn sitzt und nach Hause fährt, kommen ihr die Erlebnisse der letzten Stunden wir ein Fantasiegebilde vor. Doch es war alles real, ihr Ohrläppchen schmerzt - und nicht nur das Ohrläppchen.

Das Gewitter hat noch lange in der Nacht gewütet. Doch jetzt am Morgen weht ein leichter kühler Wind vom Maschsee herüber. Kalenberger konnte sehr schlecht einschlafen, und nun fehlen ihr einige Stunden, um ausgeruht zu sein.

Sie schließt die Fenster, die sie zum Durchlüften vor dem Duschen geöffnet hatte, holt Toto aus seiner Kinderbadewanne und geht zum Auto hinunter. Sie nimmt die Werbung aus dem Briefkasten. Auffällig ist ein gefütterter weißer Briefumschlag ohne jede Beschriftung. So etwas landet öfter mal in ihrer Post. Meist sind es irgendwelche Beschimpfungen oder Obszönitäten. Aber neugierig, wie sie nun mal ist, schaut sie hinein. Ein brauner Gegenstand mit bunter Verzierung. Ein Lebkuchenherz mit einer etwas wackeligen Beschriftung: *Verzei mir. Tomaso.*

Einfach süß. Bisher war ihr Verhältnis klar geregelt. Geraten die Regeln jetzt durcheinander? Sie hat ihre Prinzipien. Außerdem ist Tomaso einen halben Kopf kleiner.

Sie fährt am Maschseeufer entlang. Das Handy klingelt. Obanczek.

„Wo bist du?“

„Auf dem Weg in die Polizeidirektion.“

„Nein“, sagt Obanczek.

„Wieso nein? Bist du besser über mich informiert als ich selbst?“

„Komm in den Georgswall zu dem Gebäude, in dem Arne Sonnevelds Büro lag.“

„The same procedure as last week?“

„Fahr gleich auf den Hof des Gebäudes. Diesmal hat der Hausmeister nichts dagegen. Peter Brodinsky ist tot, wurde wohl erschlagen und rücksichtlos in einer Mülltonne entsorgt."

„Sieht es schlimm aus?"

„Wenn man sich das ganze Blut wegdenkt und seinen öden Gesichtsausdruck, geht es. Hockt in der Tonne wie Häschen in der Grube, nur das er nicht krank, sondern tot ist. Das Tatwerkzeug steckt noch in seinem Hals. Sieh aus wie der designte Pfeil einer hypermodernen Armbrust. Das Blut muss gespritzt sein wie bei der großen Fontäne in den Herrenhäuser Gärten."

„Nun mach mal halblang!"

„Du wolltest doch eine genaue Tatortbeschreibung. Zum Friseur hätte er auch gemusst, sein Toupet ist verrutscht."

„Ein bisschen mehr Respekt, junger Mann!"

„Keine Zeit. Beeil dich, sonst ist die Müllabfuhr vor dir da."

„Dann lass die Müllabfuhr mal kommen. Ich habe eine bessere Idee. Du informierst mich über deine Eindrücke am Tatort, und ich fahre direkt zur HPP-Bank, bin mal gespannt, was Brodinskys Kollegen zu der unvermuteten Nachricht sagen."

Kalenberger betritt die Bank. Gedämpfte Geschäftigkeit, selbst die Telefone scheinen auf halbe Lautstärke reduziert zu sein. Geld verträgt wohl keine lauten Worte, könnte sich vielleicht erschrecken und in den Taschen der Kunden verharren.

Wovon leben Banken? Von der Zufriedenheit ihrer Kunden? Das war einmal, heute muss die Bilanz stimmen und immer ein paar Gewinnpunkte mehr als bei der Konkurrenz ausweisen.

Frau Rozari hat die Kommissarin erkannt und kommt mit einem Lächeln und leicht schräg gehaltenem Kopf auf sie zu. „Sie möchten doch sicher zu Herrn Benthe?"

„Ich habe Ihnen allen etwas mitzuteilen."

„Ach", sagt Frau Rozari, so laut, dass alle Angestellten aufmerksam werden.

„Also nicht zu Herrn Benthe?"

„Holen Sie ihn bitte her."

„Er hat im Augenblick sehr viel ..."

Kalenberger sieht Rozari an, und Rozari beeilt sich, den Abteilungsleiter zu holen. Hinnerk begrüßt die Kommissarin mit Handschlag. Kalenberger stellt sich mit dem Rücken zur Eingangstür. Hier ist zwar kein starker Publikumsverkehr, weil Geldautomaten und Kassen ein halbe Treppe tiefer liegen, doch sie möchte die ungeteilte Aufmerksamkeit auf sich lenken und die Angestellten im Auge haben.

„Herr Brodinsky ist heute nicht zur Arbeit erschienen?"

„Er war auch gestern schon krank", bemerkt Frau Rozari.

„Obwohl wir das nur vermuten können", verbessert sie Hinnerk, „er hat sich nicht krankgemeldet. Vielleicht hat ihn die Konkurrenz abgeworben ..." Der kleine Scherz sollte wohl zur Auflockerung der Stimmung beitragen, doch keiner lacht.

„Und gesehen wurde er in den letzten beiden Tagen auch nicht?", fragt Kalenberger weiter. Ihre Augen wandern von einem Gesicht zum anderen. Allgemeines Kopfschütteln, wenn überhaupt eine Reaktion auszumachen ist.

„Laut Arbeitsvertrag müsste seine Krankmeldung spätestens morgen ..."

„Sie werden auf seine Krankmeldung verzichten müssen."

Kalenberger macht eine kleine Pause.

„Peter Brodinsky ist tot."

Spontan richten sich alle Augenpaare auf Hinnerk. Weil er der Vorgesetzte ist und solche überraschenden Informationen zu kommentieren hat oder weil der Tod Brodinskys in irgendeiner Form mit ihm in Zusammenhang gebracht wird?

„Bitte überlegen Sie, ob Ihnen zu Brodinskys Tod etwas einfällt. Ich werde mich jetzt eine paar Minuten mit Herrn Benthe unterhalten. Nutzen Sie die Zeit für Ihre Überlegungen!" Kalenberger marschiert in die Richtung von Hinnerks Büro. Er eilt hinterher. Die Schockstarre der Mitarbeiter scheint überwunden, erste Gespräche werden begonnen, Hinnerk schließt die Tür seines Büros.

Kalenberger setzt sich, Hinnerk macht das Fenster zu. „Herr Brodinsky hatte vor etwa zwei Jahren einen leichten Schlaganfall", sagt Hinnerk.

„Das war nicht die Todesursache."

„Nicht? Woran ist er denn gestorben und warum wurde die Mordkommission eingeschaltet?"

„Richtig kombiniert", sagt Kalenberger, „wahrscheinlich Mord!"

„Wie schrecklich! Wo ist er denn ...?"

„Gefunden wurde er ganz in der Nähe von Arne Sonnevelds Büro."

„Das ist doch nur ein paar Straßen weiter."

„Sie wissen, wo Sonnevelds Büro war?"

„Wir hatten gelegentlich geschäftlich miteinander zu tun."

„Brodinsky auch?"

„Davon weiß ich nichts."

Kalenberger überlegt einen Moment. Der Fuß des Computerbildschirms müsste auch mal abgestaubt werden. „In welcher Beziehung standen Sie zu Brodinsky?"

Hinnerk stutzt, sieht die Kommissarin an, denkt einen Moment nach. „Ich war sein Vorgesetzter, doch in seinem Arbeitsbereich war Brodinsky völlig autark."

„Keine Missverständnisse oder Reibereien?"

Hinnerk seufzt. „Sie werden hier gleich hinausmarschieren und meine Mitarbeiter befragen. Dabei wird sich dann herausstellen, dass ich eine Auseinandersetzung mit Brodinsky hatte, die aber schnellstens beigelegt wurde."

„Worum ging es?"

„Ich war informiert worden, dass Brodinsky in krumme Geschäfte mit gefälschten iPhones verwickelt war. Ich habe ihn zur Rede gestellt und den Vorgang der Geschäftsleitung gemeldet."

„Wann war das?"

„Vor ein paar Tagen, so genau weiß ich es nicht mehr."

„Gedächtnislücken?"

Hinnerk springt auf. „Ich kann mich in meiner Position nicht mit jeder Belanglosigkeit …"

„Sind Sie schnell erregbar?"

„Eigentlich nicht." Hinnerk sinkt in seinem Chefsessel zusammen. „Im Augenblick ist bloß alles so chaotisch."

„Wem sagen Sie das." Kalenberger steht auf. Sie geht, ohne Hinnerk die Hand zu geben. „Wir sehen uns."

„Möglichst nicht allzu oft", sagt Hinnerk. „Das ist allerdings nicht gegen Ihre Person gerichtet." Er grinst schief. Kalenberger registriert es ohne Kommentar.

Kalenberger geht ins Großraumbüro zurück und fragt nach Brodinskys Schreibtisch. Sie fischt ein Paar Einmalhandschuhe aus ihrer Handtasche und zieht eine Schublade nach der anderen auf.

Nichts Ungewöhnliches und doch überraschend. Die Schubladen sind fast leer. Ein paar Flyer, Papier, Büromaterial, ein Buch über ein Computerprogramm, eine Bedienungsanleitung für eine elektrische Zahnbürste und ein Duden. In der untersten Schublade dann einige Mappen. Mit Kopien von Angeboten, Verträgen, Briefen, die letzten sind schon vor zwei Wochen verschickt worden. Eine Mappe ist mit *Privat* gekennzeichnet und enthält Zeichnungen von Rennpferden.

Soweit es Kalenberger auf die Schnelle beurteilen kann, sind es keine Kopien, sondern Originale, und sie sind ausgesprochen ausdrucksstark. Signiert mit K Ho. Und mitten unter den Pferdebildern fünf, sechs pornografische Zeichnungen. Sehr obszön, findet Kalenberger, aber gekonnt aufs Papier gebracht. Die Zeichnungen haben was … Kalenberger seufzt unbewusst.

Nach einem kurzen Zögern nimmt sie die Mappe an sich, verschließt und versiegelt dann die Schreibtischschubladen. „Hier darf nichts angerührt werden, bis alle Spuren gesichert sind." Vorsichtshalber klebt sie auch noch ein Siegel auf den Einschaltknopf des Computers.

„Wie sieht es nun aus?", fragt Kalenberger, als sie Obanczek im Büro in der Waterloostraße gegenübersitzt.

„Opfer ist durch mitgeführten Personalausweis als Peter Brodinsky ausgewiesen." Er blättert in seinen Unterlagen. „Er wurde wahrscheinlich mit einem

Brieföffner Marke LEXON Katana erstochen. Ein Stich von hinten rechts in den Hals. Fundort war wohl nicht gleich Tatort. Es gibt keine Kampfspuren. Steht aber alles noch nicht fest, die Kriminaltechnik ist noch in der Sammelphase."

„Was gibt es heute in der Kantine?"

„Schweinerollbraten mit Leipziger Allerlei."

„Muss nicht sein."

Kalenberger streift unter dem Schreibtisch unauffällig ihre Schuhe von den Füßen.

„Wir können Aufgaben delegieren", sagt Obanczek, „unser Erster Kriminalhauptkommissar hat die Soko Kleeblatt um weitere Einsatzkräfte erweitert. Natürlich nur in Teilzeit. Die Kolleginnen und Kollegen haben alle ihre eigenen Fälle auf dem Tisch."

„Wir werden sehen, was und wen wir brauchen."

„Wen, wüsste ich schon."

„Ich auch."

„Ach?"

„Doch sicher unsern blonden Frosch."

„Jetzt, wo du es sagst."

Kalenberger massiert den rechten Fuß mit dem linken und dann den linken mit dem rechten. „Lass uns mal eine Bestandsaufnahme machen."

Obanczek rollt auf seinem Stuhl ein wenig aus der Blickachse zu seinem Bildschirm, so kann er Kalenberger direkt ansehen. „Zwei Tote: Arne Sonneveld und Peter Brodinsky."

„Ob die beiden Todesfälle zusammenhängen, wissen wir noch nicht. Brodinsky hat unter der Hand gefälschte iPhones vertickt, habe ich in der Bank erfahren. Da ist er doch wohl mit Kreisen in Berührung gekommen, die in geschäftlichen Dingen wenig Spaß verstehen."

„Wir müssten uns mal mit dem K 3 in Verbindung setzen, ob die etwas über Brodinsky in ihren Wirtschaftsdateien haben."

„Gefunden wurde er ganz in der Nähe von Arne Sonnevelds Büro. Da muss es doch einen Zusammenhang geben, gewollt oder ungewollt."

„Einverstanden", Obanczek fährt sich mit streichelnden Bewegungen über die Glatze, soll angeblich die Gehirnzellen mobilisieren. „Aber der Zusammenhang muss erst noch gefunden werden." Er rollt zurück vor seinen Bildschirm und ruft eine Datei auf. „Das hatten wir zwar schon mal, haben ihm aber eventuell zu wenig Bedeutung beigemessen. Ich zitiere noch mal aus dem Bericht der Stiftung Finanztest vom neunten März zweitausendelf: *Die Liste belegt nicht nur, dass der AWD in den neunziger Jahren Zehntausenden Kunden langjährige Beteiligungen an riskanten Fonds vermittelte, den sogenannten Dreiländerfonds. Sie belegt auch, dass Tausende Anleger ihre Anteile an den geschlossenen Fonds, die ihnen vom AWD häufig als sichere Altersvorsorge verkauft wurden, mit einem Kredit finanzierten.*"

„Da könnte es einen Zusammenhang geben", sagt Kalenberger. Sie steht auf, um sich mit ein paar leichten Tai-Chi-Übungen zu entspannen. „Aber was hat das mit dem beobachteten Liebesgeplänkel zwischen Sonneveld und Benthe hinter der Festhalle Marris zu tun?"

„Tja, was hat es damit ..."

„Vielleicht sind sich Sonneveld und Benthe über ihre geschäftlichen Verbindungen auch privat nähergekommen. Und Brodinsky könnte etwas von dem Verhältnis erfahren und Arne Sonneveld damit erpresst haben."

„Wer gefälschte Handys vertickt, schrickt auch vor Erpressung nicht zurück?"

„So oder so ähnlich."

„Damit hätten wir zumindest einen fiktiven Tathergang. Er mag völlig falsch sein, aber wir können ihn abarbeiten und stoßen dabei vielleicht auf neue Zusammenhänge."

„Ich denke mal, im Ansatz liegen wir ganz gut. Brodinsky erpresst Sonneveld mit seinem Wissen um dessen erotische Beziehung zu Benthe. Und - jetzt nehme ich eine weitere Person hinzu - ein eifersüchtiger Intimfreund von Sonneveld beobachtet ihn mit Benthe auf dem Schützenfest, wird wütend und erschlägt aus Wut und Eifersucht Sonneveld. Damit ist Brodinskys Geldquelle aber auch versiegt."

„Brodinsky wendet sich an den übriggebliebenen Partner, der ist zwar nicht ganz so lukrativ wie Arne Sonneveld, aber für ein kleines zusätzliches Taschengeld reicht es. Als Brodinsky dann nicht mehr mit dem Kleingeld zufrieden ist und seine Forderungen erhöht ..."

„Und wenn alles nun ganz anders war?", fragt Obanczek.

„Werden unsere Puzzleteile irgendwann ein neues Bild ergeben."

„Wer überprüft das Alibi von Hinnerk Benthe?" Obanczek rollt wieder an den Rand seines Schreibtischs.

„Wir beide", sagt Kalenberger, „aber vorher machen wir noch einen Abstecher in die Markthalle."

Obanczek steht auf. „Mit dir macht das Arbeiten so richtig Spaß!"

„Ich hab gedacht, du gibst die Cappuccinos aus?"

„Schon wieder?", stöhnt Obanczek.

Kalenberger und Obanczek stehen in Hinnerks Büro. Obanczek versucht, hinter einer vorgehaltenen

Schreibmappe die Kaffeeflecke auf seinem hellblauen Oberhemd zu verbergen. Mit einer Handbewegung bietet Hinnerk seinen Besuchern Sitzplätze an.

„Unsere Ermittlungen kennen keinen Stillstand“, sagt Obanczek.

„Könnten Sie bitte zur Sache kommen, ich habe zu tun.“ Hinnerk klopft mit der flachen Hand auf den Schreibtisch. Das gibt Flecken auf der polierten Platte schießt es Kalenberger durch den Kopf, obwohl es sie nichts angeht.

Die Kommissare setzen sich.

„Wir möchten noch einmal auf Ihre Verbindung zu Arne Sonneveld zurückkommen.“

„Wie gesagt, wir waren im gleichen Schützenverein und er ist als Bruchmeister bei unserm Schützenausmarsch …“

„Wie wäre es, wenn Sie uns etwas Neues erzählen würden?“

„Da gibt es nichts Neues zu berichten.“

„Standen Sie in geschäftlicher Verbindung zu Arne Sonneveld?“

„Nun, ja.“ Hinnerk schaut auf Mellis Aquarell an der Wand, ohne es wahrzunehmen. „Das ist aber alles schon ziemlich lange her.“

Die beiden Kommissare sehen ihn herausfordernd an, Obanczek schlägt seine Schreibmappe auf. Sie haben eine Frage gestellt und erwarten eine Antwort. Solange sie keine Antwort haben, werden sie ihn weiter anstarren. Eigentlich müsste Hinnerk jetzt überlegen, wie er seine Antwort formulieren kann, die keine zweideutigen Schlüsse zulässt. Doch dazu hat er keine Zeit.

„Ich hatte Arne Sonneveld eigentlich nie richtig wahrgenommen. Er war ein netter Kerl und hielt sich immer sehr zurück. Er lief so am Rande mit, war nicht auffällig, eher ungewöhnlich. Gepflegt wie ein Fotomodell, manikürte Fingernägel, immer tipptopp angezogen, trank kein Bier, höchstens mal ein Gläschen Sekt oder so süßes Zeug mit Strohhalm drin. Die Gläser hat der Wirt unseres Vereinsheims extra für ihn angeschafft. Am linken Ringfinger trug er einen Verlobungsring. Zur allgemeinen Belustigung. Wussten doch alle, dass er ...", Hinnerk macht eine kreisende Bewegung mit der Hand, „... nun ja, andersherum war. Hat ihm auch Schwierigkeiten unter den Schützen gebracht, aber irgendwann war es einfach akzeptiert. Ich habe mich nicht dafür interessiert, habe andere Freunde."

„Jetzt bitte zur geschäftlichen Verbindung."

„Tja, wo fange ich an?"

„Das ist gleich, Hauptsache, die Wahrheit kommt dabei heraus."

Hinnerk rutscht an den Rand seines Stuhls. „Bei einem unserer Vereinsabende ist Arne Sonneveld an mich herangetreten. Ich wusste, dass er als Finanzberater arbeitet und hab mir schon gedacht, er will mir etwas aufschwatzen. Er hat immer seine Kontakte im Schützenverein genutzt, um geschäftliche Abschlüsse zu tätigen. Aber es war etwas anderes. Er war in das lukrative Geschäft mit der Vermittlung der AWD-Dreiländerfonds eingestiegen und brauchte einen Geldgeber, der seinen Kunden mit einem Darlehen aushalf, wenn sie selbst nicht das nötige Kapital hatten."

„Sehr solide hört sich das nicht an."

„Das waren eine andere Zeit und andere Voraussetzungen." Hinnerk zieht eine Schreibtischschublade auf, entnimmt ihr einen AWD-Flyer und legt ihn vor den Kommissaren auf den Tisch. „Den können Sie sich mitnehmen." Obanczek steckt ihn in seine Schreibmappe.

„Jeder wollte am Finanzboom mitverdienen. Da hat keiner an die Risiken gedacht."

„Wo wir nun schon mal einem Finanzfachmann gegenübersitzen", sagt Kalenberger, „können wir uns eine Menge Recherchearbeit ersparen. Erklären Sie uns doch mal ohne Fachchinesisch, wie so ein Geschäft abgewickelt wurde."

Hinnerk drückt auf eine Taste an seinem Telefon, Frau Rozari kommt, Hinnerk bittet um drei Tassen Kaffee.

„Arne Sonneveld hat hauptsächlich für den AWD gearbeitet, aber die Geschäftsstrategien der meisten Finanzdienstleister ähneln sich sehr."

„Könnten wir bitte bei dem AWD und Sonneveld bleiben?" Kalenberger drückt unauffällig die Fersen aus ihren Schuhen.

„Ich kann Ihnen nur schildern, wie das alles aus meiner Sicht abläuft."

„Gern", sagt Kalenberger. Sie notiert sich: *Fußpflegetermin geben lassen.*

„Um Vertrauen zu gewinnen, versucht der AWD-Mitarbeiter beim Erstkontakt einen Bekannten oder Verwandten des potenziellen Kunden als Vermittler ins Gespräch zu bringen. Meist hat er die Information in einem früheren Verkaufsgespräch oder in letzter Zeit einfach über eine der Freunde-Suchmaschinen im Internet herausgefunden. Vertrauen ist überhaupt die Voraussetzung des Geschäfts, daher wird alles ausgeschaltet, was an *Drücker* oder *Vertreter* erinnern könnte. Zur Vertrauensbildung gehört natürlich auch ein kompetentes Auftreten. So haben die AWD-Mitarbeiter ein ganzes Repertoire an Schlagwörtern aus der Finanzwelt zur Verfügung, das sie sich in Verkaufsseminaren aneignen konnten. Beim ersten Gespräch mit dem Kunden werden dann, selbst auf Nachfrage, keine Angebote oder Empfehlungen abgegeben, es wird nur eine Finanzanalyse erstellt. Das erhöht natürlich den Eindruck der Seriosität. Bei den nächsten Besuchen des Beraters geht es dann allerdings zur Sache. Für ihn hat sich bei der Auswertung der Analyse ergeben, welche Finanzprodukte der Interessent noch nicht hat. Da setzt er gezielt mit seinen Angeboten an."

„Komisch", sagt Obanczek, „mir hat noch niemand irgendwelche Fonds angeboten."

Hinnerk kann sich ein flüchtiges Lächeln nicht verkneifen.

„Das ist also der allgemeine Rahmen, und wie war es nun mit den Dreiländerfonds und Ihrer speziellen Beteiligung?"

Hinnerk geht einen Moment in sich, überlegt, den Kopf leicht auf die Seite gelegt. „Es war kein Ruhmesblatt", sagt er noch ganz in Gedanken, „aber in der damaligen Zeit … wir wurden doch alle mitgerissen von den überwältigenden Gewinnaussichten. Wer hat schon an die Risiken gedacht. Solange es aufwärts ging, war Zögerlichkeit verboten. Und abwärts ging es nicht so allmählich, um nachdenken zu können, da knallte es ganz einfach runter."

„Die armen, unschuldigen Banker. Ohne eigenes Zutun ein Spielball der Weltgeschichte."

Soviel Ironie hätte Kalenberger Obanczek gar nicht zugetraut. Hinnerk scheint es nicht gehört zu haben. Frau Rozari bringt den Kaffee.

„Ein Spitzenprodukt des AWD war die Vermittlung des Dreiländerfonds", fährt Hinnerk fort, nachdem Frau Rozari die Tür wieder hinter sich geschlossen hat.

„Um es auf einen Nenner zu bringen: Der Dreiländerfonds bot riesige Gewinnversprechungen, hohe Steuervorteile und ein geringes Risiko. Da hat so mancher auch noch seine letzten Euros zusammengekratzt, um gewinnbringend fürs Alter vorzusorgen."

„Und wer keine Euros zum Zusammenkratzen hatte, der ..."

„... der hat ein Darlehen aufgenommen, um bei der großen Sause dabei zu sein. Bis der Fonds den Bach runterging."

„Geh ich recht in der Annahme, dass Arne Sonneveld Sie als Kreditgeber vermittelt hat und sie beide ganz ordentlich an den Provisionen verdient haben?"

„Es waren übliche Geschäftsbeziehungen."

„Kann es sein, dass Sie sich über diese Geschäftsbeziehungen nähergekommen sind?" Kalenberger schiebt ihre Füße wieder in die Schuhe.

„Ein und für alle Mal: ich bin nicht schwul und bin es auch nie gewesen. Und wer mich auf dem Schützenplatz in inniger Umarmung mit Arne Sonneveld gesehen haben will, hat sich entweder verguckt oder will mir etwas ans Zeug flicken."

„So weit, so gut!" Kalenberger erhebt sich. „Zumindest wissen wir jetzt, dass man niemandem in der Finanzwelt trauen kann."

Obanczek ist schon an der Bürotür.

„Nur noch eine Frage: Wie vielen Ihrer Schützenbrüder hat Sonneveld so ein Kuckucksei ins Nest gelegt."

„So genau kann ich das nicht sagen."

„Und ungenau", hakt Kalenberger nach.

„Da müsste ich erst nachsehen, aber zwanzig, zweiundzwanzig werden es schon gewesen sein."

„Dann sehen Sie mal genau nach und erstellen eine Liste aller gemeinsamen Kunden von Sonnefeld und Ihnen.“

„Ich lasse gleich die Dateien heraussuchen.“

Obanczek macht die Tür auf.

„Wie gesagt“, ruft ihnen Hinnerk hinterher, „alle Angaben sind persönliche Einschätzungen und erheben keinen Anspruch auf objektive Genauigkeit.“

„Banker!“, murmelt Obanczek, als sie das Büro verlassen.

Sie sitzen im Auto. Obanczek fährt. „Kann man ihm trauen?“

„Ich glaube zwar nicht, dass er uns alles sagt, aber was er sagt, klingt durchaus glaubwürdig.“

Zum Feierabend wird der Verkehr dichter und ruppiger. Die Fußgänger haben es eilig, die Autofahrer machen sich breit und die Motorradfahrer kämpfen um jede freie Lücke. Die Radfahrer hängen immer irgendwo dazwischen.

„Ich verstehe nicht“, sagt Kalenberger, „wie Benthe so kalt lächelnd über den Ruin seiner Schützenbrüder sprechen kann. Mit manchen ist er doch sicher seit Jahrzehnten befreundet.“

„Das liegt am System“, sagt Obanczek. „In der Geschäftswelt gibt es nur ein Ziel: Verdienen. Ohne Rücksicht auf Verluste. Da werden die Kunden als Bilanzfaktoren gesehen. Nicht einmal absichtlich. Das hat sich in den letzten Jahrzehnten so eingeschlichen. Jeden Tag muss man ein Stück mehr verdienen als am vorhergehenden, sonst ist man raus aus dem Geschäft. Wenn früher von der Bank ein Kredit vergeben wurde, sollte er dem Kreditnehmer in irgendeiner Form geschäftlich oder privat helfen. Heute wird so ein Kredit nur auf Effizienz für die Bank geprüft, und dabei ist ein geplatzter Kredit für den Kreditnehmer äußerst unangenehm, für die Bank aber kalkulatorisch abgesichert. An den Darlehen für die Dreiländerfonds werden die Kunden der HPP-Bank noch jahrelang abzuzahlen haben. Aber nicht aus den versprochenen Fondsgewinnen, sondern aus ihrer finanziellen Substanz. Da werden die letzten Sparbücher aufgelöst, Lebensversicherungen kapitalisiert und schließlich kommt auch noch das Häuschen unter den Hammer. Aber das Schlimmste ist, es gibt Dutzende von Dreiländerfonds, auch wenn sie heute anders heißen, und täglich werden es wieder mehr."

„Die Gier des Menschen ist unermesslich", sagt Kalenberger, „und ich brauche neue Schuhe."

„Wo willst du hin?"

„Ich gehe immer zu Stork in der Georgstraße, da wird man bestens beraten."

„Dann warst du wohl schon länger nicht mehr da?"

„Kein Wort gegen meine Schuhe, sie waren schon so manchem Verbrecher auf den Fersen."

Obanczek biegt in die Schmiedestraße ein.

„Sind wir umgezogen", fragt Kalenberger, „gestern war mein Büro noch in der Waterloostraße?"

„Du könntest dich doch einfach mal umsehen, ob in der Fußgängerzone iPhones vertickt werden."

„In meiner Dienstzeit erledige ich keine privaten Dinge."

„Einbahnstraße, ich kann nicht mehr zurück."

„Also schön", sagt Kalenberger, „ich schau mal nach iPhones, Größe vierzig." Obanczek hält an, Kalenberger steigt aus, einige Meter muss sie durch die Fußgängerzone laufen. Und wie kommt sie nach dem Schuhkauf ins Büro? Ihr Handy klingelt. „In einer

Stunde hole ich dich ab." Er kann ein richtiger Gentleman sein, aber irgendwie wird Kalenberger das Gefühl nicht los, dass Obanczek selber noch etwas Privates zu erledigen hat.

Wieder klingelt das Handy. Brutales Signal. Ob sie sich mal einen anderen Klingelton zulegen soll? Vielleicht eine Begrüßung auf Chinesisch? Es ist die Zentrale der Polizeiinspektion. Eine Frau Rozari möchte sie sprechen. Kalenberger nimmt das Gespräch an.

Der tote Herr Brodinsky sei doch in die Sache mit den gefälschten Handys verwickelt gewesen. Sie wisse zwar nicht, ob das wichtig sei, aber der Handyladen hinter der Bank wäre über Nacht aufgegeben worden und der Inhaber sei nicht wieder aufgetaucht. Es könnte sicher ein ganz normaler Geschäftsvorgang sein, aber merkwürdig wäre es doch schon. Aber sie wolle nichts gesagt haben.

„Augenblick noch", sagt Kalenberger, „wo ich Sie schon mal in der Leitung habe. Sie kennen sich doch auf dem Schreibtisch von Herrn Benthe aus?"

„Sein Schreibtisch ist wie sein Charakter: Ordentlich und aufgeräumt."

Kalenberger sieht sich in der spiegelnden Fensterscheibe eines Reisebüros. Zum Friseur müsste sie auch mal wieder. So kann sie nicht vor die Presse, aber noch ist es nicht so weit. „Herr Benthe hat doch sicher einen Brieföffner auf seinem Schreibtisch?"

„So einen ganz modernen. Design, sagt man, glaube ich. Hat ihm seine Frau geschenkt."

Frau Rozari kichert. „Damit spießt er immer die Apfelstückchen auf, die ich ihm zum Nachtisch ins Büro stelle."

„Vielen Dank, ich rufe dann mal Herrn Benthe direkt an."

„Das geht nicht", sagt Frau Rozari, „er ist zu einer Vorstandsbesprechung. Eine neue Geldanlageform soll herausgegeben …"

„Ach, könnten Sie dann bitte rasch mal in seinem Büro nachsehen, ob sich der Brieföffner auf seinem Schreibtisch befindet?"

„Augenblick", sagt Frau Rozari, „dann muss ich Sie für einen Augenblick aus der Hand legen." Sie kichert wieder.

Kalenberger wendet den Kopf von rechts nach links und zurück und überlegt beim Betrachten ihres Spiegelbildes, ob sie sich eine andere Haarfarbe zulegen sollte.

„Hallo?" Frau Rozari ist zurück. „Auf die Schnelle kann ich den Brieföffner nicht finden."

„Dann schauen Sie doch noch einmal gründlich nach, und wenn er wieder auftaucht, rufen Sie mich bitte an."

„Aber gern."

Kalenberger legt auf, überlegt einen Augenblick und ruft dann Obanczek an. Sie verabredet sich mit ihm in der Theaterstraße. Obanczek mault, ob sie die Parksituation in der Theaterstraße kenne.

„Leg dein Schild *Eilige Arzneimittellieferung* aufs Armaturenbrett."

„So etwas habe ich doch gar nicht."

„Dann kann ich dir leider auch nicht helfen."

Kalenberger legt auf. Sie zögert nur einen kurzen Augenblick, dann betritt sie das Schuhhaus Stork.

Melli mäht hinter dem Haus den Rasen. Mit dem alten Handmäher. Ratter, ratter und rum um den Apfelbaum. Aus dem schräg gestellten Dachfenster klingt Schmalzmusik. Er hat wohl wieder Besuch. Lautes Lachen klingt herunter. Junges Lachen. Plötzlich schaut ein rothaariges Mädchen aus dem Fenster. Mein Gott, ist die jung! Sie sagt irgendetwas ins Zimmer hinein, wird zurückgezogen, sie wehrt sich einen Augenblick und verschwindet dann kichernd aus Mellis Blickfeld. Kai schaut heraus, für einen Augenblick treffen sich ihre Blicke, Kai schließt das Fenster.

„Parkplatz gefunden?“, fragt Kalenberger, als Obanczek schnellen Schritts die Theaterstraße heraufkommt.

„Schuhe gefunden?“, fragt Obanczek. Beide müssen lachen.

„Dann sind wir doch zufrieden.“ Kalenberger geht ein paar Schritte weiter die Straße hinauf. Der Handyladen von Herrn Schinkel ist ausgeräumt. Besenrein, als würde er auf einen neuen Mieter warten.

Obanczek greift zum Telefon, ruft das Ordnungsamt an. Von einer Geschäftsaufgabe ist nichts bekannt.

Am besten wissen immer die Nachbarn Bescheid. Besonders ergiebig: Nebenan ist ein Frisiersalon. Doch niemand weiß etwas, es gibt nicht einmal Vermutungen. Der nette Herr Schinkel, er wäre immer so freundlich gewesen und hätte jeden mit einer scherzhaften Bemerkung gegrüßt, jetzt sei er weg. Einfach so, über Nacht verschwunden.

„Geht uns erst einmal überhaupt nichts an", sagt Obanczek, als sie zur Tiefgarage unter dem Opernhaus gehen.

„Aber im Auge behalten!", bestimmt Kalenberger. „Haben wir noch einen Müllsack im Auto? Ich kann doch nicht mit der Einkaufstüte vom Schuhhaus ins Kommissariat kommen."

Melli fühlt sich gedemütigt. Sie muss etwas tun, um sich abzureagieren. Sie wendet den Rasenmäher, säbelt erst eine Schneise ins Blumenbeet und schließlich alle Fuchsien, Petunien, Bundnesseln und Studentenblumen nieder. Dann holt sie einen Liegestuhl, stellt ihn ins geschundene Blumenbeet und legt sich in die Sonne. Mit dem Rücken zum Haus.

„Ich geh mal im K 3 vorbei", sagt Kalenberger, „ob sie etwas über Brodinsky gefunden haben."

„Du gehst also spazieren und ich mache die Arbeit." Obanczek stapft grinsend ins Büro.

Als Kalenberger klopft und gleichzeitig die Türe aufmacht, schallt ihr ein unerwartetes Gelächter entgegen. Sie stutzt, schaut an ihrer Kleidung herunter, sieht sich um, kann keinen Grund für das Gelächter entdecken. „Du bist nicht gemeint!" Klausi mit den großen Ohren. „Wir haben einen etwas außergewöhnlichen Fall zu bearbeiten, und wenn wir drüber sprechen, artet es irgendwie immer in Gelächter aus."

„So einen unterhaltsamen Job hätte ich auch gern."

„Einmal in fast dreißig Jahren."

„Es sei dir gegönnt." Kalenberger schließt die Türe hinter sich, Klara Neubronner schiebt ihr einen Stuhl zu.

„Da haben zwei Russen den Deal ihres Lebens gemacht. Sie haben zweieinhalb Kilometer Strand in

Amrum gekauft, um ein Ferienzentrum zu eröffnen, und dafür ordentlich gelöhnt."

„Kann man den Strand einer Insel überhaupt kaufen?", wundert sich Kalenberger.

„Sie haben Amrum gemeint und ein windiger Typ hat ihnen zwei Kilometer am Kiesseestrand in Arnum verhökert. Du weißt, Arnum, Stadtteil von Hemmingen, südlich von Hannover."

„Dabei gehört der Kiessee streng genommen gar nicht zu Arnum, sondern zu Wilkenburg", wirft Neubronner ein, „aber die Russen bestehen auf ihrem Geschäft und randalieren auf Amrum."

„Nett", sagt Kalenberger, „aber leider nicht so nett wie unsere Mordfälle. Habt ihr über Brodinsky was herausgefunden?"

„Sollten wir?"

„Hat euch Obanczek nicht Bescheid gesagt?"

„Sollte er?"

„Ihr habt wohl bloß noch gute Laune?"

„Über Brodinsky liegt uns nichts vor. Obanczek wollte doch auch was über die gefälschten Handys wissen."

„Wollte er?", fragt Kalenberger, ohne eine Miene zu verziehen.

„Da sind wir fündig geworden", sagt Klausi mit den großen Ohren. „Vor ein paar Wochen sind mal zweihundert oder dreihundert iPhones in der Szene aufgetaucht, sollen als Test gelaufen sein, um neue Vertriebswege zu erkunden, sagt man. Sie wurden hauptsächlich über Handyläden an den Mann gebracht. Hat sich wohl bewährt. Im Hamburger Hafen hat man letzte Woche einen Container mit dreißigtausend gefälschten iPhones sichergestellt. Wenn man dreißigtausend abfängt, kommen vierzigtausend durch."

„Wie?“, fragt Kalenberger.

„Sie werden in Dosen, im Spielzeug oder mit neuem Cover versehen als billige Fernbedienungen eingeführt.“

„Wir sollten uns mal jemanden von der kreativen Gegenseite holen“, sagt Klara Neubronner, „das würde unsere Arbeit erheblich erleichtern.“

„Jedenfalls sollte der ganze norddeutsche Markt mit den Billigteilen überschwemmt werden. Allerdings ist wohl einigen Handyhändlern die Sache zu heiß geworden. Sie haben Angst bekommen vor der Chinesen-Mafia, ihre Läden über Nacht verlassen und sind untergetaucht. Mehr wissen wir auch nicht zu euerm Handyladen in der Theaterstraße.“

„Danke“, sagt Kalenberger, sie steht auf, schiebt den Stuhl wieder an den Schreibtisch, „und weiterhin frohes Schaffen!“

Sie geht langsam zu ihrem Büro hinüber. Sie müssen den Inhaber des Handyladens in der Theaterstraße finden. Aber gleich die Polizei zu seiner Privatadresse schicken? Ein dringender Verdacht auf eine Verbindung zum Mordfall Brodinsky liegt nicht vor. Noch nicht.

Sie öffnet die Tür zu ihrem Büro. Es sieht irgendwie verfänglich aus, wie nahe Obanczek und der blonde Frosch aufeinanderhocken. Obanczek spricht intensiv auf die junge Frau ein. So ganz überzeugt scheint Frau Schmitz-Erdal von Obanczeks Angeboten aber noch nicht zu sein.

Kalenberger schließt die Tür mit Nachdruck hinter sich, Obanczek lässt sich nicht stören:

„Du musst einfach nur mitdenken: Ein Buch hat 973 Seiten, die von 1 bis 973 nummeriert sind. Auf jeder Seite steht nur ein einziger Satz. Auf Seite 1 steht: Dieses Buch enthält nur eine einzige falsche Behauptung. Auf Seite 2 steht: Dieses Buch enthält genau zwei falsche Behauptungen und so weiter – durch das ganze Buch. Auf jeder Seite steht nur der Satz, dass das Buch genauso viele falsche Behauptungen enthält wie die Zahl, die diese Seite trägt. Auf welcher Seite, wenn überhaupt, steht also die Wahrheit?"

„Ich soll euch in den Mordfällen helfen", Schmitz-Erdal sieht Kalenberger erwartungsvoll an.

„Bist du raus aus der Kronzeugensache?"

„Das war eine überaus dubiose Geschichte. Bei mir hatte sich eine abgetakelte Prostituierte gemeldet, die auspacken wollte. Sie bot uns umfassende Informationen aus der Unterwelt ..."

„Tje, tje", sagt Obanczek, „gibt es so etwas überhaupt in Hannover?"

„... über Machenschaften der Hells Angels am Steintor zum Beispiel und über Waffen- und Drogenhandel. Dafür wollte sie eine neue Identität."

„Kann man verstehen."

„Sie wusste von Drogengeld in Bettpfosten, Kokainlieferungen an bekannte Diskothekenbetreiber und honorige Rechtsanwälte, und dann wurde sie auch noch mit Strafaktionen bis zur Ermordung bedroht."

„Dann hast du doch genug zu tun."

„Hatte. Bis um elf. Dann riefen Kollegen an, die ihren Aussagen nachgehen sollten. Alles erstunken und erlogen. Und sie selber hat sich abgesetzt. Ich bin also frei. Grins nicht so dämlich, Obanczek, das frei bezieht sich nur auf die Arbeit!"

„Komm", sagt Kalenberger, „wir gehen einen Kaffee trinken, dabei kann ich dich in groben Zügen über den Stand unserer Ermittlungen informieren."

„Die Lösung ist doch ganz einfach", ruft ihnen Obanczek hinterher, „auf Seite 972 steht die Wahrheit. Wenn alle Behauptungen auf den Seiten 1 bis 971 und die Behauptung auf Seite 973 falsch sind, dann sind das genau 972 falsche Behauptungen …"

Die Tür fällt hinter den Frauen ins Schloss. „War doch wirklich einfach", mault ihnen Obanczek hinterher.

„Leberwurst oder Salami?", fragt er in die Ecke mit dem Posteingangskorb, in dem Toto residiert. „Keine Antwort? Probieren wir es erst einmal mit Leberwurst." Obanczek nimmt seine Brotdose aus der Schreibtischschublade.

Melli hat zum Abendessen eine Fertigpizza vorbereitet. Mit Salami, Champignons und extra Käse. Jetzt sitzt sie Hinnerk am Esstisch gegenüber. Hinnerk hat sich eine Flasche Bier aus dem Kühlschrank genommen, Melli trinkt ein Glas Rotwein.

„Wie läuft es in der Klinik?", fragt Hinnerk.

„Gut, und bei dir?"

„Brodinsky ist tot. Wurde auch ermordet."

„Du lieber Himmel, das ist wohl nicht so günstig für dich?"

„In der Sache habe ich Gott sei Dank keine Aktien. Es wird etwas mit seinen dubiosen Handygeschäften zu tun haben, und dafür habe ich ihn vor versammelter Mannschaft zusammengestaucht."

„Wann ist die Beerdigung?"

„Steht noch nicht fest, die Leiche ist noch nicht freigegeben. Arne Sonneveld wird wohl in der nächsten Woche beigesetzt. In aller Stille, ohne Schützen-Halali. Haben seine Eltern vor ihrem Tod noch verfügt."

„Schrecklich", sagt Melli.

„Ja, fürchterlich." Hinnerk sucht nach dem Schinken auf seinem Pizzastück, findet keinen, ist wohl keine Schinkenpizza.

„Und sonst?", fragt Melli.

„Nichts Besonderes. Alles wie immer. Nur die Einladung zum nächsten Vereinstreffen mit Nacharbeitung unseres Auftritts beim Schützenausmarsch und Verteilung der Aufgaben an die ehemaligen Bruchmeister. Da muss ich hin."

„Na, klar."

„Ohne Frauen!"

„Auch klar."

Melli trinkt einen Schluck Rotwein. „Dann zählt wenigstens keiner die Bierchen."

Kalenberger hat Bodo Gramann aufgesucht. Laut Visitenkarte Bodo M. Gramann-Flamour, aber intern will sich der Herr Psychologe nicht so aufplustern. Gramann begrüßt Kalenberger mit einem verbindlichen Lächeln. Heute trägt er eine Brille mit mohnroter Fassung. Die letzte war grünrot changierend. Kalenberger will sich ein Bild von Hinnerk Benthes psychologischer Verfassung machen.

„Sie sind Schützenbrüder und seit Jahren im gleichen Verein", erklärt sie Gramann, „eine besondere persönliche Beziehung ist nie nach außen sichtbar geworden. Es scheint eher so gewesen zu sein, dass sich Hinnerk Benthe bewusst vom homosexuellen Arne Sonneveld abgesetzt hat. Auf dem Schützenfest sind die beiden dann, sagen wir es mal neutral, in einer dunklen Ecke miteinander in Kontakt gekommen."

Gramann sagt nichts, er hört nur aufmerksam zu und tippt seine Fingerspitzen in einem gleich bleibenden Rhythmus gegeneinander.

„Hinnerk Benthe ist bei diesem Kontakt mit Arne Sonneveld beobachtet worden. Die einen wollen die beiden in inniger Umarmung gesehen haben, die andern habe eine Auseinandersetzung zu Protokoll gegeben. Für unsere Ermittlungen ist es wichtig, in welche Richtung wir vornehmlich ermitteln sollten. Hinnerk Benthe bestreitet dabei jegliche homosexuelle Neigung."

Kalenberger sieht Gramann an, Gramann-Flamour sieht Kalenberger an, seine Finger wippen und tippen. Hoffentlich fragt er jetzt nicht, ob einer der beiden ein Einzelkind war.

„Dazu kann man aus der Ferne wenig sagen." Jetzt legt Gramann seine Fingerspitzen auf den Schreibtisch und betrommelt die Schreibtischplatte.

„Also grundsätzlich ist es möglich, dass sich ein Proband seiner homosexuellen Neigung überhaupt nicht bewusst ist. Solche Personen heiraten, haben oft auch Kinder, ihnen scheint nichts zu fehlen. Dann kommt es zu einer folgenschweren Begegnung mit einem gleichgeschlechtlichen Partner und plötzlich dreht sich die Welt. Der Proband erkennt oft mit Entsetzen, dass seine Gefühle außer Kontrolle geraten. Er ist an einem Wendepunkt seines Lebens angekommen. Die neue Gefühlswelt zieht ihn magisch an, gleichzeitig empfindet er sie in seiner Determination als ekelhaft und abstoßend. Die Abwehr kann sich durchaus in Hass verwandeln und sehr heftig gegen die Person richten, die Auslöser dieser Verunsicherung ist."

„In einer euphorisierten und alkoholisierten Stimmung mit herabgesetzter Hemmschwelle kann es also durchaus zu einer innigen Umarmung mit einem anschließenden tätlichen Angriff kommen?"

„Kann", sagt Gramann, „muss aber nicht." Er schaut demonstrativ auf die Uhr an der Wand und seine Fingerspitzen bewegen sich wieder aufeinander zu.

„Und?", fragt Kalenberger, als sie zurück ins Büro kommt. Doch das Büro ist leer. Obanczek ist verschwunden, keine Nachricht von ihm. Er kehrt erst nach anderthalb Stunden zurück.

„Bei deiner nächsten Spontanaktion möchte ich wenigstens über den Grund deiner Abwesenheit informiert werden."

„Ich konnte dich nicht finden."

„Ein Zettel auf dem Schreibtisch hätte es auch getan."

„Tut mir leid, hab gedacht, ich wäre schneller zurück."

„Und?"

„Ich war in der HPP-Bank. Ich habe Hinnerk Benthe und Frau Rozari ein Foto von der Mordwaffe vorgelegt, mit der Brodinsky erstochen wurde."

Kalenberger lässt sich auf ihren Stuhl fallen und streift die neuen Schuhe von den Füßen.

„Unbequem?", fragt Obanczek mitfühlend.

„Müssen eingelaufen werden."

„Jedenfalls hat Frau Rozari den Brieföffner sofort erkannt, ist dann aber vor der eigenen Erkenntnis zurückgeschreckt und hat ihn als *sehr ähnlich* identifiziert. Benthe selber hatte mal wieder ..."

„Gedächtnislücken?"

„Er wisse nicht genau, wie sein Brieföffner ausgesehen habe und er könne es jetzt auch nicht nachprüfen, da der Brieföffner verschwunden sei."

„Merkwürdige Logik."

„Auf alle Fälle hatte Benthe einen solchen Brieföffner oder einen in der gleichen Ausführung. Sein Brieföffner ist noch nicht wieder aufgetaucht, er will mit den Putzfrauen sprechen und uns dann informieren."

„Kannst du vergessen", sagt Kalenberger. „Er wird sich schnellstens den gleichen noch einmal besorgen."

„Die Spurensicherung hat Brodinskys Arbeitsplatz übrigens wieder freigegeben."

„Gibt es schon einen Bericht?"

Obanczek schaut auf den Bildschirm. „Der Brieföffner wurde als Tatwaffe identifiziert, aber Spuren sind nicht zu finden, da aus Edelstahl und sorgfältig poliert. Keine weiteren Hinweise auf den oder die Täter, nichts Verdächtiges, normaler Straßenstaub an Brodinskys Kleidung, an seiner Jacke ein paar Tierhaare, sie haben sogar sein Rasierwasser identifiziert."

Kalenberger schaut aus dem Fenster. „Stellen wir uns doch einfach mal vor: Schützenplatz so um Mitternacht." Obanczek schaltet den Bildschirm aus, um sich auf Kalenbergers Ausführungen besser konzentrieren zu können. „Alle sind angetrunken und bester Stimmung", fährt Kalenberger fort, „Sonneveld hat einen großen Tag erlebt, er hat Selbstvertrauen getankt und wagt, was er sich in nüchternem Zustand nie zutrauen würde. Er macht sich an Hinnerk Benthe heran, in den er schon seit längerer Zeit heimlich verliebt ist, zieht ihn mit sich hinter die Festhalle, umarmt ihn, küsst ihn und Benthe spürt plötzlich das eigene Verlangen. Er will seinen Gefühlen nicht nachgeben und damit seine private und berufliche Existenz aufs Spiel setzen. Er ist entsetzt und will nur noch raus aus der Situation, einfach weg. Sonneveld lässt ihn nicht, Benthe wehrt sich, es kommt zu einem Gerangel, Benthe verliert die Beherrschung, greift nach einem herumliegenden Pflasterstein und schlägt ihn Sonneveld auf den Kopf."

„Und dann?“, fragt Obanczek.

„Er versteckt die Leiche zwischen den herumstehenden Kirmeswagen, geht in die Festhalle zurück, damit seine Abwesenheit nicht auffällt, und feiert mit seinen Kollegen bis in den frühen Morgen.“

„Genügend Zeit für die Leiche, hinüber ans Ihme-Ufer zu marschieren.“

„Lass den Blödsinn. Als Benthe am frühen Morgen an der Marktkirche aufwacht, ist ihm die Situation hinter der Festhalle sofort wieder gegenwärtig. Er muss zurück zum Schützenplatz. Sollte die Leiche noch nicht gefunden worden sein, wird er sie an einem anderen Ort verschwinden lassen, um vom Tatort abzulenken. Denn der Tatort könnte mit ihm in Verbindung gebracht werden. Sicher musste er mehrmals an dem Abend austreten, und der Toilettenwagen steht hinter der Festhalle. Da wird sich so mancher an eine Begegnung mit ihm erinnern können. Er rafft sich also auf, schleppt sich zurück zum Schützenplatz, findet die Leiche und schleift sie ans Ihme-Ufer, um sie zu versenken.“

„Dabei wird er gestört und muss abhauen.“

„Wir sollten uns mal mit seiner Ehefrau unterhalten, was sie zu dem Abend zu sagen hat. Schließlich war sie ziemlich lange mit ihm zusammen, und am frühen Morgen ist er ihr auch wieder in die Arme gewankt.“

Hinnerk hat sich ein Wort in dem Presseartikel über die auseinanderstrebenden Gesellschaftsschichten angestrichen. *Peniaphobie*. Und gleich online im Wörterbuch nachgeschlagen: krankhafte Angst vor Armut. Das Wort wird er in seinem nächsten Gespräch mit der oberen Etage Image bildend für sich einsetzen.

Viertel nach drei. Melli müsste zu Hause sein. Er wird sie anrufen. Einfach mal so, das zeigt Interesse.

Sie nimmt nicht ab. Ihr Handy ist ausgeschaltet. Er wird es nachher noch einmal versuchen.

Es klopft an der Bürotür. „Ja, bitte?“ Frau Rozari steckt den Kopf herein.

„Frau Kollak“, sie zeigt mit dem Daumen hinter sich, „kommt auf Weisung von ganz oben.“

Frau Kollak betritt Hinnerks Büro. Eine Frau Mitte fünfzig. Ihr steht das Geldzählen ins Gesicht geschrieben und kein Hauch von Lippenstift oder Make-up hellt ihren tristen Eindruck auf.

„Ich werde den Arbeitsbereich von Herrn Brodinsky übernehmen.“

„Das ging aber schnell.“ Hinnerk steht auf und gibt ihr die Hand.

„Stillstand ist Rückschritt.“ Die hat einen Händedruck wie ein Bauarbeiter. „Weisen Sie mich bitte in meinen Arbeitsbereich ein.“

Das wird sicher eine unerfreuliche Zusammenarbeit.

„Natürlich“, sagt Hinnerk, „Ihren Arbeitsbereich.“

Was auch sonst? Er bringt sie zu Brodinskys Schreibtisch.

Sie stellt ihren schwarzen Aktenkoffer neben den Schreibtisch und knipst den Computer an.

„Passwort?“

„Bank rot.“

„Bank rot?“

„Ja, aber zusammengeschrieben und mit Doppel-t.“ Hinnerk würde jetzt gern ihr erstauntes Gesicht mit einem Handyfoto festhalten.

Elf

Obanczek fährt. Kalenberger sitzt neben ihm. Schwere Transporter kommen ihnen entgegen, die mit Karussellteilen beladen sind. Das Schützenfest ist am Wochenende zu Ende gegangen. „Wird auch Zeit", sagt Kalenberger.

„Ich finde so Rummelplätze immer lustig", sagt Obanczek, „da könnte ich nächtelang am Skooter stehen und mit jungen Mädchen blödeln."

Kalenberger sieht ihn kurz an. Er ist nicht leicht zu lesen für sie. „Du kennst dich doch mit Computern und so was aus?"

„Ein wenig." Sie müssen warten, bis ein Lastwagen mit riesigen Teilen der Loopingbahn vom Schützenplatz auf die Straße eingebogen ist.

„Ich habe mir bei eBay eine Wii-Konsole geschossen."

„Du auch?"

„Wer denn noch?"

„Alle. - Fast alle. Wird eine Zeit lang eifrig benutzt und dann wieder bei eBay verkauft."

Jetzt kommt auch noch der Breakdancer auf die Straße gerollt.

„Tai-Chi ist schön und gut", sagt Kalenberger, „aber mir fehlt dann doch die Bewegung. Vielleicht kann ich mich durch so ein elektronisches Programm motivieren."

Obanczek schaut sie an. „Ich finde, dass du richtig gut aussiehst."

„Danke."

„Für dein Alter!"

„Blödmann!"

Obanczek lacht.

„Ich wollte zum Friseur gehen", sagt Kalenberger, „aber wieder mal kein Feierabend." Sie seufzt. Das Auto biegt auf die Göttinger Chaussee ein.

„In haarigen Angelegenheiten bin ich dir kein guter Berater", Obanczek streicht sich mit der flachen Hand über die Glatze, „aber beim Einrichten deiner Wii-Konsole helfe ich gern. Für unser letztes Computer-Date hattest du so einen schönen Zitronenkuchen gebacken."

„Hat noch Zeit, ich warte auf das Balance-Board. Ist alles ganz schön teuer."

Im Auto miaut es. Auf den Rücksitzen steht ein Karton, vorschriftsmäßig mit einem Gurt gesichert.

„Gar nicht so leicht, eine vertrauenswürdige Person für so ein Kätzchen zu finden."

„Tja", sagt Obanczek.

„Grins' nicht so fett!"

„War wirklich eine tolle Aktion", sagt Obanczek, „jeden hast du in der Polizeidirektion gefragt und als du endlich eine Abnehmerin in der Telefonzentrale gefunden hattest, bist du nach zehn Minuten wieder runter und hast deinen Toto zurückgeholt."

„Die Weinbrodt ist doch viel zu jung, um so eine verantwortungsvolle Aufgabe zu übernehmen."

„Sie ist achtundzwanzig!"

„Sag ich doch!"

Das Kätzchen miaut in seinem Pappkarton, Obanczek biegt in die Schnabelstraße ein. „Wie schön, endlich mal kein Parkproblem." Sie halten am Straßenrand, Kalenberger schaut in ihre Aufzeichnungen, sie stehen direkt vor dem Haus von Melanie und Hinnerk Benthe.

Obanczek klingelt. Nichts rührt sich im Haus. Aus einem der gegenüberliegenden Fenster dringt der Lärm eines Staubsaugers. Obanczek drückt noch einmal auf den Messingknopf.

„Ja, bitte?" Eine männliche Stimme aus der Sprechanlage.

„Polizei", sagt Kalenberger. Augenblicklich wird der Türöffner betätigt.

„Können Sie das nicht noch lauter brüllen?" Hinnerk steht in der Wohnungstür. „Morgen weiß die ganze Nachbarschaft, wer zu Besuch war."

„Die Polizei, dein Freund und Helfer!" Obanczek grinst, Hinnerk gibt die Wohnungstür frei, die Kommissare betreten die Wohnung, Hinnerk schiebt sich an ihnen vorbei und geht voraus ins Wohnzimmer. Gediegene Einrichtung. Alles ein bisschen schwer, Teppich, Couchgarnitur, Standuhr und Kübelpflanzen.

„Wir haben noch ein paar Fragen zu den Vorfällen auf dem Schützenplatz und in Ihrem Büro."

„Noch mehr?", fragt Hinnerk. „Ich kann mir die Antworten doch nicht aus den Rippen schneiden."

„Wir sind auch keine Kannibalen", sagt Obanczek.

„Sie wollen sicher auch, dass wir die Morde in Ihrem Umfeld so schnell wie möglich aufklären", sagt Kalenberger mit einem leicht fragenden Unterton.

„Wer sie aufklärt, ist mir egal!"

Die Tür zu einem Nebenraum geht auf. Eine Frau tritt ein, etwas jünger als Hinnerk, beide Kommissare stutzen fast gleichzeitig, sehen sich kurz an, Hinnerk stellt die Frau als seine Ehefrau Melanie vor.

„Wenn es Ihnen recht ist", sagt Kalenberger, „würden wir Sie gerne einzeln befragen. Wir können Sie aber auch einzeln vorladen."

„Wenn es sein muss …“ Hinnerk steht auf und verlässt das Wohnzimmer.

„Welchen Eindruck hatten Sie, als ihr Mann am Montagmorgen vor der Tür stand?“, fragt Kalenberger.

„Keinen“, sagt Melli, „Männer in seinem Zustand machen keinerlei Eindruck auf mich.“

„Wir hätten uns gerne ein genaueres Bild gemacht“, sagt Kalenberger. „Meine Frage klingt sicher ungewöhnlich, aber wäre Ihr Mann in der Lage gewesen, nun sagen wir mal, einen Sack Kartoffeln vom Auto ins Haus zu tragen?“

„Einen Sack Kartoffeln?“ Melli lacht. „Der hätte nicht mal ein Toastbrot ins Haus gebracht, ohne zusammenzubrechen. Aber so ist es immer nach einem Schützenausmarsch.“

Ein Fakt. Er hat Arne Sonneveld nicht von der Festhalle Marris zum Ihme-Ufer geschleppt. Zumindest nicht allein.

„Danke“, sagt Kalenberger, „das war es erst einmal. Sollten wir noch Fragen haben, melden wir uns.“

„Na, klar“, sagt Melli möglichst locker, „warum auch nicht.“

„Da hätte ich auch gleich schon die nächste.“ Obanczek stützt sich mit beiden Händen auf die Lehne eines Esszimmerstuhls und wippt auf den Fußballen. „Kannten Sie Peter Brodinsky?“

„Natürlich“, sagt Melli völlig unbefangen, „er ist doch oder war vielmehr ein Arbeitskollege meines Mannes.“

„Aber sonst bestand keine Verbindung zwischen Ihnen?“

„Überhaupt nicht“, sagt Melli, „um ehrlich zu sein, die Männer konnten sich nicht besonders gut leiden.

Muss man auch nicht und kann trotzdem bestens zusammenarbeiten."

„Können Sie uns dann bitte erklären, wie eine erotische Zeichnung von Ihnen in Brodinskys Schublade kam?"

„Eine erotische Zeichnung von mir?" Melli scheint überrascht und entrüstet. „Von mir gibt es überhaupt keine Zeichnungen, schon gar keine erotischen. Sie müssen sich versehen haben."

Kalenberger holt ihr Notizbuch aus der Tasche. „Die Zeichnung war mit den Buchstaben K Ho signiert. Sagt Ihnen die Abkürzung etwas?"

„Nein. K und Ho sind mir völlig unbekannt." Für einen Augenblick scheint ihr Blick zu flackern. „Ich wollte mich mal in Paris zeichnen lassen, als ich mit meinem Mann auf Hochzeitsreise war. Aber da hat es geregnet."

Gut gefangen, denkt Kalenberger.

Sie sieht Obanczek kurz an, der zuckt mit den Schultern und sie verabschieden sich.

„Sie wollten doch noch mit meinem Mann sprechen?", fragt Melli.

„Es wäre sehr freundlich, wenn er uns die Kleidung überließe, die er beim Schützenausmarsch getragen hat."

„Natürlich", sagt Melli, „sie ist sogar frisch gereinigt."

„Wird sicher nicht allzu schwer herauszufinden, vom wem die Zeichnung stammt", sagt Obanczek, als sie wieder im Auto sitzen. „Schließlich hat Brodinsky nicht nur Aktzeichnungen gesammelt." Er nimmt sein Handy und lässt sich mit dem Hannoverschen Rennverein verbinden. Er landet im Vorverkauf, stellt sich vor, will sich mit dem Vorstand des Rennvereins verbinden lassen, erst ist besetzt, dann ist der Vorstand komplett außer Haus und als sich Obanczek nicht abwimmeln lässt, hat er schließlich eine jüngere Frauenstimme am Apparat. „Presseabteilung Hannoverscher Rennverein, Sie sprechen mit Susanne Handio …" Mehr versteht Obanczek nicht. Muss er? Wird er nach seiner Frage entscheiden.

„Ich habe in einer Galerie die Zeichnung von einem rassigen Rennpferd gesehen."

„Darf ich Sie mit unserm Shop verbinden?"

„Ich frage Sie, und wenn Sie das Gespräch jetzt wegdrücken, lade ich Sie schriftlich in unserer Dienststelle in Hannover vor."

„Ich wollte nur behilflich sein."

Okay, sie werden keine Freunde. „Das Bild war mit dem Kürzel K und Ho unterzeichnet. Können Sie damit etwas anfangen?"

Sie scheint zu überlegen, oder hat sie die Verbindung doch unterbrochen?

„Hallo?", ruft Obanczek ins Handy.

„Sie brauchen nicht so zu schreien, ich bin nicht taub."

„Ich entschuldige mich."

„Um mal wieder mit einem hinlänglichen Irrtum aufzuräumen, Sie können sich nicht selber entschuldigen. Sie könnten eventuell um Entschuldigung bitten, und das würde ich mir zweimal …"

„Also K und Ho?"

Wieder Stille in der Leitung. „Moment", sagt dann die Pressesprecherin, „ich melde mich sofort wieder." Jetzt ist das Besetztzeichen zu hören.

„Betrachte dich für das nächste Seminar *Befragungstechniken* als angemeldet." Kalenberger grinst.

Eine alte Frau, auf einen Rollator gestützt, schiebt sich am Auto vorbei. Sie betrachtet die beiden Personen in dem Wagen, als wollte sie sich die Gesichter einprägen, um bei *Aktenzeichen XYZ* zu den ersten Anrufern zu gehören.

Plötzlich ist die Pressesprecherin wieder da. „Schön, dass Sie gewartet haben. Ich kenne mich mit Kunst nicht so aus. Ich habe unseren Layouter gefragt und bin fündig geworden. K und Ho steht für Kai Homm, unser Layouter hält ihn für einen begabten, aber weit unterschätzten Künstler. Kann ich sonst noch etwas für Sie …?"

„Danke. Sie waren sehr freundlich!" Obanczek beendet das Gespräch, um gleich erneut zu wählen. „Könnt Ihr mir mal die Adresse von einem Kai Homm heraussuchen?" Er muss nicht lange warten. Als er das Gespräch beendet hat, überzieht ein breites Grinsen sein Gesicht. „Weißt du, wo unser Zeichner wohnt?"

Kalenberger animiert ihn mit kreisenden Handbewegungen weiterzusprechen. Jetzt wird sein Lächeln süffisant. Mit dem Daumen zeigt er auf das Haus, aus dem sie gerade gekommen sind.

„Dann hat Melanie Benthe also …"

Ein nervtötendes Hupen unterbricht das kreative Gespräch. Die Müllabfuhr steht hinter ihnen und drängt auf Weiterfahrt.

„Sind sie weg?", fragt Hinnerk. Melli späht durch einen Spalt der vorgezogenen Wohnzimmergardinen. Hinnerk ist hinter sie getreten, berührt ganz leicht ihre Hüften, Melli tritt einen kleinen Schritt zur Seite.

„Sie haben sich noch eine ganze Weile unterhalten", sagt Melli, „wir werden sie sicher nicht zum letzten Mal gesehen haben. – Sabine hat angerufen." Melli dreht sich um, steht ganz dicht vor Hinnerk. „Sie hat den gemeinsamen Spieleabend abgesagt. Erich hat Rückenschmerzen und sie sei auch nicht so gut drauf. Hörte sich wie ein Vorwand an."

„Dann haben wir den ganzen Abend für uns." Hinnerk legt seine Hände um Melli, drückt sie an sich.

„Manchmal denke ich, du rutschst immer tiefer in die Scheiße und ziehst mich mit." Melli windet sich aus der lustlosen Umarmung. „Erst wird euer Bruchmeister ermordet, dann dein Arbeitskollege und die Kripo rückt erst dir und jetzt auch mir auf die Pelle. Die Absage des Spieleabends ist doch auch kein Zufall. Wissen Sabine und Erich mehr als ich?"

„Ich wüsste nicht was."

„Können Sie sich vielleicht denken, dass du die Verbindung zwischen den beiden Fällen bist?"

„Du bist mir eine schöne Unterstützung." Hinnerk dreht sich um, schüttet sich ein Glas Wasser ein. „Was meinst du, was in der Bank los ist. Dieser Mord und dann die ständigen Polizeiermittlungen. Natürlich stehe ich im Fokus, weil Brodinsky in meiner Abteilung gearbeitet hat. Sie haben eine Nachfolgerin auf seinen Platz gesetzt, die jeden meiner Schritte an die obere Etage meldet. Davon bin ich überzeugt. Und dieser Schützenausmarsch hängt mir auch noch so lange an den Hacken, bis der Täter ermittelt ist." Er trinkt ein paar Schlucke. „Weißt du, wie ich mich fühle? Interessiert es dich überhaupt? Ich kann nicht mehr schlafen, aber davon bekommst du auf deinem Sofa nichts mit. Ich kann mich nicht mehr konzentrieren, und die Monatsbilanz war die schlechteste der letzten zwei Jahre. Ich kämpfe gleichzeitig an allen Fronten, um den Schein der Normalität aufrechtzuerhalten." Er versucht, aus dem bereits leeren Glas zu trinken. „Und dann kommst du und trittst nach. Danke für die Solidarität. Danke." Er knallt das Glas auf die Arbeitsfläche neben der Spüle. „Wenn dich jemand fragt, wo ich bin, ich geh mich besaufen!"

Hinnerk verlässt die Küche, schnappt sich seine Jacke vom Haken und verlässt das Haus.

Einen Augenblick steht Melli benommen in der Küche, dann setzt sie sich auf die Kante eines Küchenstuhls. Nichts ist mehr wie es war. Im Hintergrund scheint ein böser Geist zu lauern, der jede Chance nutzt, zuschlagen zu können. Aber einfach abwarten, bis alles zusammenbricht? Nicht mit ihr! Soll sich Hinnerk doch besaufen, um seine Probleme zu verdrängen. Sie wird sich ihren Problemen stellen. Das hat sie immer so gehalten. Und im Augenblick sind die Zeichnungen, die in Brodinskys Schreibtisch gefunden wurden, ihr größtes Problem. Sie wird den Scheißkerl da oben unterm Dach zur Rede stellen, sobald sie ihn erwischt. Doch das kann Tage dauern. Solange die Wut mit sich herumschleppen? Nein! Sie wird ihren ganz Mut zusammennehmen und sofort hinaufgehen. Selbst auf die Gefahr, dass er nicht alleine ist.

Sie klingelt nicht an seiner Wohnungstür, sie klopft an. Nichts rührt sich. Sie klopft noch einmal, energischer. Schritte. Die Wohnungstür wird aufgeschlossen. Kai in leichter Jogginghose und Muskelshirt. Im Hintergrund Rihanna mit S&M. Kai taxiert Melli mit einem Blick. Grinst.

„Heute Putzfrauen-Bunga-Bunga?"

„Ich muss mit dir sprechen."

„Sprechen?" Kai gibt die Türe frei. Melli muss sich knapp an ihm vorbeischieben. Er fängt sie mit einem Arm ab, küsst sie. Sie spürt sein Glied durch den leichten Stoff, ist einen Augenblick verunsichert, fängt sich und drängt ihn zurück.

„Setz dich." Kai deutet einladend auf die Liege.

„Ich werde mich nicht setzen."

„Dann eben nicht." Kai fletzt sich auf seine Liege. Seine Hose wölbt sich im Schritt. Melli muss ihren Blick losreißen, um ihm ins Gesicht zu sehen. „Die Polizei war bei mir. Sie haben deine Aktzeichnungen von mir im Schreibtisch eines Arbeitskollegen meines Mannes gefunden. Der Mann wurde ermordet."

„Ich war's nicht." Kai greift sich zwischen die Beine. Melli will nicht hinsehen.

„Wie kommst du dazu, die Bilder weiterzugeben?"

„Bevor du dich weiter aufregst, würde ich gerne eine Runde mit dir vögeln."

„Ich aber nicht mit dir. Ich will wissen …"

Mit einem Sprung ist Kai auf den Füßen, zieht Melli an sich. „Nachher, danach …"

„Lass das."

Melli windet sich in seinen Armen. „Mein Mann kann jeden Augenblick zurückkommen."

Kai küsst sie. Lange, fordernd. „Nur ein Quickie! So kannst du mich nicht zurücklassen." Er reibt sein Glied an ihrem Bauch. Mellis Widerstand erlahmt, mit den Armen will sie ihn von sich drücken, doch ihr Körper antwortet bereits seinen Bewegungen.

Plötzlich dreht er sie um und wirft sie auf die Liege. Er macht sich nicht einmal die Mühe, ihr mehr als die Jeans auszuziehen, schiebt dann den Slip zur Seite und dringt in sie ein.

Melli trommelt mit den Fäusten auf die Liege, Tränen steigen ihr in die Augen, sie stemmt sich hoch, doch dann gewinnt die Lust und reißt sie in ein Kaleidoskop der Empfindungen. Alles, alles bleibt zurück, nur der Sex zählt. Sie kommt schnell, dann noch einmal in kleinen Wellen, bis Kai sie endlich loslässt.

Er rollt sich auf die Seite neben sie. Melli wendet den Kopf ab.

„Und?", fragt Kai. „Was sagt mein braves Mädchen?"

„Ich will nicht mehr", murmelt Melli.

Kai streichelt ihre Hüften.

„Sag mir doch bitte, warum du die Bilder weitergegeben hast."

„Von irgendetwas muss ich doch auch leben." Kai klatscht ihr auf die Hüften. „Hartz IV reicht doch hinten und vorne nicht." Er steht auf, zieht die Hose hoch und holt sich ein Bier aus dem Kühlschrank. „Das Auto kostet Geld, dann will man mal mit Freunden weggehen, und die jungen Mädels werden auch immer anspruchsvoller ..."

„Du hast meine Zeichnungen verkauft, um bei den Mädchen spendabel sein zu können?"

„Du siehst das zu eng."

„Ich sehe das zu eng?" Melli dreht sich um und richtet sich auf. „Du bist ein egoistischer Mistkerl!"

Kai setzt sich zu Melli auf die Liege. „Du hast deinen Spaß mit mir, dafür kannst du mir ruhig ein wenig entgegenkommen."

„Hast du denn keinen Spaß mit mir?"

„Doch, schon." Kai trinkt aus der Flasche. „Doch das Leben ist kein Ponyhof. Nichts ist umsonst, alles hat seinen Preis."

„Was soll das denn heißen?" Melli steht auf und zieht ihre Jeans an.

„Eigentlich habe ich mich auf Pferdezeichnungen spezialisiert. Da bringt eine dreihundert bis fünfhundert, manchmal sogar tausend Euro. Und dann hat mich einer der Bonzen gefragt, ob ich nicht mal seine Freundin zeichnen könnte. So ohne allem. Das bringt zwar nicht so viel wie die Pferdezeichnungen, wird aber häufiger nachgefragt. Und wer eben kein eigenes knackiges Model anzubieten hat, wird aus meinem Fundus bedient." Kai bietet Melli die Bierflasche an, Melli schüttelt nur den Kopf. „Damit geben die alten Knacker dann bei ihren Herrenabenden an und fühlen sich selbst als große Stecher."

„Du bietest mich also an?"

„Alles Schnee von gestern! Ich hab keine Zeichnungen mehr von dir. Sind mir aus der Hand gerissen worden. Ich muss bald mal wieder ein paar machen."

„Das kannst du knicken."

„Bestimmst du das neuerdings?"

„Wer denn ..." Melli verstummt mitten im Satz. Sie erschrickt. Plötzlich steht ihr ein kalter, fremder Mann gegenüber, aus dem jegliche Freundlichkeit gewichen ist. „Bitte, lass mich ..."

„Es wird alles bleiben wie es ist." Kai kneift ihr unvermittelt in eine Brustwarze. „Nur wirst du jetzt für jeden Fick bezahlen."

„Wie käme ich denn dazu! Du bist ekelhaft! Vergiss es, du Schwein!"

„Ich kann es auch umschreiben. Ich betreibe im Internet eine Pornoseite mit kleinen Filmen, die ich selber aufgenommen habe. Du erinnerst dich an unseren Besuch im Sex-Shop? Sagen wir doch einfach, du bezahlst eine kleine Summe, damit dein Filmchen nicht auf der Internetseite erscheint."

„Das kann doch nicht wahr sein." Melli ist wie versteinert.

Kai geht zur Wohnungstür und greift nach der Klinke. „Sagen wir für jeden Besuch bei mir zwanzig

Euro.“ Er macht die Türe auf. „Und ich bestimme, wie häufig deine Besuche sind.“ Er fasst Melli am Arm und schiebt sie zur Tür hinaus.

Zwölf

Kalenberger gähnt, trinkt noch einen Schluck Rotwein. Sie schaltet das Fernsehgerät aus. Soll sie noch unter die Dusche? Morgen früh! Sie wird sich einen Tee kochen und mit ans Bett nehmen.

Sie hätte noch Lust auf ein Stückchen Käse. Schnell ins Bad und die Zähne geputzt, danach wird nichts mehr gegessen! Kalenberger bringt die Rotweinflasche und ihr Glas in die Küche, stellt den Wasserkocher an. Es klingelt. Sie wird es ignorieren. Das kann nur ein Versehen oder eine Provokation sein. Sie nimmt zwei Teebeutel aus dem Küchenschrank. Es klingelt erneut. Telegrammboten gibt es doch gar nicht mehr? Vielleicht braucht jemand ihre Hilfe?

Sie geht zur Wohnungstür, nimmt den Hörer der Gegensprechanlage ab. „Ja, bitte?"

„Sie haben Pizza Diavolo bestellt?"

Kalenberger erkennt die Stimme sofort. Was soll sie jetzt machen? Am besten wäre, sich tot zu stellen. Oder ganz von oben herab zu sagen: „Das muss ein Irrtum sein und ciao!" Doch ihr Herz klopft wild, die Hände werden feucht. Dem steht gegenüber, dass sie sich in ihrer legeren Aufmachung nicht gerne zeigt. Aber Tomaso hat sie schon ganz anders gesehen. Sie sagt: „Moment", drückt auf den Öffner der Haustür, holt ihren leichten Morgenmantel aus dem Bad und öffnet die Wohnungstür.

Tomaso strahlt sie an. In der rechten Hand eine Pizzapackung und in der linken eine Flasche Rotwein.

Kalenberger nimmt ihm die Pizzapackung aus der Hand. „Wie viel bekommen Sie?" Sie versucht ernst zu bleiben. Als sie Tomasos betrübten Gesichtsausdruck sieht, muss sie doch lachen und lässt ihn in die Wohnung.

„Pizzeria feiert Jubiläum“, sagt Tomaso, „und alle Stammkunden bekommen Pizza und Rotwein umsonst.“ Er weiß, wo der Flaschenöffner liegt und entkorkt die Rotweinflasche. Kalenberger holt zwei Gläser aus der Vitrine, sie stoßen miteinander an. Kalenberger mag seine warmen, dunklen Augen. Tomaso ist so niedlich und gleichzeitig ein ganzer Mann, ein Schauer läuft ihr über den Rücken.

Sie setzt sich aufs Sofa, Tomaso stellt sein Glas ab und setzt sich neben sie. Er beugt sich zu ihr herüber, sie kommt ihm entgegen und Tomaso legt sanft und zärtlich seine Lippen auf ihren Mund. Sein Kuss schmeckt nach Oregano, Zahnpasta und einer Spur Knoblauch, doch dann denkt Kalenberger gar nichts mehr und lässt sich fallen.

Tomaso schiebt seine Hand in ihren Morgenmantel, streichelt ihre Brust, die Brustwarzen richten sich sofort auf. Kalenberger lehnt sich auf dem Sofa zurück, Tomaso flüstert ihr „Cara mia“ ins Ohr, knabbert an ihrem Ohrläppchen und Kalenbergers Handy klingelt. Sie will sich nicht stören lassen, legt ihre Hand auf Tomasos Oberschenkel, der Klingelton bricht ab, um sofort wieder zu nerven. „Tut mir leid“, sagt Kalenberger, „es kann etwas Wichtiges sein.“ Sie löst sich von Tomaso, nimmt das Gespräch an und steht auf.

„Wo“, fragt sie und wiederholt, „in der MHH?“

Tomaso trinkt noch einen Schluck von seinem Rotwein und steht dann ebenfalls auf.

Kalenberger klappt ihr Handy zu, scheint plötzlich weit weg zu sein, starrt auf Tomasos Schuhe und verknotet den Gürtel an ihrem Morgenmantel. „Ein Kollege ist verunglückt", sagt sie ohne Betonung, „ich muss los."

„Verstehe", sagt Tomaso, „Collega geht natürlich vor!"

Er hebt die Schultern und lächelt enttäuscht. Er drückt ihr einen Kuss auf die Wange, Kalenberger nimmt ihn gar nicht wahr, greift wieder zum Handy. „Ich muss ein Taxi rufen", sagt sie wie zu sich selbst, „hab zu viel Wein getrunken."

„Kann ich dir helfen?"

Kalenberger klappt das Handy zu. „Mist, wenn man ein Taxi braucht, dauert es mindestens eine halbe Stunde, bis eins frei ist."

„Wenn du es eilig hast ..."

„Ich könnte die Bereitschaft anrufen, aber das dauert auch zu lange. Ich fahre selber!"

„Nicht mit Alkohol im Blut. Ich fahr dich", sagt Tomaso, „mein Pizzaauto steht bloß ein paar Häuser weiter."

Plötzlich ist Kalenberger wieder hellwach. „In drei Minuten bin ich unten. Du kannst schon vorgehen."

Schon erstaunlich, geht es Tomaso durch den Kopf, als er die Treppe hinuntersteigt, so eine große Frau mit ihrer wunderbaren Körperfülle kann auf einmal so flink sein wie eine Lucertola, äh, Eidechse.

Er schließt den Fiat Panda auf, muss den Beifahrersitz freiräumen, da trifft Kalenberger auch schon ein. Sie schnallt sich an, greift zu ihrem Handy und Tomaso fährt los. Es sind nur Bruchstücke, die Tomaso von dem Gespräch mitbekommt, aber den Rest kann er sich zusammenreimen.

Kalenbergers Collega ist mit dem Auto auf der A 2 verunglückt. Zwei Lastwagen sind aufeinandergefahren, einer muss sich wohl quer gestellt haben und Collega ist in den quer stehenden Lastwagen hineingefahren.

„Bei Bad Nenndorf?", fragt Kalenberger, „Rettungshubschrauber?"

Tomaso drückt das Gaspedal noch etwas tiefer ins Bodenblech. Hoffentlich schaffen sie es bis zur Klinik, die Tankanzeige zeigt schon weniger als null Komma nichts.

Kalenberger starrt aufs Armaturenbrett. Sie hat die Fingernägel in den Handflächen verkrallt. Tomaso wird sie jetzt nicht ansprechen. Er weiß, dass er nicht helfen kann. Als sein Bruder verunglückt ist, hat er seine Schwägerin zur Beerdigung gefahren. Sie hat pausenlos erzählt, wohin sie überall verreisen will, und dann hat sie eine Woche nicht mehr gesprochen. Drei Tage lang. Menschen gehen eben sehr unterschiedlich mit seelischer Anspannung um. Außerdem ist Kalenbergers Collega noch nicht ganz tot. Tomaso folgt dem Schild zur Notaufnahme der Medizinischen Hochschule Hannover. Er bremst, Kalenberger streicht ihm übers Bein und steigt aus.

Im Empfang fragt sie nach Obanczek, Urs Obanczek. Sie wird zur Intensivstation geschickt. Vor der Tür mit der Aufschrift *Zutritt verboten* sitzen zwei Polizisten in Uniform. Kalenberger stellt sich als Obanczeks Kollegin vor. Die beiden Polizisten konnten sich über Obanczeks Gesundheitszustand auch noch kein genaueres Bild machen. Sie sollen ihn zum Hergang des Unfalls befragen, aber daran sei in der nächsten Zeit wohl nicht zu denken. Sie brauchen nur noch eine Unterschrift vom Arzt, dann können sie wieder abziehen. Was sie allerdings in Erstaunen versetzt hat, war die Kollektion Lippenstifte, die sie im Kofferraum des Autos gefunden haben. Ob man bei der Kripo so schlecht verdiene, dass man noch einen Vertreterjob nebenher brauche.

Die Tür fliegt auf, ein Mediziner erscheint. Einer der Polizisten springt auf und hält ihm ein Formular unter die Nase. Der Arzt unterschreibt ohne hinzusehen.

Kalenberger fragt ihn nach Obanczeks Zustand. Im Augenblick bestehe wohl keine akute Lebensgefahr. Der Kreislauf konnte stabilisiert werden. Jetzt würde man röntgen und die Brüche und Wunden versorgen.

Ob sie zu ihm könne, fragt Kalenberger.

„Ich denke schon", sagt der Arzt, „in drei bis vier Tagen."

Die Kollegen verabschieden sich. Kalenberger reißt sich zusammen. Die Kollegen wollen sie ein Stück mitnehmen. „Heute Nacht wird es schwer, an Taxis zu kommen", sagt der jüngere der Polizisten, „die Tanzschulen haben Abschlussball." Kalenberger steigt in den Streifenwagen.

Auf der Berckhusenstraße steht am rechten Straßenrand der gelbe Panda der Pizzeria Pinocchio, hundert Meter weiter läuft ein Mann mit einem Benzinkanister in Richtung Pferdeturm.

„Sind denn die Tankstellen überhaupt noch offen?", fragt Kalenberger. Sie muss jetzt geschickt vorgehen.

„An den meisten Tankstellen kann man rund um die Uhr Sprit bekommen."

„Das kenn ich", Kalenberger sieht sich nach dem einsamen Fußgänger um, „dann hat man kein Kleingeld oder der Automat streikt."

„Also schön", der ältere Polizist seufzt. Sicher haben die beiden eigentlich auch schon seit Stunden Feierabend. „Wir helfen doch, wo wir können."

Er wendet den Wagen, fährt ein kurzes Stück zurück und hält neben dem Fußgänger vom Pizzaauto. „Kein

Sprit?", fragt er über das heruntergelassene Seitenfenster.

„Anzeige kaputt."

„Wir haben Benzin."

„Nix, nix", der Mann wehrt ab und wedelt dabei mit dem leeren Kanister. „Benzin von Polizei ist zu teuer."

„Wir sind doch nicht in Italien." Die beiden Polizisten lachen. Professionelles Umschalten von Betroffenheit auf alltägliche Routine. Sie fahren ein paar Meter voraus und steigen aus. Aus dem eigenen Vorrat werden zwei, drei Liter in den leeren Kanister des Fußgängers geschüttet.

„Aber die Anzeige reparieren lassen", sagt der Jüngere, „Sie können nicht immer mit uns rechnen."

„Danke", sagt der Mann mit dem Kanister. Er kramt in der Hosentasche, will den Polizisten etwas zustecken, die Polizisten wehren ab: „Wie schon gesagt, wir sind nicht in …"

Jetzt muss Kalenberger schnell handeln. Sie öffnet die hintere Tür des Polizeiautos und steigt aus. „Ich hab es mir überlegt, ich übernachte heute bei einer Freundin. Sie wohnt ganz in der Nähe. Vielen Dank fürs Mitnehmen."

Sie hat richtig kalkuliert, die beiden sind froh, endlich Feierabend machen zu können und versuchen nur kurz, sie zur Weiterfahrt im Polizeiauto zu überreden.

Tomaso und Kalenberger schauen dem davonfahrenden Streifenwagen hinterher. „Schöne Frau, kluge Frau!", sagt Tomaso. „Wie geht es Collega?"

„Schlecht", sagt Kalenberger, „aber er wird es schaffen."

„Brauchst du Einstand?", fragt Tomaso.

„Beistand, nicht Einstand." Kalenberger gelingt sogar ein kleines Lächeln. Sie hakt sich bei Tomaso ein, findet es unbequem, sich bücken zu müssen und Tomaso nimmt ihre Hand auf dem Rückweg zum Panda.

Melli zerschneidet das Spiegelei auf ihrem Teller. „Ich möchte dich um etwas bitten", sagt Melli zu Hinnerk, „ohne dir in allen Einzelheiten die Gründe nennen zu können."

Sie schiebt das abgeschnittene Stück Ei in den Mund, Eigelb tropft auf den Tellerrand.

„Brauchst du Geld?"

„Ich halte es nicht mehr aus", sagt Melli, „mit dem Kerl unter einem Dach." Sie deutet mit dem rechten Daumen zur Decke.

„Macht er dich an?"

„Das nicht."

Melli trinkt noch einen Schluck.

„Er trägt so viel Dreck ins Treppenhaus und hält sich nie an den Reinigungsplan. Aus seinem Keller stinkt es vergammelt und dauernd nimmt er fremde Leute mit nach oben."

„Unsere Eigenbedarfsklage läuft, aber Doktor Vogel hat da wenig Hoffnungen, dass wir Kai Homm aus seiner Wohnung herausklagen können. Er ist sozusagen unkündbar, es sei denn …"

„Was *sei* denn?"

„… er würde die Hausordnung grob verletzen oder eine Bedrohung darstellen."

„Na, also."

„Ich sehe keine Verletzung der Hausordnung, und bedroht fühle ich mich schon gar nicht."

„Dann such endlich was, erfinde etwas, ich will, dass er auszieht!"

„Wir könnten mit ihm darüber reden, ihm den Umzug eventuell finanzieren."

„Du kannst nicht alles gesundbeten." Melli wirft Messer und Gabel auf ihren Teller. „Sei doch einmal im Leben ein Mann. Schaff uns den Kerl vom Hals. Wie ist mir egal, nur tu etwas, damit wir uns endlich frei in unserm Haus bewegen können."

„Ich rufe morgen Doktor Vogel an, mal sehen ..."

„Mal sehen, mal sehen!" Melli steht auf und bringt Geschirr und Besteck in die Küche.

Hinnerk zieht sich das Schützenjackett an und verschwindet. Im Auto atmet er durch. Es wird viel zu besprechen geben, beim heutigen Vereinsabend der Schützenbruderschaft Eilenriede. Man wird noch einmal den Schützenausmarsch mit launigen Worten und einigen Bierchen Revue passieren lassen und sich dann den bevorstehenden Veranstaltungen und Aufgaben widmen. Die ehemaligen Bruchmeister der Vereinsrunde besprechen ihre bevorstehenden Einsätze. Verschiedenste Institutionen und Geschäftsleute Hannovers, das Hannover Congress Centrum, die Messe, der ZOO Hannover, die Sparkasse und natürlich die Landeshauptstadt Hannover greifen gerne auf die Bruchmeister für repräsentative und besondere Veranstaltungen zurück. Am liebsten sind Hinnerk die Stadtführungen, zu denen die Bruchmeister in ihrer traditionellen Kleidung erscheinen, die schon gleich für einigen Respekt bei den Besichtigungsgruppen sorgt. Neuerdings werden vom Bruchmeister Collegium auch Touren auf Segway-Rollern angeboten. Etwas für jüngere Leute, Hinnerk hat sich noch nicht auf einen solchen elektrischen Roller getraut.

Als er das Vereinsheim betritt, sind die meisten Schützenbrüder schon eingetroffen. Hinnerk scheint es, als würden ihre Unterhaltungen für einen Augenblick stocken, als er sich zu seinem Platz begibt.

Zufall! Er setzt sich, grüßt in die Runde, nur verhaltenes Kopfnicken ringsum, einige Kollegen schauen sogar offensichtlich in eine andere Richtung. Eine Hand legt sich auf Hinnerks Schulter. Erich! „Schön, dich zu sehen", sagt Hinnerk. Er bietet Erich den Platz neben sich an. Erich schüttelt den Kopf, lächelt gequält. „Ich muss mit dir reden."

„Natürlich. Worum geht es?"

„Nicht hier!" Erich tritt einen Schritt zurück. Hinnerk steht auf, verunsichert, folgt dann Erich vors Vereinsheim.

„Es ist mir sehr unangenehm", sagt Erich. Er fingert in der Tasche seines Jacketts, holt eine Schachtel Zigaretten heraus: Wenn Erich raucht, wird es ernst. „Du bist mein bester Freund, darum hat mich auch der Vereinsvorstand aufgefordert, mit dir zu reden."

„Habt ihr euch gegen mich verschworen?"

„Du weißt doch selber, wie sehr eine Schützengesellschaft auf ihren guten Ruf achten muss." Erich zieht an der Zigarette. Zwei verspätete Vereinskameraden streben dem Eingang des Vereinshauses zu. Sie grüßen herüber, ein kurzes Winken, den persönlichen Handschlag schenken sie sich. „Gerade in der heutigen Zeit. Da stehen alle Schützenvereine unter besonderer Beobachtung."

„Hab ich mich vereinsschädigend verhalten?"

„Nicht direkt." Erich zieht wieder an der Zigarette. „Für unseren Geschmack hast du nur zu viel Kontakt mit der Polizei. Und wenn die Medien davon erfahren, nehmen sie auch unsere Schützenbruderschaft ins Visier."

„Ich habe mir nichts vorzuwerfen."

„Schon gut, schon gut!" Erich tritt die Zigarette aus. „Du weißt es, ich weiß es und die meisten Schützenbrüder stehen auch hinter dir. Aber, du musst verstehen, wegen des öffentlichen Interesses und zum Wohle des Vereins mit seiner hundertjährigen Tradition …"

„Ihr wollt mich rauswerfen?"

„Wo denkst du hin." Erich steckt sich eine neue Zigarette an. „Du gehörst natürlich zu uns. Wir möchten nur, dass du einen Schritt zurück trittst. Als Kassenwart bist du einfach zu präsent."

„Ihr wollt mich absetzen?"

„Auf keinen Fall." Erich schaut seiner ausgestoßenen Rauchwolke hinterher. „Wir möchten dich nur bitten, deine Ämter bis zur Aufklärung dieser mysteriösen Mordfälle ruhen zu lassen."

„Ich habe doch gar nichts damit zu tun."

„Das sagst du."

„Und wenn ich nicht zurücktrete?"

„Auf eine Abstimmung würde ich es im Verein nicht ankommen lassen."

„Es hat noch niemand in den Vereinsstatuten nachgesehen, aber es lässt sich bestimmt etwas finden."

„Schöne Freunde."

„Versteh' doch, hier müssen die persönlichen Beziehungen hinter dem Vereinsleben zurückstehen. Überleg es dir. Ruf den Vorsitzenden an, wenn du dich entschieden hast. Wenn dir das zu peinlich ist, kannst du mich natürlich auch anrufen und ich leite dein Rücktrittsgesuch weiter."

„Ich überlege es mir!"

Hinnerk will an Erich vorbei zurück ins Vereinsheim. Erich vertritt ihm den Weg.

„Es ist sicher besser, wenn du dich eine Weile vom Vereinsleben zurückziehst. Einige Schützenbrüder haben schon ein offizielles Ausschlussverfahren ins Gespräch gebracht. Ist natürlich abgeschmettert worden. Aber … du solltest niemanden mit deiner Anwesenheit provozieren."

Hinnerk dreht sich um, will grußlos gehen. Seine Knie zittern. Er bleibt stehen. „Und was ist mit den Karten fürs GOP?"

„Karten fürs GOP?"

„Wir wollten doch zusammen mit unseren Frauen in die Varietéveranstaltung?"

„Wir? Ach so, die Karten. Die musste Sabine zurückgeben. Sie fährt zu einer Freundin, runder Geburtstag, hatte sie ganz vergessen."

Spontan greift Hinnerk in die Tasche seines Schützenjacketts, findet ein paar Münzen und drückt sie dem verdutzten Erich in die Hand. „Bezahl mein Bier, damit ihr mir nicht noch was wegen Zechprellerei anhängt."

Schmitz-Erdal kommt mit großer Handtasche und Kaffeetasse. „Jetzt wollte ich es mir gerade mit einem Transsexuellen gemütlich machen, der ein Magistratsmitglied erpressen wollte, um seine Geschlechtsumwandlung zu bezahlen, da werde ich dir als Vertretung für Obanczek zugeteilt."

„So schlimm bin ich doch nun auch nicht."

„Wer weiß."

Kalenberger sucht krampfhaft nach dem Vornamen des blonden Froschs, tippt auf Anja, Klara oder Monika, ruft die Telefonliste auf und findet Daria Schmitz-Erdal.

„Womit soll ich anfangen?", fragt Daria. „Du weist mich ein?"

Ein bisschen fühlt es sich für Kalenberger wie Verrat an, wenn sie ihre Teamarbeit mit Obanczek offenlegt.

„Ich bin flexibel“, sagt Daria.

„Obanczek betreut die Datenbank der laufenden Ermittlung. Hat für mich die relevanten Ergebnisse zusammengefasst. Bis zu zwölf Mann haben in wechselnder Zusammensetzung an den Mordfällen gearbeitet. Obanczek hat alles akribisch zusammengetragen und in seine Datenbank eingearbeitet. Er war der festen Überzeugung, den Täter mathematisch statistisch einkreisen zu können und ihn mit einer letzten Eingabe wie das Ergebnis einer Gleichung präsentiert zu bekommen.“

„Verstehe.“

„Wirklich?“

„Ich werde Obanczeks Daten übernehmen und weiterführen.“ Daria startet den Computer.

„Passwort?“

„Lippenstift.“

„Merkwürdig.“

„Nur auf den ersten Blick.“

„Gib mir zwei Stunden Zeit!“

Daria nimmt ihre Tasse und will sich einen Kaffee holen. Kalenberger bietet ihr einen aus der Thermoskanne an. Daria zögert. „Danke, aber ich muss zwischendurch ein wenig laufen, um meinen Kreislauf in Gang zu halten.“

Kalenberger nickt, starrt auf den Bildschirm, ruft dann im Krankenhaus an. Lage stabil, keine Komplikationen, die Liste der Knochenbrüche so lang wie eine oberbayerische Litanei. Er wird wohl wochenlang ausfallen. Daria kommt zurück. Die Tasse in ihrer Hand ist leer. „Ich hätte doch gerne einen Schluck aus deiner Thermoskanne.“

„Ich koche uns einen frischen.“ Kalenberger steht auf und bedient die Kaffeemaschine.

„Wie weit seid ihr?“, fragt Daria.

Sie wärmt ihre Hände an der heißen Tasse. Im Sommer. Zu niedriger Blutdruck. Kommt davon, wenn man nichts isst.

„Unser Hauptverdächtiger ist Hinnerk Benthe, Abteilungsleiter der HPP-Bank. Er war am Tatabend mit Arne Sonneveld zusammen. Es scheint zu einer sexuellen, nun ja, Konfrontation gekommen zu sein, in deren Verlauf Hinnerk Benthe Arne Sonneveld mit einem Pflasterstein erschlagen haben könnte. Ergebnisse von Labor und Spurensicherung sind in der Datenbank. Nichts Eindeutiges.“

„Danke für den Kaffee!“, sagt Daria.

„Nicht dafür“, sagt Kalenberger.

„Peter Brodinsky arbeitete in derselben Bank wie Benthe. Er stand einen Tick unter ihm und beide waren sich nicht grün. Brodinsky hat gefälschte Handys verkauft, Benthe hat ihn zur Rede gestellt, aber sonst haben die beiden fast keine Verbindung. Allerdings ist Brodinsky am Abend von Sonnevelds Ermordung in der Nähe des Tatorts gesehen worden. Möglicher Zusammenhang: Brodinsky hat Benthe und Sonneveld bei sexuellen Handlungen überrascht und wollte Benthe mit seinem Wissen erpressen. Da hat ihn Benthe aus dem Weg geräumt. Dazu noch einige Nebenschauplätze, die bisher in keinen Zusammenhang passen. Aber das wirst du alles in der Datenbank finden.“

„Dann also los“, sagt Daria und konzentriert sich auf ihren Bildschirm.

„Nur noch eine Frage …“ Kalenberger schaut Daria über den Bildschirm an. „… kennst du dich mit Katzen aus?“

„Nicht so richtig“, sagt Daria.

„Ich wüsste zu gerne, warum meine Katze immer direkt neben ihrem Katzenklo ihr Häufchen macht."

„Frag sie doch einfach!"

Kalenberger fährt ins Krankenhaus. Sie darf nur kurz in Obanczeks Zimmer. Überall Verbände und Schläuche. Sie möchte ihn gern irgendwo anfassen, ihm ihr Mitgefühl zeigen, doch sie traut sich nicht. Vielleicht tut ihm noch jede Berührung weh. Sein Sprechen ist auch nur ein Röcheln. Sie berichtet von Belanglosigkeiten aus der Polizeidirektion, seine Vertretung erwähnt sie nicht, hebt sie sich für den nächsten Besuch auf.

Ein Klopfen, die Tür des Krankenzimmers wird vorsichtig aufgedrückt, der Geschiente im Nebenbett glättet seine Bettdecke mit einer Hand, eine junge Frau betritt das Zimmer. Sie schaut erst Obanczek an, dann Kalenberger, stutzt, kommt dann zögernd näher. Kalenberger sieht das Blitzen in Obanczeks Augen und steht auf.

„Ich wollte gerade gehen", sagt sie zu der jungen Frau, „passen Sie gut auf ihn auf!"

Die junge Frau lächelt, beugt sich über Obanczek und drückt ihm einen Kuss auf die Stirn.

Kalenberger fährt noch im Baumarkt vorbei. Vielleicht missfällt Toto die Marke des Katzenstreus? Sie nimmt das teuerste und auf dem Weg zur Wohnung kauft sie beim Metzger noch einige Scheiben gekochten Schinken. Eine Liebe muss man pflegen.

„Ich bin fast durch", sagt Daria, als Kalenberger endlich wieder im K 1 erscheint. Der Kaffeeautomat glüht, Daria schüttet sich schon wieder eine neue Tasse ein. „Du auch?", fragt sie mit der Kanne in der Hand.

Kalenberger schüttelt den Kopf.

„Mir ist etwas aufgefallen, dem wir vielleicht nachgehen sollten." Sie setzt sich an den Computer und Kalenberger hat einen Schluckauf. Sie hat ihr Brot zu schnell heruntergeschlungen, musste noch das Gästeklo aufwischen und desinfizieren.

„Beide Ermordete arbeiten doch im Finanzbereich, das könnte die Verbindung zu Benthe sein. Irgendeine Transaktion, bei der nicht alles glattgelaufen ist. Dreißigtausend Handys wollen schließlich finanziert sein."

„Könnte schon sein. Aber Benthe und die gefälschten Handys? Es klang glaubhaft, dass er nichts damit zu tun hatte. Übrigens dieser Schinkel aus dem Handyladen auch nicht. Er hatte seit fünf Monaten keine Miete mehr gezahlt und wollte sich mit unbekanntem Ziel absetzen. Sein Pech: Wir haben die Ermittlung auf ihn angesetzt, sie hat ihn mit dem ganzen Inventar des Ladens in Duderstadt aufgespürt, und der Vermieter hat ihn sofort verklagt."

„Die Polizei, dein Freund und Helfer!"

„Haben Sie vielleicht eine Minute Zeit?" Frau Rozari gießt die beiden Blumen auf Hinnerks Fensterbank. Sie gießt oft, und die Blumen machen keinen allzu dankbaren Eindruck.

„Worum geht es?"

„Ich will ja nichts sagen, aber diese Kollak ist nicht echt. Macht auf arbeitsame Biene, erledigt Antrag auf Antrag, dabei hält sie nur die Ohren offen und schiebt die Formulare von einer Seite des Schreibtischs auf die andere."

„Gibt es denn etwas, was sie ausspionieren könnte?"

„Oh, jetzt muss ich rasch ein Tuch holen. Ein bisschen viel Wasser für den armen kleinen Blumentopf."

Sie stellt das Gießkännchen auf die Fensterbank und verlässt eiligen Schritts Hinnerks Büro.

Hinnerk schaut durch den offen gebliebenen Türspalt. Frau Kollak sitzt genau in seinem Blickfeld. Sie schaut skeptisch. Missfällt ihr Brodinskys Zahlenwerk?

Frau Rozari kommt mit einem blauen Handtuch zurück, schließt die Tür und eilt zur Fensterbank. „Ich will nichts gesagt haben, aber Frau Kollak ist mir irgendwie unheimlich."

„Dazu habe ich keine Meinung. Ich bin ihr nicht allzu oft begegnet und so besonders erinnernswert ist sie doch auch nicht."

„Das liegt wohl im Auge des Betrachters." Frau Rozari streichelt das Gießkännchen auf der Fensterbank.

„Dann bin ich blind."

„Das wäre schade", sagt Frau Rozari, „die Frau ist gefährlich."

Hinnerk sieht sie fragend an, Frau Rozari nimmt sich einen Besucherstuhl und setzt sich an die Seite von Hinnerks Schreibtisch. „Sie hat sich damals auch um Brodinskys Arbeitsplatz beworben, als der Vorgänger in Pension ging."

„Stimmt", sagt Hinnerk, „jetzt erinnere ich mich. Es wird immer schlimmer mit meinem Gedächtnis. Sie war doch damals sogar die Favoritin der Geschäftsleitung, bis sie wieder sang- und klanglos in der Versenkung verschwunden ist?"

„Also, die Kollak ...", Frau Rozari rückt näher an Hinnerk heran, „... ist über ihren Sohn gestolpert." Rozari beugt sich vor, ihre Weste springt auf, die Brustwarzen zeichnen sich deutlich unter ihrem dünnen Pulli ab. Sie ist doch bestimmt schon vierzig und dann ohne Büstenhalter? Alle Achtung. Melli würde niemals in der Öffentlichkeit ohne ...

„Ja, ja, als alleinerziehende Mutter hat man es nicht leicht. Ich hatte auch Schwierigkeiten mit meinem Sohn, aber das waren Bagatellen im Vergleich zu den Problemen, die Frau Kollak mit ihrem Sohn hatte." Rozari bemerkt Hinnerks Blicke auf ihren Pulli und schließt die Weste. „Gerade in der Zeit, als sie sich um Brodinskys Posten beworben hat, ist herausgekommen, dass ihr Sohn drogenabhängig ist." Rozari steht auf und schiebt den Besucherstuhl wieder in seine Ausgangsposition. „Nicht schön für eine Mutter, so etwas zu erfahren, und für ihre Bewerbung war es natürlich tödlich. Mit einem drogensüchtigen Sohn war sie aus der Sicht des Vorstands erpressbar geworden und wurde in die Verwaltung zurückversetzt."

„Schauen Sie mich nicht so an, wir haben keine Kinder!"

„Ich will ja nichts gesagt haben, aber die Frau ist ein Spitzel des Vorstands. Sie hat nicht mehr viele berufliche Chancen!"

Rozari öffnet die Tür des Büros, besinnt sich, holt das Gießkännchen von der Fensterbank und lächelt Hinnerk beim Hinausgehen mit einem Augenzwinkern zu.

Hinnerk nimmt den Brieföffner, um die Post zu öffnen. Auch eine merkwürdige Konstellation: Als die Kripo nach dem Brieföffner gefragt hat, war er verschwunden, erst drei Tage später lag er wieder auf dem Schreibtisch an seinem angestammten Platz. Hinnerk tippt mit der Spitze auf die ungeöffneten Briefe. Die Kollak muss doch überlegt haben, wer ihren drogenabhängigen Sohn beim Vorstand ins Gespräch gebracht hat. Wenn Brodinsky der Informant war, hatte er sich damit eine Todfeindin geschaffen. Wenn sie ihm nun den Dolch in den Hals gerammt hat? Rache ist süß. Außerdem wurde damit endlich die angestrebte Position in der Bank frei.

Soll er der Kripo seine Überlegungen mitteilen? Hinnerk beschließt, seinen Brieföffner im Privatsafe einzuschließen.

Kai Homm kommt in schwarzer Jeans und weißem Oberhemd die Treppe herunter.

Melli will sich schnell in die eigenen Räume zurückziehen.

„Nun mal nicht so eilig", sagt Kai. „Soll ich deinem Mann einen schönen Gruß ausrichten? Ich könnte ihn auch zu einem Cappuccino einladen, wenn er seine Abreibung bekommen hat."

„Wage es nicht, ihn auch nur anzufassen!" Melli ballt wütend die Hände zu Fäusten.

„Er hat dir wohl gar nichts vom Prozess gesagt? Bei euch herrschen Zustände."

Prozess, geht es Melli durch den Kopf, welchen Prozess? Hat es etwas mit dem Schützenausmarsch oder seinem ermordeten Kollegen zu tun?

„Ihr habt einfach keine Chance. Eigenbedarfsklage – dass ich nicht lache."

Warum hat Hinnerk nichts von dem Prozess gesagt? In letzter Zeit ist ihm alles egal. Wahrscheinlich wird er den Termin einfach vergessen haben.

„Wir sehen uns!" Kai verlässt das Haus.

Melli stürmt in die Wohnung, ruft Hinnerk über ihr Handy an. Nichts. Keine Verbindung. Sie wählt den offiziellen Weg über die Telefonvermittlung. Nach kurzer Zeit meldet sich Hinnerk. „Ich habe dir doch gesagt …"

„Es ist wichtig!"

„Was?"

„Haben wir heute einen Gerichtstermin mit unserer Eigenbedarfsklage?"

„Weiß ich nicht. Kann schon sein. Die Sache erledigt Doktor Vogel, da brauche ich mich nicht reinzuhängen. Wie schon gesagt, die Aussichten sind nicht …"

„Geh hin, zeig, dass es dir wichtig ist. Der Kerl muss raus - er oder ich!"

Melli hat aufgelegt. Hinnerk schaut auf den Hörer in seiner Hand. Dann sucht er im Notizbuch die Telefonnummer von Dr. Vogel.

„Doktor Vogel ist zu Gericht."

„Es geht nicht zufällig um die Eigenbedarfsklage Benthe/Homm?"

„Moment, da muss ich nachsehen. - Heute um elf Uhr fünfundvierzig!"

„Wie spät ist es jetzt?

„Moment, da muss ich …"

Hinnerk hat aufgelegt. Seine Uhr zeigt kurz vor zwölf. Er hetzt los, muss seinen guten Willen demonstrieren. Vielleicht bekommt er noch die letzten Minuten der Verhandlung mit."

Als er im Volgersweg ankommt, ist es bereits Viertel nach zwölf. Er schaut auf den Verhandlungsplan, kommt nicht zurecht und fragt den Pförtner. Der verweist ihn auf den Verhandlungsplan. Endlich findet Hinnerk die Zimmernummer, eilt zum Fahrstuhl und lässt sich hinauftragen. Vor dem Gerichtssaal steht Kai Homm, breit grinsend. Alles vorbei? Hinnerk sieht sich um, Dr. Vogel hat sich am Ende des Gangs auf eine Bank gesetzt. „Sie brauchen sich gar nicht zu beeilen, es dauert bestimmt noch eine halbe Stunde."

Hinnerk ruft Melli an, spricht leise mit ihr, egal, was er sagt, er will bloß beweisen, dass die Verhandlung nicht ohne ihn läuft.

Die Tür des Gerichtssaals geht auf, die streitenden Parteien kommen heraus. An den Gesichtszügen ist jedenfalls nicht zu erkennen, wer gewonnen hat. Eventuell ein Unentschieden?

Der Richter spricht noch in sein Diktiergerät, zieht dabei mit einer Hand die nächste Akte zu sich herüber. Er blickt auf, großes Interesse strahlen seine Augen nun gerade nicht aus. Die Anwesenden werden zur Person befragt.

„Also eine Eigenbedarfsklage Benthe gegen Homm", er wendet sich an Dr. Vogel. „Begründen Sie bitte die Klage."

Dr. Vogel spricht wohlformulierte Sätze, setzt markante Akzente, unterstreicht mit eindringlichen Gesten. Doch allen im Raum ist klar, dass die Klage nur wenig Substanz hat.

Kai Homm hält dagegen, dass ihm ein unkündbares Wohnrecht zusteht. Nur unter dieser Voraussetzung hätten Benthes damals das Haus von der Wohnungsgesellschaft gekauft. Also klare Verhältnisse und kein Grund, etwas daran zu ändern.

Der Richter schaut Dr. Vogel an, Dr. Vogel schaut Hinnerk an. Jetzt müsste Hinnerk etwas einfallen. Was erwartet er am allerwenigsten von einem Mann wie Kai Homm? Ordnung! Na ja, man kann es mal versuchen:

„Grundlage einer solchen Vereinbarung ist doch sicher ein gültiger Mietvertrag, der dem Gericht vorliegt?"

Der Richter blättert in der Akte. Schüttelt den Kopf. „Bei mir befindet sich nur ein Kaufvertrag, in dem das unkündbare Wohnrecht des Untermieters festgehalten ist."

„Und wer ist der Untermieter?"

„Das steht hier nicht."

Dr. Vogel erhebt sich. „Wir bestehen darauf, dass der Beklagte seinen Originalmietvertrag vorlegt.

Könnte doch jeder kommen und sich als Untermieter bezeichnen."

„Den Mietvertrag habe ich eingereicht", sagt Kai Homm, „sogar im Original."

„Wollen Sie behaupten, dass Unterlagen vom Gericht verschlampt werden?"

„Das war sein Fehler", flüstert Dr. Vogel Hinnerk zu.

„Ich gebe Ihnen acht Tage Zeit, den Mietvertrag nachzureichen", sagt der Richter an Kai Homm gewandt. Den Termin schaut er auf dem Kalender nach und spricht ihn in sein Diktiergerät.

„Ach, Scheiße!", sagt Kai Homm.

„Wie bitte?", fragt der Richter.

„Das ist doch ein abgekartetes Spiel. Eine Krähe und so ..."

„Ich verhänge gegen Sie ein Ordnungsgeld von einhundert Euro wegen Beleidigung des Gerichts."

Kai Homm überlegt, schmunzelt dann. „Wenn ich die Wahrheit sage, nehmen Sie dann das Ordnungsgeld zurück?"

„Das würde das Verfahren sehr verkürzen."

„Na, schön. Dann ziehe ich eben in die Südstadt, da ist sowieso mehr los."

„Wohin Sie ziehen wollen, ist für das Gericht nicht relevant."

„Den Mietvertrag habe ich schon gesucht und nicht gefunden. Und eine Kopie konnte ich auch nicht mehr anfertigen lassen, weil der damalige Vermieter nicht mehr existiert."

Hinnerk grinst.

Er weiß, dass es nur noch wenige Minuten dauern wird, bis der Eigenbedarfsklage stattgegeben wird und Kai Homm ausziehen muss. Er kann es kaum erwarten, Melli anzurufen.

„Es hat lange gedauert, war aber endlich doch erfolgreich.“ Daria ist voller Eifer.

Kalenberger hat zwei Schokobrötchen mitgebracht und schneidet sie mit einem Taschenmesser in kleine Scheiben.

„Trotz Reinigung wurden an Benthes Cut DNA-Spuren von Arne Sonneveld festgestellt.“

„Ja, ja, die DNA“, sagt Kalenberger. Sie schiebt Daria eine Untertasse mit der Hälfte der Brötchenstücke über den Tisch. „An wie vielen Schützenfestbesuchern könnte man wohl DNA-Spuren von Sonneveld und Benthe finden?“

„Auch bei Brodinsky wurde Benthes DNA festgestellt.“

„Und bei allen Bankmitarbeitern und seinen Kunden … Benthes Spuren weltweit! Was wir brauchen sind keine Hinweise, sondern hieb- und stichfeste Beweise.“

„Und dazu am besten noch ein Geständnis.“

„Stimmt.“

„Warum bist du nur so technikfeindlich?“ Daria stopft sich ein Stück vom Schokobrötchen in den Mund. „Ich war vor ein paar Wochen auf einem Lehrgang in Fulda.“

„Da hatten wir keine Zeit, mussten eine eifersüchtige Ehefrau überführen, die ihren Mann mit dem Geländewagen an die Rückwand einer Tankstelle genagelt hatte.“

Daria lässt sich nicht beirren. „Es ging um den genetischen Fingerabdruck.“

„Schönes Thema“, sagt Kalenberger nicht ohne Ironie.

„Bisher verwendet die Polizei die DNA-Abgleiche nur, um das Geschlecht und eine Übereinstimmung von zwei DNA-Proben zweifelsfrei zu klären. Dabei kann aus winzigen Blutspuren, Speichel, Sperma, Gewebe verschiedenster Herkunft, Hautschuppen und unter bestimmten Voraussetzungen auch Haaren für jeden Menschen ein einzigartiges Rasterprofil erstellt werden. Aber so ein Rasterprofil könnte noch viel mehr."

„Technik bleibt Technik und Verstand bleibt Verstand." Kalenberger macht unter dem Tisch Entspannungsübungen mit ihren Zehen. Die Wii-Konsole liegt noch immer eingepackt im Wohnzimmerschrank. Sie wird wohl doch zu ihren Tai-Chi-Übungen zurückkehren, bis ihr jemand die Konsole anschließt.

„In Zukunft werden die Täter vielleicht nicht mehr ermittelt, sondern vom Computer errechnet. Wenn die gesetzlichen Beschränkungen wegfallen und eine vollständige genetische Kartierung vorliegt, könnte man vom Speicheltest einer weggeworfenen Zigarettenkippe das Persönlichkeitsprofil eines möglichen Täters erstellen und sogar sein Phantombild in die Fahndung einbeziehen."

„Was die Technik nicht alles kann. Das *Phantom von Heilbronn* wurde dank DNA mit sechs Morden in Verbindung gebracht. Dreihunderttausend Euro wurden auf die Ergreifung des Täters ausgesetzt. Dann stellte sich heraus, dass es sich bei den gefundenen DNA-Spuren um eine Verunreinigung der Wattestäbchen handelte, mit denen die DNA-Spuren an den Tatorten aufgenommen wurden. Bei der gefundenen DNA handelte es sich um die einer Packerin, die bei einem Hersteller für Medizinalbedarf arbeitete."

„Nichts ist vollkommen", sagt Daria. Sie fragt Kalenberger, ob sie Lust auf einen Cappuccino in den Markthallen habe.

Hinnerk will die Demütigung vor der Schützenbruderschaft nicht einfach wegstecken. Er ruft Erich an. Es kommt erst keine Verbindung zustande. Als das Gespräch endlich angenommen wird und sich Hinnerk meldet, wird das Gespräch sofort von Erich abgebrochen. Es hörte sich an, als hätte Erich in einer große Halle gestanden.

Hinnerk versucht es noch einmal. Erich meldet sich erst gar nicht. Es könnte eine Reithalle gewesen sein. Im Hintergrund meint Hinnerk ein Wiehern gehört zu haben. Er wird sofort zu Erich in den Stall fahren. Auch während der Arbeitszeit, das ist ihm jetzt egal.

Erich hatte ihn schon einmal in den Stall mitgenommen. Das ist Jahre her. Er war stolz auf seine Vierbeiner, besonders auf seinen gekörten Hengst mit Eintrag im Hengstbuch.

Der Stall lag in Pattensen, ein Ort südlich von Hannover. Hinnerk setzt sich ins Auto, versucht sich zu erinnern.

Der Stall war ganz in der Nähe der Kirche. Er wird fragen müssen.

Hinnerk fährt am Maschsee entlang.

Wasser, Bäume, Jogger. In Döhren geht es nach rechts Richtung Hemmingen. Eine scharfe Kurve, Graugänse auf einem See, enge Ortsdurchfahrt mit einer schmalen Rechtsabbiegespur für Mutige. Wieder Weiden, Wald, Störche auf der Wiese, drei, vier … hinter ihm hupt ein Auto, Hinnerk lenkt wieder geradeaus und konzentriert sich auf die Straße. Von Wilkenburg nach Harkenbleck mit seiner trutzigen Wehrkapelle. Hier haben doch Arne Sonnevelds Eltern irgendwo gewohnt. Schrecklich, vielleicht hätte er sie nach dem Tod ihres Sohnes besuchen sollen? Ist jetzt zu spät.

Pattensen. Dreißiger Zone und schon wieder raus aus Pattensen. Nichts gesehen von einer Kirche.

Hinnerk wendet und fährt zurück, folgt dem Hinweisschild *Altstadt* nach links und findet die Kirche hinter dem Marktplatz. Nicht zu übersehen. Und nun? Er steigt aus, sieht sich um, ein älterer Mann mit einem Dackel kommt die Straße herauf. Der Dackel kann Hinnerk nicht leiden und schon schaut sein Besitzer skeptisch.

Ob es in der Nähe einen Reitstall gäbe.

„Ja", sagt der Mann und will weiter.

„Können Sie mir sagen, wie ich hinkomme?"

„Ja." Jetzt ist der Alte schon drei Schritt entfernt und der Dackel zieht an der Leine.

„Danke für die Auskunft", meint Hinnerk.

„Ach so." Der Alte bleibt stehen und fasst sich an den Kopf. „Ist nicht so prall, wenn man alt wird. Hundert Meter auf der rechten Seite, die Toreinfahrt."

Nicht so prall? Der Mann muss Enkel haben. Hinnerk fährt die Straße hinunter. Wenige Meter nach dem Geschäft für Wildspezialitäten und Pferdefleisch findet er die Hofeinfahrt. Er kann sich vage erinnern, hält an, steigt aus und geht in den Hof hinein. Von Erich keine Spur. Nur ein Vierbeiner, so groß wie ein Pony. Der Hund knurrt, baut sich vor ihm auf, Hinnerk bleibt stehen, niemand zu sehen, der ihm helfen könnte. Vielleicht ist Erich im Stall?

„Hallo", ruft Hinnerk, der Hund macht *Wau* in der Stimmlage eines Bassbaritons. „Ist hier niemand?"

„Herr Niemand hat heute frei!" Eine junge Frau ist aus dem Stall getreten, eine Bürste in der Hand. Zum Wau sagt sie: „Ab!", und der Hund trollt sich. Die Frau schaut auf seine Schuhe. „Sind Sie vom Gericht?"

„Nein, wieso?"

„Na ja, so manche Pferdebesitzer haben finanzielle Engpässe. Pferdehaltung ist nicht gerade billig. Erst im letzten Monat musste ich den Tierarzt …"

„Ich suche einen Mann, etwas älter als ich, der seine Pferde hier untergestellt hat."

„Wie heißt er?"

„Erich Vonderheiden."

„Erich Vonderheiden? - Kenn ich nicht! - Sarah …", ruft sie in die Boxengasse, „… kennst du einen Erich Vonderheiden?"

Eine Frau mittleren Alters tritt auf den Hof, obligatorischer Pferdeschwanz, Weste und zu enge Reithose. „Der Erich ist doch in den neuen Hof an der Umgehungsstraße umgezogen."

„Ach, der schöne Erich hieß Vonderheiden?"

„Sonst kenne ich keinen Erich, der hier Pferde eingestellt hatte."

Die beiden Frauen erklären Hinnerk den Weg. Gleichzeitig. Hinnerk findet trotzdem den neuen Hof an der Straße nach Hiddestorf.

Eine schöne, neue Anlage mit einer großen Reithalle. Die Sonne spiegelt sich in den Lichtfenstern im Dach.

Das kostet sicher einiges, seine Pferde in einer solchen Anlage unterzustellen.

Ein großer brauner Hund hat Hinnerk entdeckt und scheint keineswegs begeistert zu sein. Er verstellt Hinnerk den Weg und klappert mit den Zähnen wie ein entkernter Totenschädel.

„Lass das!"

Eine energische Frau biegt um die Ecke, sieht Hinnerk an. Ein skeptisches Einschätzen zwischen Freundlichkeit und Vorsicht.

„Was kann ich für Sie tun?"

„Ich suche Erich Vonderheiden, er soll seine Pferde in diesem Stall eingestellt haben."

„Herr Vonderheiden ist sicher in der Reithalle." Sie zeigt mit einer Handbewegung auf ein breites offenes Tor.

„Danke", sagt Hinnerk. Er schaut den Hund an, der Hund klappert wieder mit den Zähnen. „Ist das typisch für die Rasse?", fragt Hinnerk.

„Theodor ist keine Rasse und mit den Zähnen klappert er, weil er nicht mehr bellen kann. Er ist schon vierzehn."

„Wohl dem, der in diesem Alter noch mit seinen eigenen Zähnen klappern kann!" Hinnerk geht zur Reithalle hinüber. Erich steht seitlich hinter der Holzbarriere und schaut einer jungen Reiterin zu, kaut auf seiner Unterlippe.

Hinnerk stellt sich neben ihn, sagt „Moin!"

Erich fährt ein wenig zusammen. „Wie hast du mich gefunden?"

„Ganz einfach: Ich habe dich gesucht."

„Wollen wir am Marktplatz einen Kaffee trinken?"

„Nein."

„Oder lieber ein Bier?"

„Ich möchte von dir wissen, warum du mich am Vereinsabend so fertiggemacht hast."

„Das kam alles nicht von mir, du weißt doch, ich bin dein bester Freund. Aber die Stimmung im Verein ist nun mal gegen dich, da wollte ich dich aus der Schusslinie nehmen."

Erich knabbert wieder an der Unterlippe, eine Angewohnheit, die Hinnerk bisher noch nicht an ihm bemerkt hat.

„Das war außerordentlich unfair. Du hast mir nicht mal die Gelegenheit gegeben, die Lage zu erklären."

„Jedes Wort von dir hätte die Schützenbrüder nur noch mehr gegen dich aufgebracht. Mit der Polizei will doch niemand etwas zu tun haben."

„Weil einige etwas zu verbergen haben?"

„Weil es zumindest unangenehm ist, in den Dunstkreis von zwei Morden zu geraten."

Hinnerk sieht seinen Freund an. Erichs Augendeckel zucken ganz leicht.

„Ich weiß doch, dass du in keiner Verbindung zu den Morden stehst", sagt Erich. „Bleib einfach für ein paar Wochen außer Sichtweite, und wenn Gras über die Sache gewachsen ist, geht alles wie früher weiter. Es ist doch alles so schnelllebig in unserer Zeit."

„Ich soll mich zurückziehen", Hinnerk schaut zu der jungen Frau in der Reitbahn, „und mich von den Vereinsabenden fernhalten?"

„Zumindest für die nächste Zeit wäre es das Beste."

Die junge Frau galoppiert an.

„Ich werde aber genau das Gegenteil tun. Beim nächsten Vereinsabend bin ich wieder da, und du schiebst mich nicht wieder ab."

„Mach doch, was du willst. Ich wollte dir nur helfen. Dafür habe ich mich sogar mit den Vereinskameraden angelegt, die dich ab sofort aus dem Verein ausschließen wollen. Aber so viel ist mir unsere Freundschaft schon wert."

Die Reiterin zügelt ihr Pferd, das Pferd reagiert sofort und fällt in einen leichten Trab.

Hinnerk dreht sich um, schaut zum offenen Hallentor hinaus. Ein Mädchen striegelt sein Pony, das Pony scheint zu schlafen. Wenn Hinnerk jetzt nachsetzt, geht seine Freundschaft mit Erich auch noch in die Brüche. Sicher hat er es gut gemeint, den Rest wird man zu einem anderen Zeitpunkt ausdiskutieren müssen. Hinnerk versucht, versöhnlichere Töne anzuschlagen. „Ich würde mir gern deine Pferde ansehen, wo ich nun schon mal hier bin. Wie viele sind es denn?“

„Meine Pferde?“ Erich dreht sich zu Hinnerk. Er scheint für einen Augenblick verunsichert, dann lacht er laut los.

Das Pferd in der Halle erschrickt und reagiert sich in zwei, drei wilden Galoppsprüngen ab. Erich fasst nach Hinnerks Arm und verlässt mit ihm die Halle. „Wie viel Zeit hast du denn mitgebracht?“ Erich lächelt vor sich hin.

„So viele Pferde hast du inzwischen?“ Hinnerk ist beeindruckt.

„Es sind acht, vielleicht sogar schon neun. Eine Stute kann jeden Augenblick fohlen.“

„Wo? Das muss ich mir ansehen.“

„Dann müssen wir weit fahren. Meine Pferde stehen seit einiger Zeit in Ostfriesland. Weniger Feinstaubbelastung für die Pferdelungen, außerdem …“, er bringt seinen Kopf näher an Hinnerks Ohr, „… um ein Drittel billiger. Eine Pferdezucht auf professionellem Niveau kostet schon einiges, da muss man hart kalkulieren.“

„Was machst du dann hier?“, fragt Hinnerk.

„Ich kümmre mich um den letzten Mohikaner, den ich noch hier stehen habe.“ Er zeigt mit dem Daumen hinter sich in die Reithalle. „Eine talentierte Reiterin, M-Dressur. Ich wollte ihr das Pferd nicht nehmen.“

„Dann gibt es hier also nichts mehr zu sehen?“

„Doch, einen modernen, gepflegten Reiterhof, wenn du dich dafür interessierst?“

„Jetzt würde ich doch lieber einen Kaffee trinken.“

„Alles klar!“ Erich klopft ihm mit der flachen Hand auf die Schulter. Sie gehen zu der Reihe abgestellter

Autos neben den Pferdeanhängern hinüber. Hinnerk lässt die Türschlösser an seinem Mercedes klacken. Erich geht zu einem ungepflegten Opel Astra hinüber. „Mein Wagen ist in Reparatur“, ruft er Hinnerk über die Dächer der andern Autos zu, „und die Werkstatt konnte mir nur noch diese alte Möhre als Leihwagen anbieten.“

Im Café Anno bestellt sich Erich einen Kaffee. Hinnerk einen Cappuccino und ein Stück vom hausgebackenen Pflaumenkuchen. Man sitzt behaglich unter den großen Sonnenschirmen. Ein lauer Wind weht durch die Bäume, ringsum kleinere Geschäfte, Kopfsteinpflaster, ein kleiner Springbrunnen. Man könnte die Zeit vergessen und das romantische Ambiente in sich aufsaugen, würde man nicht ständig von irgendwelchen lautstarken Begrüßungen gestört: „Na, Alter … wie ich nach Hause gekommen … in Jeinsen heute Abend … Party in Oerie … Geburtstag? … nee, Facebook!“

Erich will sich schon recht bald absetzen, klopft Hinnerk auf die Schulter, ein aufmunterndes „Das wird schon“ und weg ist er.

Hinnerk bestellt sich noch ein Stück Kuchen. Irgendwie merkwürdig, Erichs Verhalten. Freundschaftlich und fremd zugleich. Sein Verhalten war nicht echt.

Hinnerk isst in Ruhe seinen Kuchen auf, bezahlt und fährt zum Pferdehof zurück. Das Klappergebiss nimmt ihn wieder in Augenschein. „Reg dich nicht auf“, sagt Hinnerk, und der Hund legt sich hin und schläft auf der Stelle ein.

Hinnerk schlendert durch den Reiterhof. Jetzt sind es schon vier Mädchen, die ihre Ponys versorgen, einem größeren Pferd wird die Mähne gestutzt, die

Reiterin aus der Reithalle spritzt ihrem Pferd die Hufe ab. Hinnerk schlendert zu ihr hinüber. „Hallo. Ich habe Sie vorhin in der Reithalle bewundert."

„Kyra hatte heute keinen besonders guten Tag."

„Mir hat es gefallen. Reiterin und Pferd waren für mich in Harmonie."

„Danke!", sie schenkt ihm ein Lächeln. „Sagen Sie das bitte auch den Wertungsrichtern beim Turnier am nächsten Wochenende in Barsinghausen."

Hinnerk würde das Pferd gern irgendwo streicheln, weiß aber nicht wo und traut sich auch nicht näher heran.

„Erich ist sicher auch sehr stolz auf Kyra."

„Welcher ...", die Reiterin dreht das Wasser ab, „... ach, der Erich Vonderheiden. Auch für ihn müssen wir am nächsten Wochenende gut abschneiden, damit er Kyra teuer verkaufen und seine restlichen Schulden an den Stall bezahlen kann."

Der Hund ist aufgewacht, klappert wieder mit den Zähnen, aber nicht wild, eher anstandshalber. Sein Frauchen steht hinter ihm. „Darüber spricht man nicht", sagt das Frauchen.

„Vonderheidens Pferdezucht ist doch sehr kostspielig", sagt Hinnerk, „da kann man mit einzelnen Zahlungen sicher schon mal in die Klemme kommen. Aber das Volumen, die Potenz, die hinter solch einer Zucht steht ..."

„Welche Zucht?"

Jetzt kommt Frauchen näher. Sie scheint aufgebracht. „Er hatte mal eine Zucht. Eine schöne, erfolgreiche Zucht. Vor Jahren. Dann ist er in die finanzielle Schieflage geraten und musste ein Pferd nach dem andern verkaufen. Nur Kyra ist ihm noch geblieben, und von dem Erlös gehört mir jeder Cent. Sonst schicke ich ihm den Gerichtsvollzieher auf den Hals." Jawohl, klappert der Hund wie zur Bestätigung mit den Zähnen.

Kalenberger will Obanczek besuchen. Blumen? Wein? Obst! Wenn er noch nicht kauen kann, ist das wie Häme. Sie fährt in die Ernst-August-Galerie und besorgt sich in jeder Parfümerie alle vorhandenen Prospekte. Dann hat er was zu lesen. Und ein paar Parfümduftproben nimmt sie auch gleich mit. Kann er sich bei den Krankenschwestern einschmeicheln. Ist doch sein Stil.

Obanczek könnte sicher kauen, auf seinem Nachttisch liegt eine angebrochene Packung Eisgebäck. Ihm geht es schon wieder ganz gut, nur das linke Bein schmerzt noch sehr, hängt halbhoch an einem Galgen und wird gestreckt. Genauer möchte Kalenberger es nun doch nicht wissen. Im Laufe der Jahre hat sie gelernt, mit Verstümmelten, Toten und Halbverwesten einigermaßen umzugehen. Doch hat jemand Schmerzen, der ihr nahesteht, fühlt sie es fast körperlich. Sie bestellt Obanczek Grüße von ihrer Tochter, er soll so schnell wie möglich gesund werden, damit er ihr wieder bei den Matheaufgaben helfen kann. Wer denn die hübsche junge Frau war, die bei Kalenbergers letztem Besuch vorbeigekommen ist.

Weiß Obanczek auch nicht, sie hatte sich nur in der Zimmernummer geirrt.

„Und gleich auf den erstbesten Mann gestürzt, der ihr in die Quere kam?“ Kalenberger glaubt Obanczek kein Wort, doch Obanczek scheint sich über seine Beziehung nicht weiter auslassen zu wollen.

Wie es im Kommissariat so liefe. Gut, man mache Fortschritte, aber mit Einzelheiten wolle sie ihn nicht belästigen. Hätte der Arzt verboten, Aufregung könnte seinen Heilungsprozess verzögern.

„Und selbst?"

Für Obanczek sollte natürlich alles viel schneller heilen, am liebsten würde er schon morgen das Krankenhaus verlassen. Oder jetzt gleich mit Kalenberger mitfahren.

Nun ja, es geht nicht, und viel zu erzählen hat Kalenberger auch nicht. Ein bisschen Klatsch und Tratsch. Immer noch die beiden Toten auf dem Tisch, keine schlüssigen Beweise, und der blonde Frosch würde ihn ganz gut vertreten. Als Obanczek mit einer neuen mathematischen Knobelei herausrücken will, tätschelt ihm Kalenberger die Hand und steht auf.

Obanczek drückt auf die Fernbedienung, das Kopfteil seines Betts fährt hoch und bringt ihn in eine sitzende Stellung.

„Ich habe noch eine Bitte."

Kalenberger setzt sich wieder.

„Der Unfall war auf dem Rückweg von einer Lippenstiftbörse."

„Hab ich mir schon gedacht", sagt Kalenberger.

„Ein Dienstunfall wäre natürlich günstiger. Allein schon bei den Reha-Maßnahmen."

„Sie werden dich auch so wieder auf die Beine bringen."

„Ich könnte doch in Poggenhagen recherchiert haben. Da soll Brodinsky bei einer Freundin ein Lager für seine gefälschten Handys angelegt haben."

Kalenberger schaut sehr skeptisch.

„Brodinsky kann sich nicht mehr dazu äußern."

Kalenberger seufzt.

„Du musst bloß angeben, dass ich dich über die Recherche informiert habe, wenn man dich fragt."

Würde es Obanczek mit der Wahrheit auch nicht so ganz genau nehmen, wenn er ihr helfen könnte?

„Poggenhagen?"

„Poggenhagen!"

Kalenberger stellt den Stuhl ans Kopfende des Betts. „Mach's gut!" Sie geht.

„Bist du sauer?", ruft ihr Obanczek hinterher, doch Kalenberger dreht sich nicht mehr um.

Sie ist nicht sauer, nur enttäuscht. Obanczek hätte sie nicht in die Sache hineinziehen dürfen. Das war nicht korrekt. Aber vielleicht ist man in dieser Generation nicht mehr korrekt? Kalenberger grinst. Nicht so *über*korrekt wie sie selber.

Sie fährt ins Kommissariat. Daria erwartet sie bereits. Der Chef habe angerufen, die Presse lasse ihm keine Ruhe. Er habe für morgen eine Pressekonferenz anberaumt. Es werde doch sicher Fortschritte geben, mit denen man die Presse füttern könnte.

„Fortschritte gibt es immer", sagt Kalenberger, „aber die Presse will Sensationen. Der eine begehrt die Frau des andern, der rächt sich, erschlägt ihn mit einem Pflasterstein, steckt sich dann selber den Brieföffner in den Hals und klappt den Deckel der Mülltonne über sich zu. Aus, Schluss, alles geklärt, nächste Sensation!"

„Hast du heute deinen zynischen Tag?" Daria scheint ein wenig irritiert.

„Wann ist die Besprechung mit Nisalski?"

„Du sollst ihm eine ausführliche Mail schreiben, er hat einen Termin in Laatzen."

„Dann schreiben wir also einen Bericht."

„Hab ich schon." Daria grinst. „Ich habe aus unserer Datenbank einen kleinen Roman gemacht. Immer mal ein *daraus ergibt sich, in diesem Zusammenhang, als Ergebnis* dazwischen, das wären ausgedruckt gut zweihundert Seiten. Wir waren also fleißig und unser Chef liest doch sowieso nur die letzte Seite."

„Und darauf steht: Fazit – die Fälle stehen kurz vor der Aufklärung."

„Schön wär's!"

Melli versucht, Kai aus dem Wege zu gehen. Es werden lange vierzehn Tage, die ihm der Richter als Frist für den Auszug gewährt hat. Kai war schon im Keller und hat seine ersten Kartons gepackt. Er hat schon zweimal geklingelt, als Melli allein zu Hause war. Melli hat die Tür nicht geöffnet. Es klingelt erneut. Melli schleicht auf Zehenspitzen zur Wohnungstür, linst durch den Spion. Kai steht vor der Tür und grinst fett. „Nun mach schon auf!"

Melli schleicht in die Wohnung zurück und schließt sich im Badezimmer ein. Es wird noch mehrmals geklingelt, dann ist es wieder still. Melli gibt sich eine Viertelstunde, bevor sie das Badezimmer verlässt. Sie schleicht erneut zum Spion. Mitten im Flur liegt ein Bogen Papier, nicht zu übersehen für jeden, der das Haus betritt.

Melli lauscht, drückt dann die Klinke der Tür herunter und zieht die Tür so geräuschlos wie möglich auf. Mit zwei Schritten steht sie vor dem Blatt Papier, hebt ihn auf und schlüpft wieder in die Wohnung.

Okay, ihr habt gewonnen. Doch bevor ich verschwinde, möchte ich noch ein Fest mit dir feiern. Nur wir beide an einem verschwiegenen Ort. In den nächsten Tagen werde ich dir Einzelheiten für unser Treffen mitteilen. Danach bist du frei und wirst nie wieder von mir hören. Ist das ein Angebot? Solltest du mich allerdings austricksen wollen – ich hätte da eine DVD für deinen Mann!!!

Melli lehnt sich mit dem Rücken gegen die Wohnungstür. Ihr zittern die Knie. Sie könnte sich krankschreiben lassen und zu ihrer Schwester fliehen. Doch dann würde ihrem Mann die verhängnisvolle DVD sicher zugespielt werden. Sie wird sich nicht widersetzen können. Aber damit ist auch ein kleiner Hoffnungsschimmer verbunden: Sie wird den Dreckskerl für immer los.

Sie geht ins Bad, zerreißt den Zettel in kleine Stücke und spült sie in die Kanalisation.

Kalenberger sieht ihr Spiegelbild für einen Moment auf dem blinden Bildschirm.

Vor vierzehn Tagen hätte sie schon zum Friseur gehen sollen. Aber sie sitzt immer nur an ihrem Schreibtisch, eingegliedert in den unabänderlichen Kreislauf von zu vielen Fragen und wenigen Antworten. Sie hält das Telefon ans Ohr gepresst, niemand hebt ab oder die falsche Stelle oder was auch immer. Einen Augenblick ist ihr entfallen, was sie überhaupt fragen wollte. Alles wird immer gleich bleiben. Sie werden dem Bösen immer zwei Schritte hinterherhinken. Unfassbar die Gier, die Rache, die Wut. Unversöhnlich. Wo sie auch hinkamen, das Böse war schon da und schlüpfte wieder aus seinem Versteck, sobald sie dem Tatort den Rücken kehrten. Niemals kam etwas zu Ende, es verlagerte sich nur auf einen anderen Tatort, ein anderes Motiv und einen anderen Täter.

„Ich könnte dir einen guten Friseur empfehlen“, sagt Daria, „vielleicht solltest du dir ein paar Strähnchen machen lassen?“

Kann sie Gedanken lesen?

„Wir legen uns fest“, sagt Kalenberger.

„Für uns ist Hinnerk Benthe der Täter. Wir gehen davon aus, dass es zu einer homosexuellen Konfrontation zwischen Benthe und Sonneveld gekommen ist. Benthe hat Sonneveld nach dem ersten Kontakt hinter der Festhalle Marris zu einem Bummel über den Rummel überredet. Sie sind mit eindeutigen Absichten am Ufer der Ihme gelandet. Hier muss es zu einer Auseinandersetzung gekommen sein. Benthe hat zu einem herumliegenden Stein gegriffen und den betrunkenen Arne Sonneveld erschlagen."

„Nichts spricht dagegen", sagt Daria.

„Durch Zufall wird Brodinsky die erste sexuelle Annäherung von Benthe und Sonneveld hinter der Festhalle beobachtet haben. Damit hatte er eine wunderbare Waffe, den verhassten Benthe zu erpressen. Was wird er verlangt haben? Das Simpelste vom Simplen: Geld. Er war gierig. Siehe das Geschäft mit den gefälschten Handys. Brodinsky und Benthe haben sich wohl recht spontan getroffen. Benthe hat sich als Waffe den Brieföffner gegriffen und Brodinsky nach einer Auseinandersetzung am Treffpunkt erstochen. Seine Leiche hat er in die Nähe von Sonnevelds Arbeitsplatz gebracht, um von sich abzulenken und eine offensichtliche Verbindung zwischen Brodinsky und Sonneveld herzustellen."

„Für den Staatsanwalt reicht das aber noch nicht."

„Darum geht es nicht, arbeite bitte die Datenbank im Hinblick auf unsere Hypothese durch. Separiere alles, was dafür- und alles, was dagegenspricht."

„Mach ich. Und du?"

„Ich führe meinen Hallux valgus aus und zeige ihm die Welt." Kalenberger knallt ihren Stuhl unter den Schreibtisch, nimmt ihre Brotdose aus der Schublade und zieht sich die Jacke an.

„Und was machen wir, wenn Hinnerk Benthe nicht der Täter ist?“, fragt Daria.

„Dann haben wir ein Problem.“

„Mit Nisalski?“

„Mit der Welt.“

Frau Rozari bringt die fünfte Tasse Kaffee an diesem Tag, obwohl Hinnerk die vier Tassen vorher auch nicht angerührt hat. Er strahlt eine Unruhe aus, die den ganzen Raum erfüllt, steht am Fenster und schaut in den Hof hinaus oder durchmisst sein Büro mit eiligen Schritten, ohne etwas zu erledigen. Er merkt nicht einmal, dass Rozari mit ihm sprechen will. Sie hüstelt, Hinnerk sieht sie nicht an. Sie stellt die Tasse neben seine Computertastatur, verschüttet absichtlich einen Schwapps, sagt: „Oh, wie ungeschickt von mir“, und holt ein Wischtuch. Dann nimmt sie sich ein Herz.

„Sie scheinen heute mit Ihren Gedanken auch woanders zu sein.“

„Wer ist woanders?“, fragt Hinnerk.

„Na, Sie!“

„Ein rein geschäftliches Problem.“

Rozari sieht ihn skeptisch an, wischt und wischt.

„Es geht mich zwar nichts an, aber …“

Hinnerk sieht sie an und scheint durch sie hindurchzuschauen.

„… die Neue hat es auf Sie abgesehen!“

„Welche Neue?“

„Na, der Dragoner.“

„Welcher Dragoner?“

„Ich will keine Namen nennen.“

Hinnerk braucht eine Weile, bis er in die Wirklichkeit zurückgekehrt ist und nachhört, was Rozari gesagt hat.

„Meinen Sie Frau Koller?“

„Das haben Sie jetzt gesagt.“

„Was ist mit ihr, ich muss mich um meine Arbeit kümmern.“

„Frau Koller hat mich heute Mittag zum Eis bei Mövenpick eingeladen.“

„Wie schön für Sie!“

„Wir haben ein bisschen über den Arbeitsalltag und die Kollegen gesprochen, das hat sie aber nicht sonderlich interessiert. Sie wollte mehr über Sie erfahren, ob Sie Hobbys hätten, ein bisschen was Außergewöhnliches, Kostspieliges, ob ich von einer Freundin neben der Ehefrau wüsste.“

„Unverschämtheit!“

„Das habe ich auch gesagt. Nicht so direkt. Aber danach war sie sehr einsilbig und wollte ganz schnell zahlen.“

Hinnerk sieht Rozari an, greift dann nach der Kaffeetasse und trinkt einen Schluck. „Sie sind das Beste, was wir in diesem Laden haben“, sagt Hinnerk, und Frau Rozari poliert noch einmal die Schreibtischplatte nach.

Sie ist ein wenig rot geworden. Ob er sie mal zu einem Happy Hour-Drink nach Feierabend einladen sollte?

„Ich weiß nicht mehr, wo mir der Kopf steht“, sagt Hinnerk, „da ist es schön, wenn jemand ein bisschen auf mich aufpasst.“

Das Rot in Frau Rozaris Gesicht intensiviert sich, jetzt poliert sie die Schreibgeräte in Hinnerks Ablage. Einzeln.

„Brodinsky ist doch mit einem Brieföffner wie diesem erstochen worden.“ Hinnerk nimmt den Brieföffner in die Hand, lässt die Klinge auf der anderen

Innenfläche flach aufspringen. „Als Sie die Kripo nach dem Brieföffner gefragt hat, war er nicht da. Einen Tag später lag er wieder an seinem angestammten Platz. Verlegt? Falsch eingeordnet? Von der Putzfrau aus Versehen mitgenommen?"

„Ist das so wichtig?"

„Es könnte wichtig werden. Nehmen wir mal an, die Kripo identifiziert meine Fingerabdrücke auf dem Mordwerkzeug."

„Glaube ich nicht. So ein Brieföffner aus Edelstahl kann doch ganz leicht abgeputzt werden, ohne dass Spuren bleiben."

„Die Kriminaltechnik findet heute alles, und wenn mir ein böswilliger Zeitgenosse etwas anhängen wollte, werden meine Fingerabdrücke, meine DNA oder DNS oder wie das alles heißt, sicher zu finden sein."

„Frau Kollak?"

„Da ich es nicht war und Sie sicher auch nicht, können wir die Tätersuche getrost der Polizei überlassen."

„Dann will ich mal wieder an meine Arbeit."

„Wäre auch alles ganz einfach der Kripo zu erklären gewesen. Jemand hat ohne mein Wissen den Brieföffner aus meinem Büro entwendet und Brodinsky damit umgebracht."

„So könnte es gewesen sein."

„Warum steckt dann ein Brieföffner in Brodinskys Hals und ein zweiter liegt kurze Zeit später wieder auf meinem Schreibtisch?"

„Ich habe noch Eiliges zu erledigen."

„Weil ich einen neuen gekauft habe, um die Tat zu vertuschen?"

„Aber Herr Benthe ..."

„So denke nicht ich, so denkt die Kripo. Und ich stecke in mächtiger Erklärungsnot."

Frau Rozari wringt das trockene Wischtuch in ihren Händen. Ihr ist sichtlich unwohl in ihrer Haut. „Ich habe es nur gut gemeint." Tränen steigen ihr in die Augen. „Wollte nicht, dass Sie in Schwierigkeiten kommen, wo doch die Kripo nach dem Brieföffner gefragt hat und das Teil nicht da war. Es tut mir so leid!"

„Und bezahlt haben Sie den neuen Brieföffner auch noch aus eigener Tasche?"

Frau Rozari nickt, eine Träne rinnt ihr über die Wange, noch eine und noch eine. Hinnerk steht auf, weiß nicht, was er machen soll und nimmt sie in die Arme. Sie drückt sich an ihn. Eine warme, anschmiegsame Frau, ganz leicht bewegt sich ihr Busen an seinem Oberhemd. „Ich wollte es nur wissen", sagt Hinnerk, „ist doch alles nicht so schlimm. Ich weiß, dass ich es nicht war, und Sie wissen, dass ich es nicht war, dann wird die Kripo auch nichts beweisen können." Rozari schluchzt, Hinnerk streicht ihr mit der flachen Hand über den Rücken. „Wollen wir nach Feierabend zur Beruhigung noch einen Caipirinha trinken gehen, dann können wir über alles ausführlich sprechen."

Rozari hebt den Kopf, schaut Hinnerk in die Augen, es fehlt nicht viel und seine Lippen senken sich auf ihre.

Da wird die Bürotür aufgestoßen. Frau Koller. „Ich habe geklopft und geglaubt, ein *Herein* gehört zu haben."

Kalenberger braucht ihren Ort der Besinnung. Nach Feierabend zieht sie sich auf den Engesohder Friedhof zurück. Hier fordert kein Ereignis eine schnelle Lösung, Tote drängeln nicht.

Kalenberger setzt sich auf ihre Bank, öffnet den Reißverschluss an ihrer großen Henkeltasche. Toto streckt neugierig sein Köpfchen aus der Tasche, schaut sich um und springt dann in Kalenbergers Schoß. „Man könnte meinen, du bist schwerer geworden", sagt Kalenberger, Toto rollt sich wohlig unter ihrer Jacke zusammen. Kalenberger schaut zu dem steinernen Engel hinüber. Sie liebt seine melancholische Überlegenheit.

Ein Eichhörnchen sprintet vor ihren Füßen von einem Baum zum andern, eine Rabenkrähe plündert den Abfallkorb, von der Uferstraße des Maschsees wehen die gedämpften Geräusche des Autoverkehrs herüber.

Sie wird sich entscheiden müssen. Daria ist fürs Zuschlagen, sie eher fürs Abwarten. Die Ermittlungsgruppe ist in dem Maße geschrumpft, wie sich die Datenbank vergrößert hat. Haare, Haut, Fuß- und Fingernägel, Spuren, Abdrücke, Fasern, Kleidungsfetzen wurden gesammelt, ausgewertet und katalogisiert. Doch der eine, stichhaltige Beweis war nicht dabei. Oder sie haben ihn in der Menge der Details übersehen. Es ist wie in jedem Fall, erst überrollt die Menge der Erkenntnisse die Ermittler, dann ebbt die Flut ab, einzelne Zusammenhänge werden noch aufgedeckt, doch ein plausibles Ergebnis rückt mit jedem Tag weiter in den Hintergrund. Der Erkenntnisstand verhält sich antizyklisch zu den Ermittlungsergebnissen, hatte Obanczek nicht nur einmal gesagt. Oder war es antagonistisch?

Kalenberger krault Totos Nackenfell.

Hinnerk Benthe. Daria wollte ihn unter Druck setzen, einen Haftbefehl beim Staatsanwalt beantragen. Die Beweise sind nicht überzeugend. Noch nicht. Kalenberger will sich nicht blamieren. Andererseits braucht jede Ermittlung ein Resultat. Je länger eine Ermittlung ohne Resultate bleibt, umso gleichgültiger und frustrierter wird das Team.

Toto leckt sich die Pfoten. Kalenberger wird sich entscheiden müssen. Sie sieht den toten Arne Sonneveld vor sich liegen, hat das Bild der Leiche in der Mülltonne im Kopf, alles starr, eingefroren, ohne Bewegung. Sie wird den Film wieder in Bewegung bringen müssen. Das Licht erlischt, die Leinwand bleibt dunkel, Kalenberger ist eingeschlafen.

Irgendwann wird sie vom Geschrei einer Elster geweckt, auch Toto hebt den Kopf und lauscht. „Es wird Zeit für uns", sagt Kalenberger, „sonst werden wir auch noch zu Stein." Sie setzt Toto in ihre Tasche und verlässt den Friedhof.

Zu Hause gibt es Abendessen. Für Toto Häppchen von Meereskrabben in Gelee, für sich wärmt Kalenberger die Nudeln mit Tomatensoße vom gestrigen Tag auf.

Kauend greift sie nach der Fernsehzeitschrift. Ein Programm zum Davonlaufen. Sie entschließt sich zu einem Abend mit Buch und Rotwein im Bett. Buch und Wein legt sie griffbereit auf den Nachttisch, dann geht sie ins Badezimmer und schminkt sich ab. Sie putzt sich die Zähne und gähnt ihr Spiegelbild an. Vielleicht sollte sie sich doch ein paar Strähnchen ins Haar färben lassen. Als Ablenkung von den paar Pfunden zu viel auf den Rippen?

Es klingelt an der Wohnungstür. Sie lauscht in den Flur. Wenn es etwas Wichtiges wäre, hätte sich das Handy gemeldet. Sie geht zurück ins Bad.

Es klingelt erneut, dazu ein leises Klopfen. Kalenberger schleicht zur Wohnungstür und schaut durch den Spion. Draußen steht Tomaso mit einem strahlenden Lächeln, eine Hand verbirgt er hinter seinem Rücken.

„Ich bin schon ausgezogen", sagt Kalenberger durch die geschlossene Wohnungstür.

„Es ist wichtig!"

Was soll sie machen, sie kann ihn nicht einfach wegschicken? Das würde er sicher als Beleidigung auffassen. „Ich muss mir erst etwas überziehen."

„Ich warte gern."

Kalenberger öffnet die Wohnungstür und verschwindet im Bad. Tomaso hat Anstand und wartet eine Weile, bevor er die Wohnung betritt. Im Badezimmer rauscht das Wasser. Will sie noch duschen? Egal, Tomaso kann warten. Doch es dauert nicht allzu lange, bis Kalenberger wieder in den Flur kommt. Tomaso steht noch immer an der Wohnungstür. Jetzt holt er den verborgenen Arm hinter dem Rücken hervor. In der Hand hält er einen Strauß roter Rosen. Er streckt ihr die Blumen entgegen, Kalenberger riecht an den duftenden Blüten und stellt die Frage, die sie schon immer für naiv, dämlich und unangemessen gehalten hat und niemals aussprechen wollte: „Sind die für mich?"

„Si, si!" Tomaso strahlt. Kalenberger sagt: „Danke" und gibt Tomaso einen Kuss auf die Wange. „Ich werde sie in eine Vase stellen."

Sie geht voraus in die Küche, Tomaso kommt hinterher, dann geht Kalenberger mit Vase und Rosen hinüber ins Wohnzimmer. Sie stellt die Vase auf den niedrigen Tisch und setzt sich aufs Sofa. Ihr ist mulmig, sie hätte Tomaso nicht hereinlassen sollen. Sie spürt die Spannung, die in der Luft liegt. Mit einer einladenden Geste bietet sie Tomaso an, sich im Sessel niederzulassen, doch Tomaso möchte lieber stehen.

„Wir kennen uns nun schon eine ganze Weile ..."

Kalenberger fürchtet jedes Wort, das jetzt folgen wird. Mit den Augen fixiert Tomaso einen Punkt an der Wand hinter Kalenberger, um sich besser konzentrieren zu können. Da krabbelt doch nichts? Ein Tier mit langen, schnellen Beinen? Sie dreht sich rasch um. Da ist nichts und Tomaso kann fortfahren.

„... darum wollte ich dich heute fragen ..."

Erst jetzt fällt Kalenberger auf, wie fein sich Tomaso herausgeputzt hat. Blank polierte Schuhe, dunkler Anzug, weißes Hemd. In der Perle seiner Krawattennadel spiegelt sich das Licht der Stehlampe.

„... ob du meine Frau werden möchtest."

„Oje", sagt Kalenberger.

„Oh, nee?"

„Ich hol uns erst einmal etwas zu trinken." Kalenberger steht auf und holt den Rotwein aus dem Schlafzimmer, Tomaso möchte nur Wasser, er braucht einen klaren Kopf.

„Du denkst sicher, ich bin armer Pizzabäcker." Jetzt setzt er sich doch, aber nicht in den Sessel, sondern neben Kalenberger. „Aber mir gehört Haus in Burgwedel und Ferienhaus in Toskana."

Wie soll sie ihm nur klar machen, dass sie sich nicht vorstellen kann, seine Socken und Unterhosen zu waschen.

„Habe gesichertes Einkommen. Die Pizzeria Pinocchio gehört mir und meinem Bruder. Und von jeder verkauften Pizza in Linden werden meinem Konto bei der Deutschen Bank zwei Cent gutgeschrieben."

„Schau mal, Tomaso ... was hast du da gerade gesagt? Wieso Linden?"

„So ist die Aufteilung."

„Welche Aufteilung?"

Tomaso wird es eng in seiner Haut. Er dehnt, streckt und windet sich.

„Wir halten alle zusammen."

Kalenberger lehnt sich zurück, schaut Tomaso an. Das darf nicht wahr sein, sie war mit der Mafia im Bett. Und das auch noch gern. „Du weißt, dass ich Kommissarin bei der Kripo bin." Jetzt muss er sagen, dass alles nur ein Scherz war, und der Abend kann doch noch einigermaßen harmonisch enden.

„Madonna", sagt Tomaso, „bei der Kripo? Mein Bruder hat gesagt Kosmetikerin, dieser Dummkopf, dieser Idiot, ich hätte mich selber darum kümmern sollen." Er schüttet sich einen Schluck Rotwein in sein leeres Glas. „Da haben wir wohl eine Problema."

„Mehr als eines." Kalenberger schaut die Rosen an. Tomaso sucht hektisch in seinen Taschen. „Hier wird nicht geraucht", sagt Kalenberger, ohne ihn anzusehen. „Die Rosen kannst du wieder mitnehmen, damit wäre ein Problem erledigt." Sie würde es Tomaso gerne ins Gesicht sagen, kann es aber nicht. „Ich möchte dich nie wiedersehen."

„Du machst mich sehr traurig, aber ich verstehe." Tomaso streichelt ihre Hand, erhebt sich. Ihm brennt der Hintern, will bloß noch retten, was zu retten ist.

„Können wir das Geschäftliche nicht unter uns regeln?"

„Wie hast du dir das gedacht?" Kalenberger springt auf. „Eine kleine finanzielle Zuwendung und ich vergesse die Schutzgelderpressung?"

„Ist doch alles ganz freiwillig", sagt Tomaso.

Jetzt kann ihn Kalenberger ansehen. Der Mann ist ihr fremd, hat alles Anziehende verloren. Ist nur noch ein kleiner, mieser Ganove. „Ich werde meinen Kollegen morgen einen anonymen Tipp zukommen lassen. Sie sollen sich mal dein Konto bei der Deutschen Bank ansehen. Mehr kann ich nicht für dich tun."

Tomaso plustert sich auf. „Für mich?"

„Verschwinde", sagt Kalenberger, „oder ich rufe sofort an!"

„Du könntest die ganze Sache vergessen, und es wäre alles wie früher."

„Raus!", brüllt Kalenberger, und den Ton versteht Tomaso. Er zögert noch einen Augenblick, verlässt dann die Wohnung und hat noch die Frechheit, die Tür hinter sich zuzuknallen.

Kalenberger kann sich gerade noch zusammenreißen, bis sie das Schlafzimmer erreicht. Sie wirft sich aufs Bett und heult, trommelt mit den Fäusten auf das Bettlaken und krümmt sich dann wie ein getretenes Tier zusammen. Sie ist so wütend über sich selbst, möchte etwas zerreißen, zertreten, wenn es nicht so albern wäre. Kontrolle selbst im Ausnahmezustand. Wieder mal eine Niete gezogen. Ein scheinheiliger Schwindler, und sie fällt auf ihn herein. Wenn sie nicht aufpasst, wird sie noch mit in seinen Dreck gezogen. Alles und überall nur Trümmer. Sie bewegt sich seit Jahren über eingestürzte Wände, die sie vorher als Luftschlösser aufgebaut hat. Sie hat sich doch nur nach ein bisschen Zärtlichkeit gesehnt. Nie, nie mehr wird sie ihren Gefühlen trauen und doch weiß sie, dass ihre Selbstbeherrschung nur Illusion ist. Wenn die Wut verweht ist, wird die Sehnsucht wieder aufmucken. Dann wird sie weiter durch die Ruinen ihres Gefühlslebens irren, Menschen vertrauen, die es nicht wert sind, und sich immer wieder demütigen und drangsalieren lassen. Hat das alles überhaupt einen Sinn? Ein leises Miauen dringt ihr ins Bewusstsein, ein weiches Fell streicht über ihren Arm, Toto schmiegt sich in ihre Armbeuge und schnurrt. Wenigstens er hat einen Sieg davongetragen, wird zum ersten Mal nicht aus Marike Kalenbergers Bett gescheucht.

Fünfzehn

Als Daria am nächsten Morgen das Büro betritt, verschlägt es ihr die Sprache. Kalenberger steht mit dem Rücken zu ihr vor dem geöffneten Fenster und tanzt nach einem abgehackten Rhythmus. Doch sie fängt sich schnell: „Mambo oder Paso doble?"

Eine Weile lässt sich Kalenberger nicht stören, bewegt sich weiter in der andern Welt, dann atmet sie mehrmals hörbar aus, entspannt Arme und Beine und schließt das Fenster. „Das war *die schöne Weberin am Webstuhl.*"

„Wäre ich von allein nicht draufgekommen."

„Bin zu meinen Tai-Chi-Übungen zurückgekehrt, weil ich meine Wii-Konsole nicht anschließen kann."

„Da kann ich dir helfen." Daria hängt ihre Jacke an den Kleiderhaken und die Handtasche über die Stuhllehne.

„Du kennst dich mit so was aus?"

„Ich bin ganz gut in neue Technik anschließen, könnte ich glatt zum Zweitberuf machen. Ikea geht auch, habe sogar einen eigenen Satz an Inbusschlüsseln."

„Schön zu wissen." Irgendetwas liegt in der Luft, Kalenberger will sich nicht setzen. Durchmisst das Büro mit wenigen Schritten von links nach rechts und von rechts nach links. Plötzlich bleibt sie vor ihrem Schreibtisch stehen und stützt sich mit den zu Fäusten geballten Händen auf der Tischplatte ab.

„Die Füße?", fragt Daria mitfühlend.

„Ich bin zu einem Entschluss gekommen", sagt Kalenberger. Daria hebt überrascht die Augenbrauen.

„Wir greifen an und hoffen auf Fehler der anderen Seite."

„Wann?"

„Jetzt. Wir fahren sofort los."

„Das hättest du auch eher sagen können." Daria steht auf und schlüpft wieder in ihre Jacke.

Sie fahren zur HPP-Bank, durchqueren die Eingangshalle und steuern direkt das Büro von Hinnerk Benthe an. Frau Rozari will sich ihnen energisch in den Weg stellen, wird aber einfach übergangen.

Ein kurzes Anklopfen, dann öffnet Daria die Tür. Kalenberger dreht sich zu Frau Rozari um: „Drei Kaffee bitte", sagt sie mit dem Anflug eines Lächelns.

„Was soll das?" Hinnerk liest die Financial Times. „Sehen Sie nicht, dass ich arbeite?" Erst jetzt blickt er hoch, lässt die Zeitung fallen und springt auf. „Die Kripo? Schon lange nicht mehr gesehen."

„Die Zeit der Scherze ist vorbei", sagt Kalenberger, „es wird ernst."

„Dann schießen Sie mal los!" Hinnerk grinst, ihn trifft Kalenbergers strafender Blick. „Nehmen Sie doch bitte Platz." Hinnerk weist auf die beiden Stühle vor seinem Schreibtisch.

„Wir setzen uns besser in Ihre Besucherecke", sagt Kalenberger, „wir sind keine Bittsteller."

„Wenn Sie das so sehen."

Hinnerk zieht mit einer unbewussten Bewegung seiner Schultern das Jackett in eine bequemere Lage. Er geht zu den Ledersesseln hinüber, die beiden Frauen warten, bis er sich gesetzt hat, dann platzieren sie sich rechts und links von ihm.

Frau Rozari bringt den Kaffee, hat die Milch vergessen, die Runde verzichtet. Frau Rozari schenkt Hinnerk einen aufmunternden Blick und geht.

„Wir fangen noch mal ganz von vorn an", sagt Kalenberger, „und Ihre Gedächtnislücken füllen wir mit unseren Ermittlungsergebnissen."

„Warum sagen Sie mir nicht einfach, was Sie herausgefunden haben, und ich kann wieder an meine Arbeit."

„Zeitung", verbessert Kalenberger.

„Sie sind also beim Schützenausmarsch mit ihren Schützenbrüdern von der Innenstadt zum Schützenplatz gezogen." Daria hat die Fakten im Kopf. Nicht alle. Für den Rest hat sie ihr Netbook, das sie aus der Tasche zieht und auf ihre Knie legt.

„Arne Sonneveld war der aktuelle Bruchmeister und ist Ihrem Zug voranmarschiert."

„Sie brauchen nicht die ganze Zeit zu nicken", sagt Kalenberger, „Sie greifen ein, wenn etwas Ihrer Meinung nach nicht stimmt, und wir fragen, wenn sich Lücken in unseren Ermittlungen ergeben."

Hinnerk nickt.

„Frage:", sagt Daria. „Zu diesem Zeitpunkt war Brodinsky nicht in Ihrer Gruppe?"

„Ich weiß nicht, wo Brodinsky war", sagt Hinnerk. „Er gehörte nicht zu uns und wir haben ihn auch nicht vermisst."

„Ach, übrigens", sagt Kalenberger, „Sie waren nicht auf Brodinskys Beerdigung, obwohl Sie sein direkter Vorgesetzter waren?"

„Das wurde als offizieller Termin vom Vorstand behandelt, da bestimmt dann der Vorstand ..."

„... wer trauert", ergänzt Kalenberger.

„Sie sind also am Schützenplatz angekommen und haben in der Festhalle Marris gegessen und getrunken."

„Stimmt."

„Sie haben die ganze Zeit mit Ihren engsten Freunden zusammengesessen und eine Menge getrunken?"

„Stimmt auch."

„Ist Brodinsky an Ihrem Tisch aufgetaucht, oder haben Sie ihn in der Nähe gesehen?"

„Am Tisch hat er nicht gesessen."

„Aber?"

„Es könnte sein, dass ich ihn draußen gesehen habe, als ich auf die Toilette musste."

„Haben Sie oder haben Sie nicht."

Hinnerk überlegt einen Augenblick. „Ich habe ihn wohl gesehen. – Ist das eigentlich ein Verhör? Bin ich beschuldigt, etwas mit den Morden zu tun zu haben? Dann will ich meinen Anwalt anrufen."

„Wir wollen uns nur ein genaues Bild machen …", sagt Daria.

„… und unsere Ermittlungsergebnisse mit Ihren Wahrnehmungen ergänzen", fügt Kalenberger hinzu.

„Arne Sonneveld scheint wohl die ganze Zeit bei der Gruppe gewesen zu sein?"

„Das weiß ich nicht, ich hatte anderes zu tun, als mich um Arne zu kümmern."

„Irgendwann hat er sich aber zwischen Ihnen und Ihren Sitznachbarn gedrängt und sich angeregt mit Ihnen unterhalten. Da können Sie doch noch nicht so betrunken gewesen sein, dass Sie davon nichts mitbekommen haben."

„Da sind immer mal wieder die Sitzplätze getauscht worden, kann auch sein, dass Arne eine Weile neben mir gesessen hat, ich habe das nicht in Erinnerung behalten."

Daria schaut auf ihr Netbook.

„Zur vorgerückten Stunde wurden Sie mit Arne Sonneveld hinter der Festhalle in inniger Umarmung gesehen. Sie sollen sehr intim miteinander umgegangen sein."

„Kommen Sie uns jetzt nicht mit Ihrer heterosexuellen Veranlagung", sagt Kalenberger, „wir können die Vorgänge mit Zeugenaussagen belegen."

Hinnerk schaut auf den grauen Teppichboden, als er Daria ansieht, kann er seinen Blick nicht auf ihre Augen fixieren, sie schweifen immer wieder ab. Er schaut Kalenberger an. „Da war noch etwas."

„Na also!", sagt Daria.

Kalenberger schaut sie kurz an, um sie von weiteren spontanen Meinungsäußerungen zurückzuhalten.

„Sonneveld hat mich hinter die Festhalle gelockt. Irgendein Pressefotograf wolle ein Foto vor dem nächtlich erleuchteten Riesenrad von uns machen. Nur von uns beiden. Als wir dann draußen waren, hat er mich überrumpelt, seine Arme um mich gelegt und mich an sich gezogen. Ich war völlig überrascht. Als er mich auch noch küssen wollte, habe ich ihn von mir gestoßen, er ist gegen einen der Kirmeswagen gefallen und ich bin zurück in die Festhalle. Der Kerl hat gelacht, als hätte er zu seinem Bierkonsum noch etwas anderes genommen."

„Haben Sie Sonneveld an diesem Abend noch einmal getroffen?"

Hinnerk überlegt. „Nein. Auf dem Festplatz nicht und in die Altstadt ist er auch nicht mitgezogen. Aber das waren auch nicht mehr viele, die mitgezogen sind, nach und nach sind immer mehr verloren gegangen."

„Wie haben Sie von Sonnevelds Tod erfahren?"

„Aus den Radionachrichten am nächsten Mittag."

„Erst am Mittag?"

„Am frühen Nachmittag. Ich war nicht früher zu Hause."

„Das klingt alles sehr plausibel", sagt Kalenberger, „wenn man davon ausgeht, dass Sie heterosexuell veranlagt sind."

„Was soll das denn heißen? Wollen Sie mir etwa unterstellen …"

„Nun regen Sie sich mal nicht auf. Homosexualität ist ein schwieriges Thema für sogenannte normale Männer. Sie haben angegeben, dass Sie seit Jahrzehnten glücklich verheiratet sind."

„Kinder?", fragt Daria.

„Keine, leider, meine Frau hatte zwei Fehlgeburten und hat sich danach sterilisieren lassen. – Aber warum erzähle ich Ihnen das alles?"

„Weil Sie uns helfen wollen, zwei Morde aufzuklären", sagt Daria.

„Homosexualität ist bei fast allen Männern ein Leben lang latent vorhanden", beschwichtigt Kalenberger, „das sagt der Psychologe. Nehmen wir mal an, Sie waren sich Ihrer homosexuellen Veranlagung überhaupt nicht bewusst. Bis Sie Sonnevelds Lippen auf ihrem Mund gespürt haben. Da brach es über Sie herein, sie waren fasziniert und gleichzeitig abgestoßen. Sie wollten es sich selber nicht eingestehen, waren erschrocken, geschockt und verängstigt. Das sollte alles nicht sein. Sie wollten die Begegnung auslöschen, haben Sonneveld von sich gestoßen …"

„Sag ich doch!"

„… er hat über Sie gelacht, und Sie wussten, dass er es weitertragen würde. Sie immer wieder mit Ihrer unterdrückten Veranlagung konfrontieren könnte. Er würde es nicht für sich behalten. Von Sonneveld wussten die Schützenbrüder, dass er vom anderen Ufer war. Aber Hinnerk Benthe? Das war doch ein solider Ehemann, verlässlich auch in seinem Beruf und ein guter Kumpel. Und plötzlich waren Sie nüchtern. Sie sahen die Folgen ihres ungewollten Stelldicheins drastisch vor sich und wussten, dass Sie Sonneveld am Reden hindern mussten. Für immer. Mit völlig klarem Verstand haben Sie überlegt, wie Sie ihn beseitigen könnten. Hinter der Festhalle und direkt neben dem Toilettenwagen ging es nicht. Sie haben ihn zu einem gemeinsamen Bummel über den Schützenplatz überredet. Jetzt, wo Sie sich gerade gefunden hatten."

Hinnerk starrt Kalenberger an.

„Sie sind vorbei an den Karussells und Buden, wollten dann aber ungestörter sein und haben den Rummel hinter sich gelassen …"

Daria übernimmt. „… am Ufer der Ihme haben Sie dann den Steinhaufen entdeckt, der von Befestigungsarbeiten übrig geblieben war. Das war die Gelegenheit, im wahrsten Sinne des Wortes, zuzuschlagen. Dann haben Sie Sonneveld die kleine Böschung heruntergezogen. Er hat sich nicht mehr gerührt, und Sie sind zurück zu Ihren Kollegen in die Festhalle."

„Das ist abstrus", sagt Hinnerk, „total verrückt." Er kommt aus seiner Erstarrung wieder zu sich. „Das ist doch keine Befragung, Sie wollen mich in eine Falle locken." Er springt auf. „Bevor ich ein weiteres Wort mit Ihnen spreche, rufe ich meinen Anwalt an." Er greift zum Telefonhörer.

„Nun beruhigen Sie sich, bitte."

Wenn es darauf ankommt, kann Kalenberger sehr schnell sein.

„Das ist doch nur ein Planspiel, ein mögliches Szenario. Wir müssen alles durchspielen und sehen, wie die Beteiligten reagieren."

„Haben Sie Beweise gegen mich?" Hinnerk lässt den Hörer los.

„Dann hätten wir Sie abholen lassen und wären nicht vorbeigekommen, um mit Ihnen zu sprechen. Sie sind eine der wichtigsten Personen im Mordfall Sonneveld …"

Wieder fährt Daria fort. „… und dann wäre da auch noch Peter Brodinsky, der so gar nicht in unsere Theorie passt. Vielleicht können Sie uns helfen. Sie waren schließlich sein Vorgesetzter."

„Nun ja, Vorgesetzter", sagt Hinnerk und lässt sich wieder im Sessel nieder, „… formell stimmt das sicher, aber in seinem Arbeitsbereich war er autark und dem Vorstand direkt unterstellt."

„Aus unseren Ermittlungsergebnissen lässt sich ein völlig anderes Motiv als bei Sonneveld ableiten. Oder hatten Brodinsky und Sonneveld irgendeine Beziehung außer dem Sichtkontakt als Schützenbrüder, die uns nicht aufgefallen ist?"

Hinnerk sieht Kalenberger misstrauisch an. Schüttelt bedächtig den Kopf. Worauf soll das hinauslaufen?

„Brodinsky war in mehrere dubiose Geschäfte verwickelt. Zum Beispiel in den Verkauf von gefälschten Handys. Unsere Wirtschaftsexperten überprüfen, ob die chinesische Mafia dahinter steckt."

Beim Wort *Mafia* schluckt Kalenberger und ist für einen Moment irritiert.

„Brodinsky könnte sich mit seinen Lieferanten angelegt haben oder mit den Zahlungen nicht nachgekommen sein."

„Könnte sein", sagt Hinnerk, „aber von dem Geschäftsbereich ist mir nichts bekannt."

„Immer dieses *könnte*", sagt Kalenberger, „und ich habe sogar noch eines. Brodinsky *könnte* auch den Mord an Arne Sonneveld beobachtet haben. Da hat er seine Chance gewittert, ohne Arbeit an ein zusätzliches Einkommen zu kommen."

„Wissen Sie, dass er Oldtimer gesammelt hat?"

„Er hatte immer solche Zeitschriften", sagt Hinnerk. „Ich habe ihn mal darauf angesprochen, er fand die Oldies einfach klasse, aber eigene würde er sich nicht leisten können."

„In Nienburg hat er eine Scheune gemietet, da stehen vierzehn Oldtimer drin – ein Vermögen wert."

„Ich könnte Frau Rozari kommen lassen, sie hört viel von den Kollegen ..."

„Wir sind gleich fertig. Brodinsky könnte den Mörder Arne Sonnevelds erpresst haben, der hat sich gewehrt, und aus war es mit dem Zusatzgeschäft."

„Natürlich", sagt Hinnerk, „auch eine Möglichkeit."

„Wir favorisieren eher die Mafia-Theorie ..." Daria schließt ihr Netbook. „... wäre da nicht diese dubiose Sache mit dem Mordwerkzeug im Fall Brodinsky. Er wurde mit einem ganz ähnlichen Brieföffner wie diesem ermordet. Man könnte sagen, dem gleichen – oder demselben? Ich kenne mich mit diesen Feinheiten der Sprache nicht so aus." Sie steht auf, hat ein Papiertaschentuch in der Hand und greift sich Hinnerks Brieföffner. „Am Tattag war Ihr Brieföffner verschwunden, und plötzlich taucht er zweimal auf, einmal in Brodinskys Hals und einmal auf Ihrem Schreibtisch." Daria zieht eine Plastiktüte aus ihrer Netbooktasche und lässt den Brieföffner hineingleiten. „Darüber wissen Sie sicher nichts?"

Hinnerk schüttelt den Kopf.

„Vielleicht weiß Ihre rechte Hand etwas über die Zusammenhänge?"

Kalenberger steht auch auf. „Wir werden Frau Rozari eingehend dazu befragen."

Hinnerk vergisst, sich zu erheben und die Kriminalbeamtinnen zur Tür zu begleiten. Er bleibt sprachlos im Sessel sitzen, bis sich die Tür hinter ihnen geschlossen hat.

„Du bist undankbar", sagt Kai. Er muss sie erwartet haben. Melli hat ganz vorsichtig die Haustüre aufgeschlossen und ein paar Augenblicke in den Flur hineingelauscht. Außerdem kommt sie jetzt immer zu unregelmäßigen Zeiten nach Hause. Heute hat sie noch im Supermarkt eingekauft. Brot, Blumenkohl, eine Avocado und ein paar Scheiben Wurst. Als sie die Avocado aus der Auslage nahm, ist aus der Kiste darunter eine Fenchelknolle auf den gefliesten Boden gefallen. Beinah wäre sie mit einem anderen Kopf zusammengestoßen, als sie sich nach der Fenchelknolle gebückt hat. Der andere Kopf war genau so attraktiv wie der dazugehörige Körper. Ein etwas jüngerer Mann lächelt ihr zu, als er ihr die Fenchelknolle reicht. Wieder dieses unheilvolle Kribbeln auf dem Rücken und die leicht zitternden Hände. Sie nimmt ihm die Knolle aus der Hand und dreht sich abrupt um. Was soll sie mit dem Fenchel? Sie mag keinen Fenchel und legt die Knolle in einem unbeobachteten Augenblick ins Nudelregal.

„Gehst du mir aus dem Weg?"

„Wann ziehst du aus?"

„Anfang nächster Woche."

Er hat ihr so den Weg verstellt, dass sie sich nur an ihm vorbeidrücken könnte, um in ihre Wohnung zu gelangen.

„Sei doch nicht so abweisend!" Kai grinst. Melli spürt es mehr, als sie es sieht. Sie will ihm nicht ins Gesicht sehen.

„Du solltest die letzten Tage genießen, statt dich zu quälen." Er kommt noch einen Schritt auf sie zu. Melli lässt die Haustür hinter sich ins Schloss fallen und weiß sofort, dass es ein Fehler war. Damit hat sie sich ihre Fluchtmöglichkeit genommen.

Jetzt steht er nur noch wenige Zentimeter von ihr entfernt. Sie hat noch das Schlüsselbund in der Hand und sucht blind nach dem Wohnungsschlüssel.

„Hab ich dir jemals was getan, was du nicht wolltest?"

„Hast du!" Jetzt schaut ihm Melli direkt in die Augen. „Du Schwein hast ein Video gedreht, von dem ich nun wirklich nichts wusste. Gib es raus."

„Was hättest du davon?"

„Ich wäre sicher vor deiner Erpressung."

„Sicher?" Kai lacht. „Sicher bist du nie mehr. Ich könnte doch jede Menge Kopien gemacht haben und dich mit jeder um eine neue Gefälligkeit bitten."

Er kommt noch einen halben Schritt näher. Melli riecht seinen Atem nach Zigarettenrauch und Zahnpasta. Er streckt seine Hand aus, will ihr die Wange streicheln. Melli wendet den Kopf ab und kann sich mit einer kleinen Bewegung neben ihn schieben, ohne ihn zu berühren.

„Deine Wangen glühen", sagt Kai. „Vielleicht auch deine Bäckchen?" Er lacht, Melli versucht, weiter Boden zu gewinnen. Da schnellt Kais Hand vor, er stützt sich an der Wand ab und versperrt Melli den weiteren Weg.

„Hör mir genau zu." Mit der Außenseite seines rechten Mittelfingers streichelt er ihren Busen. Die Brustwarze reagiert sofort. Sie müsste ihre Einkaufstaschen fallen lassen, um ihn abzuwehren. Melli könnte sich verfluchen, sie spürt, wie er allmählich wieder Gewalt über sie gewinnt. Er hebt die linke Hand und berührt die andere Brust. „Leider hab ich heute nicht mal Zeit für eine schnelle Nummer.“ Er kneift ihr ganz leicht in die Brustwarzen und sieht ihr in die Augen. „Doch unser Abschiedstreffen ist arrangiert.“ Er nennt ihr ein Hotel am Steinhuder Meer. „Dort erwartest du mich am Samstag um einundzwanzig Uhr. Du wirst dich vorbereiten. Ich will dich im Mieder sehen und auf hohen Hacken. Und keinen Quatsch wie Bademantel oder sonst was zum Verstecken. Ich will dich pur. Du kannst dich ruhig schon ein bisschen in Stimmung bringen, damit du locker wirst.“ Er zieht einen Gegenstand aus der Tasche und hält ihn Melli direkt vor die Augen. Ein Dildo. Er scheint etwas an dem Gerät einzuschalten und der Dildo wechselt in einem kurzen Rhythmus seine Farbe. „Das ist doch hübsch, oder?“

„Ekelhaft!“, sagt Melli.

Kai lässt den Dildo in ihre Einkaufstasche gleiten. „Der Sekt ist auch schon aufs Zimmer bestellt.“

„Dann lass ihn dir schmecken. Ich werde jedenfalls am Samstag nicht am Steinhuder Meer sein.“

„Du wirst! Check dich einfach als Frau Kranich ein – das wirst du dir doch wohl merken können!“ Kai drückt sich an sie und legt seinen Mund auf ihren. Melli windet sich, will seiner Umklammerung entgehen, doch Kai umfasst ihren Kopf und schiebt ihr seine Zunge zwischen die Lippen. Melli spürt seine Kraft, sein Wollen, seine Sicherheit. Sie verliert sich, öffnet den Mund, empfängt sein Zunge, antwortet.

Da reißt sich Kai von ihr los. „Ich habe leider keine Zeit.“ Er grinst. „Leider.“ Und schon ist er zur Haustür hinaus.

Melli lehnt sich mit dem Rücken an die Wand, sie schluchzt, Tränen laufen ihr über die Wangen, in den

Händen trägt sie noch immer die Einkaufstaschen. Es dauert eine Weile, bis sie die Kraft aufbringt, sich zur Wohnungstür zu bewegen. Ihre Taschen bringt sie in die Küche, dann geht sie ins Badezimmer, stellt sich unter die warme Dusche und sinkt langsam in sich zusammen, bis sie auf dem Boden der Duschwanne unter dem warmen Wasserstrahl hockt. Sie hat keine Kraft mehr, sich nach jeder Demütigung neu zu sortieren und aufzurichten. Wenn es mit der Nacht am Steinhuder Meer bloß wirklich zu Ende ist.

Sechzehn

Kalenberger geht den Gang zu ihrem Büro entlang und überlegt, ob sie ihre Brotdose mitgenommen hat. Es fängt also langsam an. Erst sind es die Vornamen, die fehlen, dann die Zuordnung der Sehenswürdigkeiten auf die entsprechenden Urlaubsziele und endet schließlich mit der vergessenen Brotdose auf dem Küchentisch. Kaum hat sie es gedacht, überfällt sie auch wieder eine dieser grässlichen Hitzeattacken. Die Haare kleben ihr im Nacken, und die Schweißperlen laufen ihr in die Augen.

Sie macht die Tür zu ihrem Büro auf, ringt sich ein mürrisches „Morgen" ab und reißt die Fenster auf.

„Willst du uns umbringen?", fragt Daria.

„Es ist Sommer!"

„Wir haben sechzehn Grad."

Kalenberger setzt sich und nimmt ein Papiertaschentuch aus ihrer Schreibtischschublade.

„Nur einen Augenblick."

Sie wischt sich den Schweiß aus dem Gesicht und braucht ein neues Taschentuch.

Daria schaut Kalenberger über ihren Bildschirm an, ein Lächeln huscht über ihr Gesicht. „Lass die Fenster nur auf, ein bisschen Frischluft wird uns schon nicht umbringen."

Kalenberger könnte sich selber an die Wand klatschen. Was ist das bloß für eine Scheißnatur, die sie mit so billigen Tricks außer Gefecht setzt. Kalenberger schaltet ihren Computer an. „Ich überlege die ganze Zeit, ob wir Benthe beobachten sollten. Er wird sich nach unserm Besuch doch irgendwie rühren."

„Er wird gar nichts tun", sagt Daria. „Eine weltweite Finanzkrise ist über ihn hereingebrochen, und er hat auch nicht gemuckt."

„Vielleicht wartet er nur darauf, erneut zuzuschlagen. Er könnte sich von jemandem bedroht fühlen, den wir noch nicht auf dem Schirm haben. Wir haben nichts, um ihn aus dem Verkehr zu ziehen und können erst wieder losziehen, wenn etwas passiert ist."

Daria grinst. Sie schaut auf den Bildschirm: „Dein heutiges Horoskop: *Sie sind topfit, Ihre Energie scheint grenzenlos. Nutzen Sie das jetzt, um im Job Vollgas zu geben."*

„Ha, ha – und deins."

„Kommt erst morgen."

„Nun lies schon vor!"

„Ihre charmante Art macht Sie überall zum strahlenden Mittelpunkt. Super – vor allem für Singles."

Kalenberger will schon loslachen, doch sie kann Daria nicht sehen. Sie ist hinter ihrem Bildschirm abgetaucht und jetzt muss sie sich sogar die Nase putzen.

„Ist etwas?", fragt Kalenberger.

„Nichts!"

„Gar nichts?"

„Überhaupt nichts, weniger als nichts." Daria wischt sich mit dem nächsten Taschentuch die Augen aus und putzt sich erneut die Nase. „Wenn man davon absieht, dass Markus gestern die Koffer gepackt hat und zu seiner Kurbekanntschaft gezogen ist. Die Kuh hat bestimmt O-Beine, ein Doppelkinn und Entenfüße. Aber ...", Darias Tonfall wird ironisch, „... sie ist so unbeschwert und lebensfroh. Möchte mal wissen, warum sie dann in Kur war."

„Mist!", sagt Kalenberger, weil ihr kein tröstendes Wort einfällt.

„Das kannst du laut sagen", Daria ringt nach Fassung. „Ich bin im vierten Monat."

„Was bist du – im vierten Monat?"

„Schwanger! Aber Schluss jetzt mit solchen Nebensächlichkeiten, an die Arbeit!" Daria beugt sich zu ihrer Handtasche hinab, die seitlich an den Schreibtisch gelehnt ist. „Mit welchem Teil willst du anfangen?" Sie wirft die Tagezeitung auf den Tisch, ein paar Reklamezettel rutschen direkt auf Kalenbergers Seite, dann bückt sich Daria noch einmal unter den Schreibtisch und legt dann einen Plastikbeutel auf den Tisch. „Das Teil muss in der Zeitung gesteckt haben", sagt Daria.

„Keine Reklame, wie es aussieht!"

Daria will nach dem Beutel greifen, Kalenberger sagt: „Vorsicht. Zieh dir lieber Handschuhe an!"

Daria nimmt Einmalhandschuhe aus einer Schreibtischschublade, Kalenberger rollt ihren Stuhl auf die andere Seite des Doppelschreibtischs und setzt sich neben Daria.

Daria hebt den Beutel an einer Ecke hoch und hält ihn gegen das Licht des Fensters.

„Von deinem anonymen Informanten?", fragt Kalenberger.

Daria zuckt nur mit den Schultern. Es ist ein ganz normaler Gefrierbeutel der unbekannten Marke *Aromatos* mit einem freien Beschriftungsfeld für des Gefriergut. Im Beutel ein grauweißer Lappen und ein Zeitungsausschnitt. Beide Frauen erkennen den Zeitungsausschnitt sofort. Es ist ein Bericht der *Neuen Presse* von der Pressekonferenz zu den beiden aktuellen Morden.

Kalenberger nimmt Daria den Gefrierbeutel ab. Besieht sich das Tuch genauer. „Entweder schickt uns ein wohlwollender Zeitgenosse den alles entscheidenden Hinweis oder ein Fan einen getragenen Slip."

„Ich tippe auf Wichtigtuer, der morgen in der Zeitung lesen will, was er ausgelöst hat."

Kalenberger geht auf ihre Schreibtischseite hinüber, zieht sich ebenfalls Einmalhandschuhe über und nimmt aus der untersten Schublade eine Rolle Küchenpapier. Ein paar Blätter vom Küchenpapier breitet sie über Darias Zeitung aus, dann nimmt sie den Gefrierbeutel erneut zur Hand. Er ist unverschlossen und Kalenberger schüttelt den Inhalt auf das Küchenpapier. Mit einem Bleistiftende schiebt sie den Zeitungsausschnitt zur Seite und faltet den Stoff auf.

„Ein Taschentuch", sagt Daria.

„Mit einem großen braunen Fleck. Wenn mich nicht alles täuscht, ist das getrocknetes Blut." Sie beugt sich über das Taschentuch und schnuppert. „Lenor, würde ich meinen."

„Das kann auch jeder andere Weichspüler sein", sagt Daria, „die riechen alle gleich künstlich."

„Wir lassen alles liegen wie es ist", sagt Kalenberger, „und informieren die Spurensicherung." Daria greift schon zum Telefon.

Frau Rozari schließt ihren Schreibtisch. Sie ist die letzte in der Bank. Die Türen sind längst geschlossen, Herr Benthe ist vor einer knappen halben Stunde gegangen und hat ihr unbemerkt zugezwinkert, als er die Bank verlassen hat. Der Wachdienst geht seine erste Runde.

Maria Rozari hat sich sorgfältig geschminkt und eine frische Bluse angezogen. Sie mag Hinnerk, die jahrelange Zusammenarbeit hat ihn sehr vertraut gemacht. Natürlich verspricht sie sich nichts von einem kleinen gemeinsamen Cocktail. Sicher wird es eine Art

Arbeitsgespräch, er wird mehr über die neugierige Koller wissen wollen. Na, wenn schon. Immer noch besser, als dem gelangweilten Sohn zu Hause bei seinen Computerspielen zusehen zu müssen.

Sie braucht einige Zeit, bis sie einen Parkplatz in der Nähe des CinemaxX gefunden hat. Im Innenspiegel überprüft sie noch einmal ihr Aussehen, findet sich viel zu blass, viel zu alt und viel zu aufgeregt. Betont gelassen schlendert sie daher zur mexikanischen Bar zurück, die Benthe vorgeschlagen hat. Im Gastraum kleine Tische und eine ellenlange Bar. Alles in Braun, Rot und Grau aufeinander abgestimmt. Hinter der Bar Gläser und Flaschen über Flaschen mit bunten Etiketten. Sie wird sich wohl ein schlichtes Mineralwasser bestellen, um sich nicht bei der Auswahl des Cocktails zu blamieren.

Sie kann Hinnerk nicht auf Anhieb finden, geht einige Schritte in den Raum hinein, er sitzt etwas versteckt hinter einem modernistischen Dekorationselement aus Korb, Bambus und Schilf. Als sie auf ihn zukommt, steht er sofort auf und geht ihr lächelnd entgegen.

„Habe ich mir zu viel Zeit gelassen?", fragt Maria Rozari.

„Ich habe gern gewartet." Er führt sie an seinen Tisch, bietet ihr einen Platz an, nicht gegenüber, sondern neben sich.

Sie sieht sich um. „Gefällt mir, modern und gleichzeitig intim." Was hat sie denn da gesagt? Bestimmt ist sie rot geworden. Sie sieht Hinnerk an. „Hab' ich nicht so gemeint", stammelt sie.

„Und was wäre dabei?"

Hinnerk tätschelt ihre Hand. „Wir sind doch nicht mehr im Dienst."

„Unter Arbeitskollegen ist man immer ein bisschen im Dienst", sagt Maria Rozari. Das geht ihr nun doch ein wenig zu schnell. Fast als müsste er sich was beweisen.

Ein junger Mann kommt an den Tisch, fragt sie nach ihren Wünschen. Hinnerk bestellt etwas Exotisches, aus dem Namen geht nicht hervor, was drin ist. Der junge Mann schenkt ihm ein kleines Lächeln. Maria Rozari möchte doch lieber nur ein einfaches Mineralwasser. Hinnerk hält die Bedienung zurück. Es wäre doch schade, bei all diesen verführerischen Genüssen auf ein einfaches Wasser auszuweichen.

Maria Rozari schaut den jungen Mann unsicher an, unter dem Tisch schiebt sich Hinnerks Knie an ihr Bein.

Die Bedienung macht mehrere Vorschläge, Maria Rozari bestellt schließlich einen Pretty Woman mit Erdbeerpüree, Ananas und Sekt.

Hinnerks Hose schabt an ihren Nylons. Sie hatte sich so ein erstes privates Treffen doch etwas verhaltener vorgestellt. „Über die Koller habe ich nichts Neues ..."

„Wir wollen doch jetzt nicht über Arbeit sprechen – Maria. Hier sind wir doch privat."

Er sieht sie an, starrt ihr auf den roten Mund, senkt seinen Blick auf ihre Brüste unter der leichten Bluse, so aufdringlich, als wollte er gleich über sie herfallen. Das ist kein entspanntes Rendezvous mit einem netten Mann. Das hat etwas von einer Vergewaltigung. Maria will raus aus der Sache. Allerdings darf sie ihren Vorgesetzten auch nicht verprellen, sonst ist sie ihre Sonderstellung in der Bank los. Sie seufzt. „Viel zu selten habe ich einen so wunderbar entspannten Abend."

Die Bedienung bringt die bestellten Cocktails, sie sehen aus wie kleine Kunstwerke und duften nach Früchten und Alkohol.

Hinnerk legt seine Hand auf ihre, viel zu derb. „Es muss auch nicht unser letzter gemeinsamer Abend sein. Ich hätte zum Beispiel am nächsten Samstag Zeit, da ist meine Frau bei ihrer spießigen Freundin eingeladen.“ Warum ist er so aggressiv? Wo bleibt seine freundliche, charmante Art aus dem Büro? Maria spürt seine Ungeduld, vielleicht sogar Panik. Ist er doch schwul, wie manche in der Firma sagen? Will er ein Verhältnis mit ihr anfangen, um sie als Gegenbeweis vorzuführen? Dafür ist sich Maria zu schade. Sie hat noch nicht einmal an ihrem Cocktail genippt und möchte nur noch weg. Doch sie kann wohl nicht einfach aufstehen und abhauen. Dann wäre er für immer beleidigt. Maria überlegt. Sie braucht eine ausgeklügelte Taktik, damit er das Date von sich aus beendet und keine Lust auf ein weiteres hat. Viel verlangt in der Kürze der Zeit. Sie beugt sich über den Tisch, schaut ihm tief in die Augen. „Du bist doch ein Mann mit Verständnis. Vielleicht kannst du mir helfen.“

„Ich werde es versuchen.“

Hinnerk schmunzelt selbstgefällig.

„Du glaubst gar nicht, wie schwierig der Umgang mit einem pubertierenden Sohn ist.“ Maria registriert die gewünschte Wirkung, er lehnt sich zurück. „Und dann auch noch als alleinerziehende Mutter.“ Hinnerks Lächeln verrutscht, als habe ihn ein unverhoffter Zahnschmerz getroffen. „Ständig Auseinandersetzungen um Geld, Klamotten und seine grenzenlose Faulheit. Er hat einfach keinen Ehrgeiz. Wie sein Vater.“ Maria leidet.

„Im fehlt ein gutes Vorbild, und manchmal wäre eine feste Hand sicher auch nicht schlecht. Ich bin einfach viel zu nachgiebig.“

Hinnerk zieht sein Bein zurück.

„Wenn wir uns näher kennen", sagt Maria, „können wir uns doch ganz zufällig mal zu dritt treffen. Dann kannst du dir selbst ein Bild von den Schwierigkeiten mit meinem Sohn machen und mich mit deinem männlichen Machtwort auch ein wenig entlasten."

Hinnerk verabschiedet sich auf die Toilette, er wird zahlen, wenn er zurückkommt. Und sie wird zum Fernsehkrimi schon wieder zu Hause sein.

„Du siehst blass aus", sagt Obanczek, „du solltest mal Urlaub machen."

„So wie du?", fragt Kalenberger. Sie hat sich einen Stuhl genommen und sitzt neben seinem Bett. Weintrauben hat sie ihm mitgebracht. Obanczek hat sich bedankt.

„Tut mir leid", sagt Kalenberger, „war nicht so gemeint. Du hast im Augenblick den schlechteren Part."

„Danke für deine Unterstützung. Mein Crash wird als Unfall während einer Dienstfahrt eingestuft."

„Davon sollte ich nichts wissen." Kalenberger zupft sich zwei Trauben aus der Verpackung."

„Sind die Trauben gewaschen?", fragt Obanczek.

„Ich glaube nicht. Dienstrisiko."

Obanczek richtet sich im Bett auf, bittet Kalenberger sein Kopfkissen neu zu platzieren, und lässt sich dann wieder zurücksinken. „Ich bring dich nicht noch einmal in Schwierigkeiten", sagt Obanczek.

„Hat sie wenigstens einen anständigen Beruf?"

„Sie ist Lehrerin."

„Beamtin?"

„Angestellte Lehrerin für Sport und Englisch. Gelegentlich unterrichtet sie auch Religion."

„Dann erwartet dich ein geordnetes Familienleben. Lehrerinnen wollen zwei Kinder, kaufen nur Bioartikel und können ihr Arbeitszimmer stets von der Steuer absetzen."

„Hast du schlechte Laune?"

„Meine Laune ist nicht schlechter als das Wetter."

Obanczek schaut zum Fenster hinaus, sein Blick wird von einem Quergebäude begrenzt. Die Sonne scheint jedenfalls nicht. „Ich hab übrigens mein Hobby aufgegeben", sagt Obanczek.

„Warum?"

„Sie mag keine Zinnsoldaten."

Jetzt müssen beide grinsen. „Wie steht es mit unseren beiden Morden?", fragt Obanczek. „Ich habe von der Pressekonferenz in der Zeitung gelesen."

„Vielleicht haben wir bald einen stichhaltigen Beweis. Uns wurde ein blutdurchtränktes Taschentuch zugespielt."

„Und?"

„Noch kein Ergebnis. Ist im Labor, wir lassen die Spuren auf dem Tuch mit den vorliegenden DNAs vergleichen."

„Das dauert."

„Montag haben wir ein Ergebnis."

„Sonst nichts Neues?"

„Du weißt doch, wie das ist. Mit der Zeit kommt eine Menge an Datenkram zusammen. Leider ist das menschliche Gehirn so ausgestattet, dass es nur eine bestimmte Menge an Informationen auf einmal aufnehmen kann. Hängt man länger über den Daten, stumpft die Intuition ab."

„Ich verlass mich sowieso lieber auf Fakten."

„Ich weiß", sagt Kalenberger. Ihr dauert der Besuch schon zu lang, sie muss zurück an ihre Arbeit. Irgendetwas liegt in der Luft, und sie will dabei sein, wenn es auf ihren Schreibtisch platscht.

„Ich habe gestern mit deiner Tochter telefoniert", sagt Obanczek, „und vorgestern auch. Sie steckt wohl mitten in Mathematikklausuren."

Kalenberger sieht Obanczek nur an. „Ist schon abzusehen, wann du wieder auf den Beinen bist?"

„In zehn Tagen kommt der Gips ab und dann heißt es erst mal wieder laufen lernen. Soll ich mich beeilen?"

„Kurier dich lieber richtig aus!" Kalenberger erhebt sich, streichelt ihm über die Hand.

„Du verstehst dich also gut mit unserm blonden Frosch?"

„Sie ist übrigens wieder solo, ihr Mann hat sie sitzen gelassen."

„Zu spät", sagt Obanczek.

„Na, dann", Kalenberger kneift ihm ein Auge zu, „bis zum nächsten Mal." Sie nimmt noch zwei Trauben und geht.

Hinnerk studiert die aktuellen Börsendaten im Internet, als das Telefon klingelt. Moritz Nathow, ein Schützenbruder. Manche glauben, über diese Schiene bessere Konditionen für ihre Kredite herauszuschlagen. Hinnerk glaubt das nicht.

„Was kann ich für dich tun."

„Eigentlich gar nichts."

„Wie schön, dass du angerufen hast." Hinnerk kennt Moritz nicht als besonderen Spaßvogel. Moritz scheint auch nicht zu lachen. „Ich mache mir Sorgen", sagt er.

„Wer nicht, in diesen erbärmlichen Zeiten. Allerdings sind schon wieder die ersten Lichtblicke am Horizont zu erkennen."

Wenn Moritz jetzt nachfragt, hat er ihn am Haken.

„Du bist doch Erichs bester Freund."

„Das habe ich auch so gesehen."

„Ein befreundeter Immobilienmakler hat mir gesteckt, dass er sein schönes Haus in Wülferode verkaufen will."

„Ach, davon weiß ich gar nichts. Wahrscheinlich hat er sich in ein anderes Projekt verguckt. Wird sich schon bei mir melden", Hinnerk lacht auf, „wenn es um die Hypotheken geht."

„Der Makler meint, es hätte nicht den Anschein, als wollte er sich verändern. Der Verkauf soll sogar möglichst schnell über die Bühne gehen, auch wenn es zu einem niedrigen Verkaufspreis wäre. Er scheint Geld zu brauchen."

„Das ist sicher nur eine Finte. Wenn mein Freund Erich Geld braucht, kommt er zu mir."

„Ist sicher nichts Ernstes." Moritz macht eine Pause. „Ich bin erst mal beruhigt, dass Du jetzt davon weißt und ihm sicher helfen wirst. Oder bist du ihm noch böse wegen der Auseinandersetzung vor dem Schützenhaus."

„Wir wissen doch, wie er abdriftet, wenn er ein bisschen viel getrunken hat."

„Das habe ich den andern am letzten Vereinsabend auch gesagt. Jedenfalls soll ich den Kontakt zu dir halten. Beim Schlachtessen bist du sicher schon wieder unter uns."

„Ich bin nicht nachtragend."

„Wäre schön, wenn du dich trotz allem um Erich kümmern könntest."

Das Gespräch ist beendet. Hinnerk denkt nach. Erich war ihm all die Jahre ein echter Freund, hat ihn immer gut beraten und aus mancher Sache rausgepaukt. Sicher, in den letzten Jahren war die Freundschaft nicht mehr so intensiv wie damals nach dem

Studium. So ist das eben. Man hat Familie, neue Bekannte und unterschiedliche Interessen. Eigentlich hätte er ihm die Aggressivität am Vereinsabend gar nicht zugetraut. Vielleicht ist er aufgehetzt worden. Da gibt es Neider im Verein, die scharf sind auf seinen Posten als Kassenwart. Obwohl er das nie als Posten, sondern mehr als Verantwortung gesehen hat. Und dann die Ermittlungen in den beiden Mordfällen, die sich auf ihn zu konzentrieren scheinen. Das geht auch vorbei!

Nach dem Streit vor dem Vereinsheim ist der Kontakt abgebrochen. Doch sollte Erich in Not sein, wird er ihm helfen. Dabei könnte dann auch gleichzeitig die unangenehme Auseinandersetzung beigelegt werden.

Hinnerk zieht sein Jackett an, sagt Frau Rozari irgendetwas von einem Außentermin. „Wenn was ist, Sie haben meine Handynummer!"

Er fährt hinaus nach Wülferode. Ein kleiner, feiner Vorort Hannovers mit ländlichem Charakter.

Hinnerk hält vor dem sanierten Fachwerkhaus. Von außen beeindruckend, innen modern und zweckmäßig eingerichtet. Wie es sich für einen Architekten gehört.

Hinnerk klingelt. Eine Weile rührt sich gar nichts. Nach einer Weile wird die Haustür aufgezogen. Sabine! Sie schaut recht überrascht. „Moment", sagt sie, die Tür schließt sich und öffnet sich wieder, Sabine kommt in den Vorgarten. Sie hat eine leichte Jacke übergezogen. „Schön, dich zu sehen. Was führt dich her?"

Hinnerk fühlt sich ein bisschen wie ein Vertreter, der abgewiesen werden soll.

„Ist Erich nicht zu Hause?"

„Ach Gott", sagt Sabine, „Erich hat so viele Aufträge, ich weiß nicht, wann er geht und wann er kommt."

Sicher hat sie von der Auseinandersetzung vor dem Schützenhaus gehört und hält sich deshalb bedeckt.

„Ich müsste ihn sprechen."

„Ich sag ihm, er soll dich anrufen."

„Da kann man nichts machen", sagt Hinnerk. Er dreht sich um, will schon wieder gehen, reißt sich aber zusammen und tritt einen Schritt näher ans Gartentürchen heran.

„Man sagt, ihr wollt euer Haus verkaufen."

„Wir?" Sabine sieht sich unsicher um. Im Haus zeigt sich niemand.

„Wenn ich euch helfen kann ..."

„Das sind alles nur Gerüchte." Sabine sieht die Straße hinauf. „Alles noch nicht spruchreif."

„Ihr habt also die Absicht ..."

„Erich will doch seine Pferdezucht nach Ostfriesland verlagern. Wenn das alles in trockenen Tüchern ist, würden wir vielleicht hinterherziehen. Aber das braucht alles seine Zeit."

„Dann bin ich beruhigt. Sonst keine Probleme?"

„Nicht, dass ich wüsste." Sabines Lachen scheint Hinnerk doch ein wenig verkrampft. Er gibt ihr die Hand. „Haben wir nicht am nächsten Dienstag Spieleabend bei uns?"

„Das wird wohl nicht klappen", sagt Sabine, „ich hätte noch angerufen. Erich hat am Dienstagabend einen Termin. Du weißt doch, Beruf geht vor." Im Haus klingelt ein Telefon. „Leider", sagt Sabine, winkt Hinnerk zu und eilt ins Haus.

Kalenberger hat sich auf ihre angestammte Bank auf dem Engesohder Friedhof zurückgezogen. Sie hat mit ihrer Tochter Aylin telefoniert. Nicht lange, Aylin wollte mit einer Freundin zum Shoppen. Sie würde sowieso am nächsten Wochenende nach Hannover kommen, um sich persönlich bei Obanczek zu bedanken, spätestens am übernächsten Wochenende.

Berufskrankheit? Kalenberger wurde auf einmal sehr hellhörig. Wie oft Aylin denn mit ihm telefoniere. Einmal am Tag, zumindest aber jeden zweiten.

Bevor das weitergeht, entschließt sich Kalenberger, den Träumen ihrer unbedarften Tochter ein Ende zu setzen. „Du solltest deinen Besuch mit einem Anruf bei Obanczek ankündigen. Er hat eine neue Freundin und die beiden turteln gern ein wenig, auch im Krankenhaus." Das müsste es gewesen sein.

„Ich weiß", Aylin klingt ziemlich munter, „Kate ist nicht gefährlich, sie übernimmt seine Lippenstiftsammlung. Eine Lippenstiftsammlung ist doch total abgedreht. Das habe ich ihm auch gesagt, und jetzt will er sie loswerden."

„Kate oder die Lippenstiftsammlung?"

„Beides! Hat aber alles keine Eile, ich will doch noch studieren."

„Ich freu mich auf deinen Besuch", sagt Kalenberger.

Als sie aufgelegt hat, holt sie Toto aus der Handtasche und legt ihn auf ihren Arm. Mit der freien Hand sucht sie in ihrer Jacke nach einem Stück vom sündhaft teuren Katzenkonfekt. Toto mauzt und zerkratzt ihr vor Begeisterung den Handrücken.

Sie nimmt ihre Hand aus der Tasche, ruft Obanczek an.

„Ich habe gerade keine Zeit", sagt Obanczek, „Visite!"

„Wenn du Aylin auch nur *ein* schönes Auge machst, komme ich zur Visite, und dann brauchst du eine Sonderbehandlung!" Sie legt auf. Toto bekommt noch ein Katzenkonfekt und Kalenberger beschließt, heute Abend essen zu gehen. Beim Griechen.

Es ist Samstag. Melli betritt zögernd das Hotel. Nur dieses eine Mal noch, dann ist der Spuk beendet. Sie sieht sich um. An der Rezeption steht ein älterer Mann. „Wünschen Sie ein Zimmer?"

Was soll sie denn jetzt sagen? Sie wird sich herausreden und wieder verschwinden. „Ich nehme an", der alte Mann grinst verschmitzt, „Ihr Mann hat ein Zimmer für die kleine private Festivität gemietet?"

Melli nickt abwesend. In der Hand trägt sie eine kleinere Sporttasche mit einem Panther als Emblem.

„Es ist schon alles vorbereitet", sagt der Alte, „ich muss nur noch Ihren Namen eintragen."

Melli überlegt kurz. „Reiher", glaubt sie sich zu erinnern.

„Reiher?" Der Alte sucht im Buchungsbuch. „Ach ja, da muss ich mich bei der Reservierung wohl verhört haben. Manchmal ist es einfach zu hektisch. Hier steht Kranich, aber das ist doch fast dasselbe wie Reiher." Er grinst anzüglich.

Melli steht nur da, die Namensverwechslung ist ihr nicht einmal peinlich. Es riecht nach altem Holz, Hühnersuppe und Insektenspray. So nah am Wasser werden sie sicher eine Mückenplage haben, wenn nicht Schlimmeres.

Der Alte reicht ihr einen Schlüssel. „Zimmer einhundertdrei", der Alte zwinkert ihr zu, „es ist alles vorbereitet. Sie brauchen sich um nichts mehr zu kümmern."

Melli geht langsam die mit rotem Teppich bespannten Treppenstufen hinauf. Wie sie das alles anekelt, sie kommt sich so billig vor. Aber das gehört wohl mit zum Spiel. Sie wird nichts an sich herankommen lassen, wird nur funktionieren. Nur dieses eine Mal noch!

Kai trägt Kartons ins Auto. Hinnerk hört ihn die Treppe herunterpoltern, wahrscheinlich wird er sich noch irgendeine Böswilligkeit einfallen lassen, um seinem Ärger Luft zu machen. Auch das werden sie noch überstehen, dann sind sie diesen Aufschneider endlich los.

Hinnerk vertieft sich in die *Wirtschaftswoche*. Melli hat sich vor einer Stunde auf den Weg gemacht, um der nervösen Spannung im Haus zu entgehen. Sie ist zu ihrer Freundin Doris gefahren und wird auch bei ihr übernachten. Irgendetwas knallt gegen die Wohnungstür. Hinnerk schleicht in die Küche, späht aus dem Fenster. Das Verdeck des Citroën-Cabrio ist zurückgeschlagen, der hintere Teil des Autos ist mit Kartons, großen Taschen und Plastiktüten vollgestopft. Kai zwängt gerade seine Computeranlage auf den Beifahrersitz. Hinnerk wünscht ihm einen plötzlichen Platzregen. Aber unterwegs, sonst trägt er womöglich alles wieder ins Haus zurück.

Hinnerk liest. Griechenland hat Schulden. Deutschland hat Schulden. Amerika hat Schulden. Einziger Lichtblick, nun ja, Liechtenstein und Carsten Maschmeyer. Liechtenstein ist praktisch schuldenfrei und Carsten Maschmeyer soll eine Dreiviertelmillion im Jahr verdienen. Kann er gar nicht alles ausgeben.

Hinnerk holt sich ein Bier aus dem Kühlschrank. Er wird sich einen gemütlichen Abend machen und irgendeinen Wettkampf im Sportkanal anschauen.

Es klingelt, dazu ein energisches Klopfen an der Wohnungstür. Hinnerk schaut durch den Spion und lässt Kai vor der Türe warten. Was er wohl noch will? Sie haben sich doch eigentlich nichts mehr zu sagen. Alles ist geklärt.

Er geht zur Tür, öffnet, Kai grinst ihn an. „Nach all den gemeinsamen Jahren unter einem Dach wollte ich mich doch wenigstens verabschieden."

„Na, denn", sagt Hinnerk, „gute Fahrt!"

Kai hält ihm die Hand hin, Hinnerk zögert nur einen Augenblick, dann schlägt er ein. Damit wäre das auch überstanden.

Kai dreht sich schon halb um, zögert. „Hätte ich beinah vergessen." Er reicht Hinnerk eine DVD-Hülle. „Viel Spaß beim Ansehen. Eine hübsche Abwechslung, wenn man allein zu Hause ist."

Hinnerk murmelt: „Danke", Kai eilt hinaus, wirft seinen Wohnungsschlüssel auf die Treppe und lässt die Haustür hinter sich ins Schloss knallen.

Hinnerk geht zurück in die Wohnung. „Ich glaube kaum, dass wir beide den gleichen Geschmack haben", murmelt Hinnerk. Er betrachtet die DVD-Hülle. Sie ist mit violettem Filzschreiber beschriftet: *Du wirst erwartet. Heute Abend, Punkt einundzwanzig Uhr. Zum Goldenen Engel. Steinhuder Meer, Nordufer.*

Dazu ein kleiner ausgedruckter Lageplan mit Pfeil im Uferbereich des Sees. *Zimmer 103 – aber bitte pünktlich!*

„Idiot!", mault Hinnerk, wirft die DVD auf den Wohnzimmertisch und holt sich noch ein Bier. Leichtathletik im Sportkanal. Woher weiß der Kerl, dass er heute allein ist? – Er wird gesehen haben, wie Melli abgefahren ist. Aber dafür müsste er sich auf die Klobrille in seinem Badezimmer gestellt haben, die großen Fenster gehen zum Garten und zur Stirnseite des Hauses hinaus. Was kümmert es ihn … Leichtathletik ist so spannend wie Fußpilz. Erst halb acht und Hinnerk gähnt sich die Kieferknochen aus dem Gelenk.

Es kann nichts schaden, sich das Machwerk auf der Scheibe einmal anzusehen. Bisher hat er noch nichts von Viren oder Trojanern auf DVD-Rekordern gehört. Schon wieder dieses übertriebene Gähnen, Hinnerk steht auf, stellt das Fenster „auf Kipp“ und schiebt die DVD in den Rekorder.

Es geht sofort zur Sache. Eine enge Umkleidekabine, ein Pärchen, das sich liebt. Hinnerk hat so etwas Ähnliches erwartet. Und dann sind die Bilder nicht einmal richtig scharf. Da gibt es in jedem Videoladen bessere Filmchen.

Er legt schon den Finger auf die Fernbedienung, um die Vorführung zu beenden. Doch plötzlich hält er inne. Das ist doch dieser Homm? Natürlich ist er das. Und jetzt dreht sich die Frau um. Ihr schweißnasses Gesicht schaut ihn aus dem Spiegel direkt an. Es ist Melli. Melli? Kein Zweifel. Warum Melli? Und dann mit diesem Kerl. Wie kann sie ... fürchterlich, es hört nicht auf und Melli stöhnt leise vor Lust.

Hinnerk stoppt das Video, starrt auf den Bildschirm. Er hat schon davon gehört, dass man so etwas aus zwei und mehreren Videos zusammenschneiden kann.

Natürlich!

Der Drecksack hat doch genug Zeit! Und mit dem Computer versteht er sicher auch umzugehen. Aber wie sollte er an Mellis Aufnahme gekommen sein? Und dann noch in der billigen Aufmachung mit Mieder und Strapsen? So etwas hat er bei Melli jedenfalls noch nicht gesehen. Es bleibt nur ein Schluss: Das Video wurde nicht zusammengeschnitten. Es wurde vor Ort an einem Stück aufgenommen. Seine Melli mit diesem Schweinehund. Warum hat sie ihm das angetan?

Das Fernsehgerät springt automatisch auf das frühere Programm zurück. Hammerwerfen. Hinnerk schaltet den Apparat aus. Gleich acht. Er nimmt die DVD-Hülle, liest noch einmal den handschriftlichen Vermerk. Und plötzlich begreift Hinnerk. Dieses Schwein hat ihm nicht nur die Frau genommen, er macht sich auch noch lustig über ihn: Komm doch, wenn du dich traust und überzeuge dich selber, wie es bei uns abgeht.

Den Gefallen wird er ihm nicht tun. Ob Melli von der *Einladung* weiß? Vor einer Stunde hätte er es ihr noch nicht zugetraut. Aber jetzt …

Er schaltet das Fernsehgerät wieder ein. Tagesschau. Hinnerk starrt auf den Bildschirm und sieht nichts. Vor ihm auf dem Wohnzimmertisch die DVD-Hülle mit dem Hinweis: *Du wirst erwartet. Heute Abend, Punkt einundzwanzig Uhr.* Und wenn er sich bis auf die Knochen blamiert, er kann jetzt nicht einfach zu Hause rumsitzen und abwarten, bis Melli nach Hause kommt.

Er ruft ihre Freundin an. Natürlich sei Melli bei ihr, nur im Augenblick nicht zu erreichen, wollte am nahen Kiosk noch ein Eis holen. Sie würde sicher zurückrufen.

Damit ist auch das letzte Fitzelchen Hoffnung zerstört. Jetzt könnte ihm Erich ein guter Freund sein, doch Hinnerk traut sich nicht, ihn anzurufen. Vielleicht ist wirklich alles aus zwischen ihnen.

Auf der Wetterkarte zieht ein riesiges Hochdruckgebiet heran. Temperaturen um die dreißig Grad. Er wird sich ins Auto setzen und ans Steinhuder Meer fahren.

Melli sitzt auf der Bettkante. Das Handy klingelt, sie schrickt zusammen. Das wird Hinnerk sein, will sich nach ihrer Reise erkundigen. Es ist Kai.

„Woher hast du meine Handy-Nummer?"

„Die hast du mir doch selbst gegeben. Damals im Café Extrablatt. Erinnerst du dich nicht mehr? Aber wahrscheinlich bist du einfach zu aufgeregt." Er lacht dreckig. „Entspann dich, trink ein Gläschen Sekt und richte dich her."

Melli antwortet nicht. Eine Fliege mit grünen Flügeln landet auf ihrem Knie.

„In etwa einer halben Stunde bin ich bei dir. Dann will ich sehr, sehr liebevoll empfangen werden."

Melli verscheucht die Fliege mit der freien Hand.

„Hast du mich verstanden?"

„Ob du mich verstanden hast?"

„Ja", flüstert Melli. „Und es bleibt bei unserer Abmachung, es ist auch wirklich das letzte Mal und du lässt mich ..."

Da hat Kai bereits aufgelegt.

In einer halben Stunde? Sie hat noch Zeit. Das Mieder, die hochhackigen Schuhe - und mehr nicht.

Rehburger Straße, Mardorfer Straße, Meerstraße. Hinnerk muss wenden und zurückfahren. Es muss doch ein Hinweisschild zu dem Hotel geben. Hinnerk fährt langsam. Hält an mehreren Stichstraßen an, die zum Seeufer führen. Findet endlich ein halb zugewachsenes Schild. *Zum Goldenen Engel - Hotel, Restaurant, Bar.*

Das Handy klingelt erneut. Geistesabwesend hebt Melli ab. „Gleich bin ich bei dir. Ich kann das Hotel schon sehen. Mach dich fertig. Steck die Kerzen an, und wenn ich anklopfe, machst du mir die Tür auf. Ich hoffe, du hast dich an alle meine Anweisungen gehalten. Ich bin ganz scharf auf dich."

Melli legt auf. Es könnte ihr egal sein, wie sie aussieht, doch sie geht noch einmal ins Badezimmer. Eine der drei Glühbirnen über dem Spiegel ist ausgefallen. Die Frau, die sie im Spiegel sieht, ist nicht sie. Das rote Mieder, die herausgedrückten Brüste, der knallrote Lippenstift - einfach nur billig. Vielleicht fällt es ihr so leichter, alles über sich ergehen zu lassen.

Es klopft an der Tür. Melli kann sich nicht entschließen, die Tür zu öffnen. Es klopft erneut, ein wenig energischer. Nur dieses eine Mal noch. Sie schlüpft in die Pumps, geht zur Tür, atmet noch einmal tief durch und dreht den Türknauf.

Sie starrt Hinnerk an und Hinnerk starrt sie an. Und dann kann Melli nur noch schreien. Sie flüchtet ins Zimmer, wirft sich aufs Bett, schreit, heult und trommelt mit den Fäusten auf das rosafarbene Laken.

Hinnerk fühlt nichts. Gar nichts. Er atmet nicht, jede Reaktion ist ausgeschaltet, er sieht nur die Frau in obszöner Haltung auf dem Bett. Seine Frau. Melli brüllt und weint.

Für einen Moment durchzuckt es Hinnerk, er spürt ein erotisches Verlangen. Dann dreht er sich um und geht den Flur entlang zur Treppe.

Der alte Mann kommt ihm entgegen. „Was ist passiert?" Er japst, als wäre ihm ein Schlaganfall auf den Fersen. „Wenn das Geschrei nicht augenblicklich ..."

Hinnerk verlässt das Hotel. Er fährt nach Hause. Später wird er sich an die Rückfahrt nicht erinnern, obwohl er in zwei Radarfallen geraten ist.

Homm, dieses Schwein, hat sich eine feine Rache für seinen Rauswurf aus der Wohnung ausgedacht. Aber

Melli? Warum hat sie das mitgemacht? Sie ist von ihm unter Druck gesetzt worden. Oder ging das schon länger so und sie hat Homm und nicht ihn erwartet? Natürlich! Er ist ein Schafskopf und hat die ganze Zeit nichts von ihren Eskapaden bemerkt. Zum Shoppen ist sie gegangen oder zur Freundin gefahren. Es ist schrecklich, es ist fürchterlich, es ist einfach nicht auszuhalten.

Hinnerk sucht im Wohnzimmerschrank nach etwas Hochprozentigem. Er findet einen Wodka, hat ihm Erich mal zum Geburtstag geschenkt. Absolut Vodka, vierzig Prozent. Die Flasche ist noch unverschlossen, eigentlich mag Hinnerk keine scharfen Schnäpse, aber heute braucht er etwas, um sich aus der Wirklichkeit zu katapultieren. Er füllt ein halbes Wasserglas, stellt Glas und Flasche auf den Wohnzimmertisch und schaltet das Fernsehgerät an. Laut, sehr laut, er will nichts mehr außer Wodka und bunte, nichtssagende Bilder an sich heranlassen. Alles, alles ist sinnlos.

Der Rücken schmerzt, sein Magen rebelliert, das Fernsehgerät schreit ihn an. Ganz vorsichtig öffnet Hinnerk die Augen, greift nach der Fernbedienung und knipst den Fernsehapparat aus. Die Bewegung war zu viel. Der Inhalt seines Magens bewegt sich in Richtung Mandeln, Hinnerk springt auf, fällt auf die andere Seite des Sofas, erhebt sich wieder und ist mit drei, vier Sätzen im Badezimmer.

Er übergibt sich in die Toilettenschüssel. Sein Magen versucht es zumindest. Doch er hat nicht mehr zu bieten als weißen, zähen Schleim.

Hinnerk hockt sich auf die Badewanne. In der Badewanne liegen Hemd und Hose. Er schaut sich an.

Socken, Unterhose und Unterhemd. Ein lächerlicher Anblick.

Es klingelt an der Haustür. Soll es doch klingeln. Es ist Sonntagmorgen. In seinem Zustand will er weder eine Zeitschrift abonnieren, erst recht nicht sein Seelenheil in der Bibel suchen.

Wieder meldet sich der Magen. Hinnerk trinkt ein Schluck Wasser. Schmeckt die Reste des Mundwassers im Glas. Wenigstens kann er wieder schmecken.

Es klingelt erneut. „Haut ab!", brüllt Hinnerk in Richtung Wohnungstür. Und wenn es Melli ist. Vielleicht kann sie ihm alles erklären? Da gibt es nichts zu erklären, jedes Wort wäre eine Lüge. Es klingelt und klingelt und klingelt. Hinnerk hält sich die Ohren zu, trinkt noch einen Schluck Wasser.

Jetzt wird gleichzeitig geklingelt und gegen die Haustür gepocht. Das müssen selbst die Nachbarn mitbekommen.

Hinnerk zieht sich seine Hose an, muss sich dabei mit dem Rücken gegen den Türrahmen lehnen, sein Hemd kann er nicht anziehen. Es stinkt. Er wird es heute Nacht wohl nicht immer bis zur Toilette geschafft haben.

Unter dem Klingeln und Pochen will ihm der Kopf zerspringen. Er schlurft im Unterhemd durch den Flur zur Haustür. Draußen steht eine fremde Frau. „Danke, kein Interesse!", mault Hinnerk und will die Tür zuschieben. Doch die Frau stemmt sich gegen die Tür. „Ich komme von Melli", sagt sie, „ich bin ihre Arbeitskollegin", und Hinnerk gibt ein wenig nach. Plötzlich wird ihm ganz heiß, er muss sich gegen die Wand im Flur lehnen.

Die Frau schlüpft ins Haus.

„Ich soll ihr nur ein paar Sachen holen."

Hinnerk macht eine unkontrollierte Armbewegung. „Bitte, bedienen Sie sich!"

Als sich die Frau nicht in Bewegung setzt, geht er voraus ins Schlafzimmer und öffnet alle Türen des Kleiderschranks. „Nehmen Sie alles mit, es wird hier nicht mehr gebraucht."

Das war glorreich, das war hart und männlich. Doch dann wird es ihm wieder schlecht, und er muss ins Badezimmer.

Es lässt die Wasserspülung laufen, öffnet den Wasserhahn und stellt das Badradio an. Scheppermusik mit Würstchenwerbung, und der Magen wehrt sich sofort wieder.

Er setzt sich wieder auf den Badewannenrand, atmet kontrolliert und wäscht sich das Gesicht mit kaltem Wasser. In seinem Zustand will er Mellis Arbeitskollegin nicht noch einmal begegnen. Er wartet von den Nachrichten zur vollen Stunde bis zur Verkehrsdurchsage zur halben. Dann öffnet er vorsichtig die Badezimmertür, schleicht ins Schlafzimmer, die Türen des Kleiderschranks sind geschlossen. Mellis Arbeitskollegin ist gegangen. Hat sie ihm irgendeine Mitteilung von Melli hinterlassen? Irgendetwas?

Er schlurft durch die Wohnung. Nichts. Kein Brief, kein Zettel, rein gar nichts. In der Wodkaflasche auf dem Wohnzimmertisch nur noch drei Finger breit von der klaren Flüssigkeit.

Kalenberger stellt ihre Einkaufstasche unter den Schreibtisch. Es fiept. Daria sagt: „Du weißt, dass …"

Kalenberger fällt ihr ins Wort. „Ich weiß, aber sie hat schlecht geträumt heute Nacht, und als ich heute Morgen gehen wollte, hat sie sich an mein Bein geklammert."

„Vielleicht hat sie geträumt, dass die Packung mit Leckerlis leer ist?“

„Du bist so herzlos. Wie war es denn bei dir am Wochenende?“

„Hexe!“

Die beiden Frauen sehen sich an und brechen in Lachen aus.

„Er hat angerufen“, sagt Daria, „und irgendwas von Freunde bleiben und so gelabert.“

„Hast du es ihm erzählt?“

„Was?“

„Na ja, von …“ Kalenberger deutet mit beiden Händen eine Wölbung vor ihrem Bauch an.

„Da gibt es nichts zu erzählen. Ich kann mir im Augenblick kein Kind leisten. Schon gar nicht von diesem Mann.“

Kalenberger schaut ihre Kollegin an. Es ist wie ein Stich ins Herz. Sie hat keine Kinder bekommen können, sich aber immer eine Familie mit kleinen Schreihälsen gewünscht. Wieder eine Schwitzattacke, sie sucht blind in ihrer Tasche nach Taschentüchern, trocknet sich Stirn, Wange und Nase ab. Plötzlich sitzt Toto auf dem Schreibtisch, hat wohl die offene Tasche genutzt.

„Ist die niedlich“, sagt Daria. Da sie gerade nichts besseres zur Hand hat, hält sie ihm ein Gummibärchen unter die Nase. Toto flüchtet sich hinter Kalenbergers Bildschirm.

Die Tür geht auf. Ein Kollege kommt herein. Wirtschaftskriminalität. Er angelt sich einen Stuhl, setzt sich neben Kalenbergers Schreibtisch. „Ich wollte dir mitteilen, was aus deinem anonymen Hinweis geworden ist.“ Er grinst, Daria grinst, nur Kalenberger schaut ziemlich verdattert. „Wir haben in Sachen Schutzgelderpressung schon seit einer Weile ermittelt und observiert, aber die Tarnung war perfekt. Erst dein Hinweis hat uns auf die richtige Spur geführt. Gestern Nacht haben wir zugeschlagen."

Toto wagt einen Sprung vom Schreibtisch, landet im Papierkorb und mauzt jämmerlich.

„Du weißt", sagt der Kollege, „dass Haustiere …"

„Wo sind denn hier Haustiere?", fragt Kalenberger. Sie fasst Toto am Genick und steckt ihn zurück in ihre Tasche. Der Kollege sieht Daria an. Daria zuckt mit den Achseln.

„Keine Chance, Haustiere kommen uns nicht ins Büro."

Der Kollege schaut von der einen Frau zur andern und konzentriert sich dann wieder auf Kalenberger. „Jedenfalls haben wir einen ganzen Clan ausheben können, und du glaubst nicht, wer der Boss war."

„Will ich auch gar nicht wissen."

„Nun ja", sagt der Kollege. Er steht auf, stellt den Stuhl wieder an die Wand. „Jedenfalls wirst du noch vernommen, und ein Protokoll musst du auch unterschreiben."

„Das war doch anonym", mault Kalenberger dem Kollegen hinterher. Der ist schon an der Tür und Daria sagt in Richtung Kalenbergers Handtasche: „Fass!"

Der Kollege stutzt einen Augenblick. Dann schüttelt er den Kopf und verschwindet. Die Tür geht wieder auf, ein Bote kommt mit einem Briefumschlag herein. „Vom Labor. Soll angeblich dringend sein. Ich weiß schon gar nicht mehr, was nicht dringend ist." Toto mauzt in der Handtasche, der Bote schaut Daria an, und Daria leckt sich über die Lippen, als hätte sie gerade etwas besonders Leckeres verspeist. „Ein Irrenhaus!", sagt der Bote.

Daria sieht Kalenberger an, Kalenberger nickt ihr zu. Sie öffnet den Briefumschlag. Sagt: „Das ging aber schnell", und zieht eine Plastiktasche mit Begleitschreiben heraus.

Sie glättet das Schreiben mit der Handkante, Kalenberger nimmt sich die Plastiktasche. Einen Augenblick herrscht Schweigen, dann sieht Daria auf: „Bingo! Der braune Fleck ist eindeutig Blut von Arne Sonneveld."

„Das ist doch schon mal was."

„Und es kommt noch besser. Eine DNA-Probe konnte eindeutig ihm zugeordnet werden. Hinnerk Benthe."

„Na, denn …"

„Freust du dich denn gar nicht? Der Fall ist so gut wie gelöst, und Frau Hauptkommissarin bekommt ein weiteres Sternchen in ihre Personalakte."

„Was machen wir hier eigentlich? Wir ermitteln, forschen nach Zusammenhängen, graben das Privatleben jedes einzelnen Verdächtigen um, machen uns bei der Spurensicherung unbeliebt, setzen das Labor unter Druck und dann, peng ist der Fall gelöst. Weil wir so clever waren? Weil wir Glück hatten!"

„Glück gehört dazu."

„Glück ist der versnobte Bruder der Vernunft."

„Aber seine Ergebnisse können sich sehen lassen."

„Also schön, lass Benthe zur Vernehmung herbringen." Kalenberger schaut auf die Uhr. „Um diese Zeit wird er in der Bank sein."

„Sie sehen aus wie Ihr eigener Geist", sagt Frau Rozari, als Hinnerk in die Bank kommt. Er grüßt nur kurz und geht in sein Büro. Als die Türe geschlossen ist, lässt er sich auf seinen Stuhl fallen. Frau Rozari kommt hinterher. Sie schaut Hinnerk an, Hinnerk scheint sie nicht zu sehen.

„Ist etwas Schlimmes passiert?", fragt Frau Rozari.

Hinnerk sagt nichts.

„Es ist etwas Schlimmes passiert! Haben Sie Ihrer Frau von unserem Besuch in der Cocktailbar erzählt?"

Hinnerk schüttelt ganz leicht den Kopf.

„Sie hat mich … ich habe sie …"

„Oh", sagt Frau Rozari. Sie hat die Augen weit aufgerissen und eine Hand vor den Mund gelegt. „Sie werden sie doch nicht …" Verstohlen schaut Frau Rozari nach dem Brieföffner auf dem Schreibtisch. Er scheint nicht von der Stelle bewegt worden zu sein.

Es klopft an der Tür. Frau Koller mit einem überheblichen Grinsen. „Sie vergessen doch nicht unsere Besprechung mit dem Vorstand?"

Hinnerk starrt sie nur an.

Frau Rozari fasst nach Kollers Arm. „Er wird es schon nicht vergessen." Sie schiebt Frau Koller zur Tür hinaus und schließt sie knapp vor ihrer Nasenspitze.

„So können Sie auf keinen Fall zur Vorstandssitzung", sagt Frau Rozari, sie stellt sich neben den Schreibtisch. „Sehen Sie bitte auf." Hinnerk erhebt sich wie in Trance. Frau Rozari schließt zwei Knöpfe an seinem Oberhemd, richtet die Krawatte und zieht das Jackett im Rücken straff.

„Wenn Sie nicht allzu viel sagen, kommen Sie vielleicht über die Runden." Sie schaut sehr skeptisch. „Aber unterschreiben Sie nichts!" Sie streichelt ihm den Arm. „Und jetzt los, es wird schon gutgehen."

Hinnerk verlässt sein Büro, Frau Rozari trägt ihm seine Aktentasche hinterher, drückt sie ihm in die Hand, und Hinnerk geht zum Fahrstuhl in die obere Etage.

Frau Rozari schaut ihm nach, als sich die Fahrstuhltür schließt. Er hat sich nicht einmal umgedreht.

Zwei Polizisten kommen strammen Schritts in die Halle. Frau Rozari ahnt nichts Gutes und geht ihnen entgegen. Sie wollen zu Hinnerk Benthe.

„Der ist in einer Besprechung mit dem Vorstand."

„Wo?"

„Vierte Etage!"

Die beiden Polizisten nehmen den Fahrstuhl.

Frau Rozari geht nachdenklich an ihren Arbeitsplatz zurück. Auf dem Schreibtisch von Frau Koller blinkt der Anrufbeantworter.

Die Tür des Fahrstuhls öffnet sich wieder. Die zwei Polizisten kommen zurück in die Halle. Allein. Sie sehen sich um, gehen dann zielstrebig auf Frau Rozari zu. Sie macht sich ganz klein hinter ihrem Schreibtisch. „Wo ist Hinnerk Benthe? Wenn Sie ihm zur Flucht verhelfen, machen Sie sich einer Straftat schuldig."

„Jetzt aber schnell!", blafft sie der zweite Beamte an.

„Welche Flucht?", fragt Frau Rozari. „Er ist kurze Zeit vor Ihnen mit dem Fahrstuhl zur Vorstandssitzung in die obere Etage gefahren."

„Aber nie oben angekommen."

„Das ist aber merkwürdig."

„Gibt es noch eine andere Möglichkeit, die oberen Etagen zu verlassen?"

„Eine Treppe führt von Etage zu Etage und dann in den Hof. Sie ist denkmalgeschützt."

„Wo steht Benthes Auto?"

„Im Hof."

„Zeigen Sie es uns!"

Frau Rozari geht durch Hinnerks Arbeitszimmer und schaut vom rückwärtigen Fenster aus in den Hof. „Soweit ich sehen kann, ist sein Auto verschwunden."

Der jüngere Polizist telefoniert mit seinem Handy.

„Seine Privatadresse!"

„Die weiß ich nicht auswendig. Wir haben nur geschäftlich miteinander zu tun. Ich könnte in den Personalunterlagen ..."

„Schnabelstraße", sagt der Kollege, „hab ich vom K eins."

„Auf Sie kommen wir noch zurück!", sagt der ältere der Polizisten. Sie verlassen eiligen Schritts die Bank. Es sieht sogar ein wenig wie Laufen aus.

Sie parken den Streifenwagen in der Garageneinfahrt neben Benthes Haus. Der jüngere Polizist liest den Namen vom Klingelschild. „Wir sind richtig", sagt er zu dem älteren Kollegen, der neben ihm steht. „Ich möchte wetten, wenn wir uns jetzt umdrehen, liegen mindestens fünf Neugierige gegenüber in den Fenstern." Er drückt auf den Klingelknopf, der ältere Kollege wendet sich zur Straßenseite. „Vier!", sagt er. „Das sind die Mutigen, die andern verstecken sich hinter der Gardine."

Nichts rührt sich im Haus. Der jüngere Kollege versucht auch die obere Klingel ohne Namensschild. Kein Mucks. Er hämmert mit der Faust gegen die Tür. „Jetzt sind es sieben", sagt sein Kollege.

„Ich geh mal ums Haus."

Der ältere Kollege folgt ihm. Das Fensterbrett liegt zu hoch, um in ein Zimmer schauen zu können. Ganz schwach sind Sprechgeräusche zu vernehmen. Jetzt auch Musik. „Werbung", sagt der Ältere.

Der Jüngere sieht sich um, entdeckt einen Laubkorb und zieht ihn unter das Fenster. Er dreht ihn um und steigt hinauf. „Der sitzt vor dem Fernseher und rührt sich nicht." Er klopft mit dem Fingerknöchel gegen das Glas. „Isolierverglasung, da geht kaum was durch."

Der Ältere reicht ihm einen abgeschnittenen Ast. Der Jüngere hämmert gegen das Fernster, ganz langsam dreht sich der Mann im Sessel in Richtung Fenster.

Mit großen Bewegungen bedeutet ihm der Polizeibeamte, die Haustür aufzumachen.

Der Mann im Sessel schaut auf den Bildschirm. Der Polizist klopft wieder gegen das Glas.

Endlich erhebt sich der Mann aus dem Sessel und schlurft in den Flur.

„Schnell", sagt der Beamte und springt vom Korb, „er macht auf."

„Sind Sie Hinnerk Benthe?"

„Wenn Sie meinen."

„Was ist mit Ihnen, haben Sie Drogen genommen?"

Hinnerk scheint die Beamten erst jetzt wahrzunehmen. „Sie haben sie gefunden?"

„Wen?"

„Meine Frau."

„Wir wissen nichts von Ihrer Frau. Wir sollen Sie zur Vernehmung in die Polizeidirektion bringen."

„Haben Sie Ihrer Frau etwas angetan?" Der ältere Polizist schaut Hinnerk misstrauisch an.

„Ich ihr?" Hinnerk lacht auf, und es klingt wie ein Bellen.

„Wo ist sie denn?"

„Wenn ich das wüsste." Hinnerk sieht sich um, entdeckt den Streifenwagen und geht mit staksigen Schritten darauf zu.

Der jüngere Polizist bleibt kurz hinter ihm, der ältere schaut rasch noch in den Flur, entdeckt den Haustürschlüssel und nimmt ihn an sich, bevor er die Tür ins Schloss zieht.

Kalenberger und Daria sitzen Hinnerk gegenüber. „Alles dreht sich, alles bewegt sich, aber irgendwann hält der Rummel an und der Spaß ist vorbei", sagt Kalenberger.

Vielleicht hätte sie sich die Zeit für eine Tai-Chi-Übung nehmen sollen. Daria belehrt Hinnerk über seine Rechte. Die Befragung wird mitgeschnitten. Ob er einen Anwalt hinzuziehen wolle? Hinnerk winkt nur ab.

Die beiden Frauen sehen sich kurz an, dann legt Daria einen Plastikbeutel auf den Tisch. „Kennen Sie das?"

Hinnerk scheint die Frage nicht gehört zu haben.

„Ist Ihnen schlecht", fragt Kalenberger, „sollen wir einen Arzt hinzuziehen?"

Hinnerk schüttelt fast unmerklich den Kopf, lässt seinen Blick über den Tisch wandern, findet die Plastiktüte, sieht dann erst Daria und dann Kalenberger fragend an.

„Das ist ein Taschentuch mit einem eingetrockneten Blutfleck." Daria liebt die Situation, sich wie ein Tiger an die Beute zu schleichen, geduckt, angespannt und hoch konzentriert - um dann im entscheidenden Augenblick zum tödlichen Sprung anzusetzen.

Hinnerk hat die Finger auf der Tischplatte verschränkt und starrt auf seine Fingerspitzen.

„Um es kurz zu machen. Auf dem Taschentuch sind Ihre Fingerabdrücke, und das Blut stammt von Arne Sonneveld."

Hinnerk hebt den Blick, setzt sich dann aufrecht hin und drückt den Rücken gegen die Stuhllehne. Daria vermittelt ihm die Tattheorie. Auf dem Schützenfest kam es zu einem ersten intimen Kontakt zwischen Hinnerk und Arne Sonneveld. Die beiden sind dann über den Rummel gebummelt, auf der Suche nach einer stillen Ecke, um sich miteinander zu, zu ...".

Hier stockt Daria, Kalenberger hilft.

„ ... um sich ungestört lieben zu können."

„Hier ist es, warum auch immer, zu einem Streit zwischen ihnen beiden gekommen", fährt Kalenberger fort.

„Es muss ein heftiger Streit gewesen sein."

„Sie sind so wütend geworden, dass Sie nach einem herumliegenden Stein gegriffen und ihn Sonneveld auf den Kopf geschlagen haben."

Hinnerk schüttelt heftig den Kopf, er fällt wieder nach vorn und stützt sich mit den Ellbogen auf dem Tisch ab.

„Natürlich hatten Sie eine Menge getrunken", sagt Kalenberger, sie will ihn aus seinem Schweigen locken, „da versteht doch jeder, dass man seine Reaktionen nicht mehr im Griff hat."

„Jedenfalls muss Peter Brodinsky Ihre Auseinandersetzung mit Arne Sonneveld beobachtet haben. Als er Sie in der Bank mit seiner Beobachtung zu erpressen versuchte, haben Sie ihn ebenfalls umgebracht. Ganz in der Nähe von Arne Sonnevelds ehemaliger Arbeitsstelle, um die Tat in einen geschäftlichen Zusammenhang zwischen den beiden zu bringen."

Hinnerk lehnt sich wieder zurück.

„Für den Mord an Peter Brodinsky haben Sie Ihren eigenen Brieföffner benutzt. Wahrscheinlich wollten Sie ihn nach der Tat wieder unbemerkt unter Ihren Schreibutensilien verstecken."

„Dazu ist es nicht gekommen", fährt Kalenberger fort, „das Opfer hat sich entweder noch gewehrt oder Sie sind gestört worden und mussten ohne Brieföffner verschwinden."

Daria schüttet ein Glas Wasser ein und schiebt es Hinnerk über den Tisch. Mechanisch greift Hinnerk nach dem Glas, trinkt, hustet und richtet seinen Blick auf die Plastiktüte.

Daria schiebt ihm die Tüte neben das Glas. Hinnerk greift nach der Tüte und hebt sie an einer Ecke an.

„Das ist doch Ihr Taschentuch?", fragt Daria.

„Könnte sein", antwortet Hinnerk. Es ist wie ein Flüstern.

Daria hält ihm im Wechsel mit Kalenberger die ermittelten Zusammenhänge vor. Dann lastet Stille im Raum. Hinnerk fixiert seine Fingerknöchel, wippt auf seinem Stuhl leicht vor und zurück.

„Haben Sie uns in diesem Zusammenhang vielleicht etwas zu sagen?", fragt Daria.

„Es war nicht so, wie Sie vermuten." Hinnerk hustet trocken, trinkt noch einen Schluck Wasser.

„Wie war es dann?", fragt Kalenberger, „können Sie sich wieder erinnern?"

„Ein wenig."

„Wir fangen alle klein an", sagt Daria und fängt sich einen scharfen Blick von Kalenberger. War wohl eine unpassende Bemerkung, sie wird vorsichtiger sein.

„Wir hatten alle schon viel getrunken. Wir sind zu mehreren zum Toilettenwagen. Es wurde rumgeflachst, gelacht und geschubst. Arne hat mich etwas abgedrängt und dann hinter die Festhalle gezogen. Ich dachte, er wollte im Freien, äh, urinieren. Doch hinter der Festhalle hat er sich an mich gedrängt, die Arme um meinen Hals geschlungen und versucht, mich zu küssen."

Hinnerk trinkt noch einmal, und Daria füllt das Glas wieder auf.

„Es war alles so peinlich und ekelhaft. Ich wollte mich von Arne befreien, mich aus seinen Armen winden, und plötzlich war da sein Nasenbluten."

„Nasenbluten?" Kalenberger und Daria sehen sich an, scheinen überrascht.

„Ich habe ihm mein Taschentuch gegeben. Weiter habe ich mich nicht um ihn gekümmert. Ich bin dann wohl zurück in die Festhalle."

„Und Brodinsky hat sich in einer depressiven Phase Ihren Brieföffner geschnappt, sich in den Hals gesteckt und einen kleinen Lauf bis zu Sonnevelds Büro hingelegt?"

Wieder fängt sich Daria einen strafenden Blick von Kalenberger ein. Eingeschnappt schließt sie demonstrativ die Akte in ihren Händen.

„Sie haben sich doch sicher auch Gedanken gemacht, wie Ihr Arbeitskollege zu Tode gekommen sein könnte?", fragt Kalenberger.

Geschickt, denkt Daria, sehr geschickt. Von hinten durch die Brust ins Auge. Das ist noch gute alte Verhörtechnik. Und was wird der Beschuldigte dazu sagen?

„Nein! Ich habe keinerlei Vermutungen."

„Fangen wir also noch einmal von vorn an, schließlich haben Sie bereits einige Gedächtnislücken schließen können. Wenn wir alles noch einmal durchgehen, wird es sicher noch klarer."

Es klopft an der Tür.

Daria steht auf, geht hinaus, kommt gleich darauf mit einem Zettel zurück, den sie vor Kalenberger auf den Tisch legt. „Die Beamten, die Sie abgeholt haben, sind noch einmal zu Ihrem Haus in die Schnabelstraße gefahren. Ihre Frau ist nicht da?"

„Ich weiß nicht, wo sie ist."

„Sie könnte doch an ihrer Arbeitsstelle sein."

„Weiß ich nicht."

„Wollen Sie anrufen?" Kalenberger schiebt ihm ein Handy über den Tisch.

„Nein."

„Machen Sie sich keine Sorgen?"

„Sie weiß, was sie tut."

„Wir haben herausgefunden, wo ihre Frau arbeitet und im Krankenhaus angerufen. Sie ist nicht zur Arbeit erschienen. – Das scheint Sie nicht sehr zu überraschen?"

„Die Beamten haben sich ein bisschen in der Nachbarschaft umgehört. Ganz diskret natürlich. Gestern ist auch der Mieter über Ihnen ausgezogen. Ist Ihre Frau vielleicht mit ihm zusammen gegangen?"

„Ich möchte einen Anwalt anrufen."

„Es wird eng?", fragt Kalenberger. „Das Handy liegt vor Ihnen."

„Neigen Sie zu Aggressivität?"

Hinnerk schaut Daria an. „Ich werde nichts mehr sagen."

„Bevor Sie mit Ihrem Anwalt telefonieren, verraten Sie uns doch den Aufenthaltsort von Ihrer Frau und Kai Homm. Dann sind Sie vielleicht schon raus aus der Sache. Oder wollen Sie uns erzählen, dass die beiden nichts miteinander hatten? In Homms Wohnung wurden Aktzeichnungen von Ihrer Frau gefunden."

„Übrigens auch in Brodinskys Schreibtischschublade."

„Die beiden haben wohl eine sehr intensive Beziehung, und Sie waren ausgeschlossen. Das hat Sie doch sicher geärgert."

„Worauf wollen Sie hinaus?" Hinnerk springt auf, sein Stuhl fällt um, Daria sieht Kalenberger an, Kalenberger beruhigt sie mit einer Handbewegung.

„Er könnte Sie in leidenschaftlicher Umarmung mit Arne Sonneveld beobachtet haben."

„Und dann?"

„Sind Sie von Ihrem Zorn mitgerissen worden und haben ..."

„Nein! Nein! Nein!" Hinnerk stützt sich angriffslustig auf dem Tisch ab.

„Ihr ganzes Haus wird bereits untersucht. Was zu finden ist, werden wir finden. Und wenn es Leichen sind."

„Ich habe meine Frau nicht umgebracht. Und den Dreckskerl auch nicht, obwohl er es verdient hätte." Hinnerk setzt sich wieder auf seinen Stuhl.

„Aber Sie könnten sich durchaus vorstellen ..."

„Es ist doch alles egal." Hinnerk wird immer kleiner auf seinem Stuhl. Obanczek könnte es sicher mathematisch physikalisch erklären. „Mit dem Verschwinden meiner Frau und dieses Filous habe ich nichts zu tun."

„Und mit dem Tod von Arne Sonneveld?"

„Damit es endlich Ruhe gibt. Ja, ich war's."

„Und bei Peter Brodinsky."

„Auch! – Kann ich jetzt nach Hause?"

„Nach Hause?", fragen Kalenberger und Daria wie aus einem Mund.

„Wohin denn sonst?"

„Sie sind vorläufig festgenommen und gehen von hier aus in Untersuchungshaft."

„Auch egal", sagt Hinnerk, „bloß keine dieser grässlichen Fragen mehr." Er starrt auf das Taschentuch in der Plastiktüte.

„Damit wir auch alles richtig zu Protokoll nehmen können: Wie war das an dem Abend in der Festhalle Marris?"

Die Kommissarinnen breiten noch einmal ihre Ermittlungsergebnisse vor Hinnerk aus, an einige Details kann sich Hinnerk nicht erinnern, andere Einzelheiten fügt er nach intensiver Befragung hinzu, wie sie passen könnten. Nach zweieinhalb Stunden unterschreibt Hinnerk sein Geständnis.

„Sie sollten sich ein paar persönliche Sachen bringen lassen", sagt Kalenberger.

„Von wem?" Hinnerk steht im Raum wie eine nasse Zimmerpalme.

„Haben Sie keine Verwandten, Freunde, denen Sie vertrauen?"

„Nein", sagt Hinnerk. „Aber vielleicht ... ich könnte einen Schützenbruder um Hilfe bitten. Erich Vonderheiden."

Daria gibt ihm das Handy.

Kalenberger hat sich an ihren Lieblingsort zurückgezogen. Auf den Engesohder Friedhof. Sie sitzt auf der Bank, neben sich ihre Tasche mit einer vorwitzigen Katerschnauze und um sich einen Dom der Ruhe. Ein Fall ist gelöst, ein Doppelmörder hat gestanden. Wie viele Mörder wird sie in ihrem Berufsleben noch festnehmen? Ist es wichtig, ob acht oder zehn? Sitzt der eine hinter Gittern, nehmen zwei neue Akten seinen freien Platz auf dem Schreibtisch ein. Wird die Welt nun besser, weil Hinnerk Benthe aus dem Verkehr gezogen wurde?

„Hier bist du also."

Kalenberger schrickt ein wenig zusammen, als sich Daria zu ihr auf die Bank setzt.

„Wie hast du mich gefunden?"

„Ich war bei Obanczek, es geht im schon wieder viel zu gut. Wollte mich mit seinen mathematischen Knobeleien einschüchtern. Aber nicht mit mir!"

„Ich habe ihm nie etwas von meiner Rückzugsmöglichkeit erzählt."

„Er ist Ermittler."

„Und du?"

„Bin ich hier oder bin ich nicht hier?" Daria sucht etwas in ihrer Jackentasche, hält es Toto unter die Nase.

„Er nimmt nichts von Fremden", meint Kalenberger mit einem entschuldigenden Lächeln.

Daria wirft sich die Gummibärchen in den Mund. Toto mauzt.

„Mich nerven seine Knobeleien auch ganz schön. Wenn er zurückkommt, hat er sich bestimmt ganze Wagenladungen ausgedacht."

„Kannst du vergessen!" Daria greift noch einmal in die Jackentasche, hält Toto ein paar Gummibärchen vors Maul, Toto schnüffelt und greift dann ein Bärchen mit spitzen Zähnen. Darias Hand hält er mit seiner Pfote fest, damit sie nicht zurückgezogen wird.

„Verräter!", sagt Kalenberger, doch Toto macht einen langen Hals, um das nächste Gummibärchen zu erreichen.

„Du glaubst doch nicht, dass sich Obanczek etwas von dir verbieten lässt."

„Ich hab ihn in die eigene Falle gelockt."

„Gibt es so was wie mathematische Fallen?“

„Ich habe im Internet recherchiert und bin auf zweihundertvierunddreißigtausend Seiten gestoßen. Eine ganz unschuldige Aufgabe für Sechsklässler habe ich ausgesucht und ihm auf die Bettdecke gelegt.“

„Er hat dich ausgelacht?“

„Er konnte sie nicht lösen.“

„Waaas?“

„Wie bitte, heißt das unter Pastorentöchtern.“ Toto schnappt sich das nächste Gummibärchen. „Er hat mir dann im Vertrauen erzählt, dass seine mathematischen Aufgaben auch nur so ein Spleen sind, um sich interessant zu machen. Er stellt sich wohl vor, dass Frauen nur auf Genies stehen.“

„Genial“, sagt Kalenberger. Sie nimmt Daria die restlichen Gummibärchen aus der Hand und steckt sie sich selber in den Mund. „Sonst verklebt ihm noch der Magen.“

„Wenn du meinst. Ich würde übrigens gerne weiter mit dir zusammenarbeiten, wenn sich das machen ließe.“

„Mal sehen.“

„Kannst du nicht deutlicher sagen, dass du auf Obanczek stehst?“

„Keine Gefühlsduselei“, sagt Kalenberger.

Toto streckt sich nach Darias leerer Hand, dreht sich dann beleidigt in der Tasche und schaut in die entgegengesetzte Richtung.

„Wir könnten in der Mittagspause shoppen gehen“, sagt Daria. „Zum Beispiel Schuhe.“

„Bleibt denn in dem Laden überhaupt nichts geheim?“

„War ein Schuss ins Blaue“, sagt Daria. Sie verschränkt die Hände im Nacken und lehnt sich zurück.

„Unser erster Kriminalhauptkommissar Nisalski hat jedenfalls nichts dagegen, uns weiterhin als Team arbeiten zu lassen."

„Du hast also schon gefragt?"

„Es ergab sich heute Nachmittag. Ich habe ihn zufällig auf dem Flur getroffen", sagt Kalenberger.

„Das muss doch gefeiert werden", sagt Daria.

„Was?"

„Alles!"

„Wir könnten zum, äh, Chinesen gehen."

„Ich gehe lieber zum Italiener, ich mag kein Glutamat."

„Und ich mag keine Pizza. Gehen wir zum Griechen, da schmeckt es doch immer."

„Was machst du mit Toto?"

„Der bleibt zu Hause!"

Dicke Tropfen fallen vom Himmel, Toto verkriecht sich in seine Decke.

„Kein besonders schöner Sommer", sagt Daria.

„Ich registriere das gar nicht so genau", sagt Kalenberger, „mich lockt kein Freibad. Meist erfahre ich aus den Statements im Fernsehen, wie der Sommer war. Zu trocken für die Rüben, zu nass für den Weizen, zu kalt fürs Obst."

Daria reckt sich. „Ist doch ein schönes Gefühl, einen Doppelmord aufgeklärt zu haben." Sie zieht zwei Fläschchen Piccolo aus ihren ausgebeulten Jackentaschen, dreht den Schraubverschluss auf und gibt Kalenberger eine Flasche.

„Auf dem Friedhof?"

„Wen stört es?"

„Du hast recht", sagt Kalenberger. Die beiden Frauen stoßen mit ihren Sektfläschchen an.

„Was kommt als Nächstes?"

„Morgen werde ich noch mal im Krankenhaus anrufen, ob Benthes Frau endlich aufgetaucht ist."

„Wenn nicht?"

„Ermitteln wir in einem neuen Fall."

„Benthe macht so gar nicht den Eindruck eines Serienkillers."

„Ich habe schon Leute gesehen", Kalenberger krault Toto das Fell, „die haben Rotz und Wasser geheult wegen einer überfahrenen ..." Sie deutet mit dem Kopf auf die Tasche, will den Namen nicht aussprechen, um Toto zu schonen, „... aber die Leiche der eigenen Ehefrau in handliche Teile zersägt und im Herd unter dem Destillierapparat in der Gartenlaube verbrannt."

„Männer", sagt Daria. Sie prostet Kalenberger noch einmal zu. Die beiden Frauen trinken. Es regnet, aber noch ist beiden nicht nach Aufstehen.

„Ich würde gern ein paar Tage richtig Urlaub machen. Irgendwo im Süden."

„Hast du noch Urlaubstage?"

„Zweiunddreißig oder so."

„Dann fahr doch", sagt Daria, „ich werde dich vertreten."

„Ich komm nicht weg. Jetzt haben wir seine Ehefrau am Hals, und wenn sie wieder auftaucht, gibt es einen anderen Fall, der dringend geklärt werden muss. Übersichtlich am Anfang, aber mit jedem Tag wird es wieder komplizierter. Neue Ermittlungen, neue Fotos, Bilder an der Wand und im Computer, Bilder von Leichen, Körperteilen, Verwesung. Fliegen in den Augenhöhlen, Maden in Mund, Nase und Ohren, zerschossene Körper, weggeballerte Gehirne. Ahnungslose Angehörige, Freunde, Verwandte. Keiner weiß etwas, nie ist jemandem was aufgefallen. Und wenn jemand zur Tataufklärung beitragen will, ist es meist ein Klugscheißer, ein Denunziant oder Geisteskranker. Jahr für Jahr das gleiche. Kein Ende anzusehen. Irgendwo wird gerade jetzt etwas ausgelöst, was morgen oder übermorgen auf unserem Schreibtisch landet."

„Du bist ganz schön frustriert."

„Was meinst du, was ich dir erzählen würde, wenn ich wirklich frustriert wäre."

„Starken Tobak", sagt Daria, „kann einem den ganzen Spaß an der Arbeit nehmen."

„Du bist freiwillig hergekommen."

„Hätte ich das gewusst ..."

„Wie sieht es in deinem Privatleben aus?"

„Du bist ein wahrer Seelentrost! Mein Noch-Mann hatte angeblich achthundert Euro hinter einem Spiegelrahmen versteckt."

„Ich würde keinen Cent rausrücken."

„Kann ich auch gar nicht. Ich kann mich nur ärgern. Habe den Spiegel am letzten Wochenende auf dem Flohmarkt verscherbelt. Und als ich ihm am Telefon davon berichtet habe, wollte er sich ausschütten vor Lachen."

„Wer ruft Melanie Benthe an?", fragt Daria.

Kalenberger steht am Fenster und schwenkt beide Arme bei gleichzeitiger Gewichtsverlagerung auf den Beinen. Daria hat ein schlechtes Gewissen, weil sie Kalenberger die Wii-Konsole noch immer nicht angeschlossen hat.

„Du!", sagt Kalenberger. Sie atmet tief aus und entspannt sich.

Daria greift zum Telefon, Kalenberger ordnet die Unterlagen auf ihrem Schreibtisch, nimmt ein Tuch aus der Schreibtischschublade und wischt über den Bildschirm. Daria spricht. Nach einer Weile legt sie ziemlich überrascht auf.

„Und?", fragt Kalenberger.

„Melanie Benthe ist an ihrem Arbeitsplatz. Hört sich verschnupft an und war auch nicht sehr auskunftsfreudig."

„Vielleicht vermisst sie ihren Mann noch gar nicht."

„Weil sie noch nicht zu Hause war?"

„Ich habe sie nach Kai Homm gefragt, da wurde sie pampig und hat aufgelegt."

„Also zumindest kein neuer Doppelmord."

„Jetzt suchen wir Kai Homm, um endlich ein Häkchen hinter den Fall zu machen." Kalenberger nimmt Darias Telefon und drückt die Wahlwiederholung. Nur ein Besetztzeichen. „Wir fahren hin."

Sie parken an der Roesebeckstraße. Im Hintergrund Baukräne und Lastwagen mit Fertigbeton. Das Klinikum wird saniert, renoviert und ausgebaut. Nach wenigen Schritten sind sie in der Aufnahme, fragen nach Melanie Benthe.

„Füllen Sie bitte dieses Formular aus." Der Mann in der Anmeldung schiebt Kalenberger ein Blatt Papier zu. Kalenberger zeigt ihm ihren Ausweis.

„Zu wem möchten Sie?"

„Melanie Benthe."

Der Mann schaut auf seinen Computer, sucht eine Weile. „Da muss ich Sie enttäuschen, wir haben keine Patientin mit Namen …"

„Keine Patientin", sagt Daria, „Verwaltung."

„Wer?"

„Melanie Benthe!"

„Ach, Melli, richtig, Benthe heißt sie. Warum sagen Sie das nicht gleich?"

Sie treffen Melli in einem Büro. Sie sind ungestört, ihre Kollegin hat Urlaub.

„Hat Sie mein Mann auf mich gehetzt?"

„Uns schickt niemand", sagt Daria.

Kalenberger schaut sich um. Drei Zeichnungen von südlichen Landschaften an den Wänden, scheinen selbst gemalt zu sein. Von Melli oder der Kollegin. Sonst nichts Persönliches. Nur eine Handtasche am Kleiderhaken und ein Bilderrahmen auf der Schreibtischplatte. Und ein Glas mit Tee. Kalenberger tippt auf Rooibostee wegen der roten Farbe. Kann natürlich auch Hagebutte oder Hibiskus sein. „Sie waren in letzter Zeit nicht zu Hause?", fragt Kalenberger.

„Ist was mit unserm Haus?"

„Ihr Mann wusste auch nicht, wo Sie sich aufhalten."

„Hat er das gesagt?"

„Dann können Sie auch nicht wissen, dass wir Ihren Mann verhaftet haben."

„Nein!"

Zum ersten Mal sieht Melli die Kommissarin direkt an. Müde Augen, stellt Kalenberger fest, dunkle Ringe und rote Ränder. Sie hat wenig geschlafen und viel geweint.

„Wir haben ihn als Täter in den Mordfällen Arne Sonneveld und Peter Brodinsky ermittelt."

„Hinnerk? – Hinnerk kann keiner Fliege etwas zuleide tun."

„Er hat bereits gestanden."

„Das stimmt nicht … kann ich ihn besuchen, ich muss mit ihm sprechen."

„Das wird wohl nicht möglich sein. Er befindet sich in Untersuchungshaft, und da ist jeglicher Kontakt mit der Außenwelt nicht gestattet", sagt Daria.

„Wir werden ihm mitteilen, wie besorgt sie um ihn sind."

„Kann ich mit ihm telefonieren, ihm etwas schreiben."

„Im Augenblick nicht", sagt Kalenberger.

„Für uns sind die Fälle so gut wie abgeschlossen, fehlt nur noch ein Lebenszeichen von Kai Homm. Die Nachbarn haben mitbekommen, dass er ausgezogen ist, umgemeldet hat er sich nicht. Sie wissen nicht, wo er sich aufhält?"

„Woher soll ich das wissen?"

„Hatten Sie ein Verhältnis mit Kai Homm?"

„Das ist nun wirklich …"

Ein gelber Schmetterling setzt sich auf den Fensterrahmen.

„Wir haben Aktzeichnungen von Ihnen nicht nur in Peter Brodinskys Schreibtisch gefunden. Einige lagen noch in Kai Homms Wohnung. Sie hatten wohl eine weite Verbreitung?" Kalenberger beobachtet Melli ganz genau. Da gibt es ein Geheimnis, und sie wird es nicht mehr allzu lange für sich behalten können. „Solche Zeichnungen sind für den Privatgebrauch natürlich nicht verboten. Das ist mehr eine Geschmacksfrage. Uns interessiert nur, wie Sie zu Kai Homm standen."

„Waren Sie seine Geliebte?"

„Hinnerk wird sich doch an ihm die Finger nicht schmutzig gemacht haben."

„Nun lassen Sie mal Ihre Floskeln und beantworten Sie meine Fragen", sagt Kalenberger. „Wissen Sie etwas über Kai Homms Aufenthaltsort. Wenn Sie sich kooperativ zeigen, könnte ich Ihnen vielleicht doch einen kurzen Besuch bei Ihrem Mann ermöglichen."

Daria sieht Kalenberger überrascht an.

„Natürlich nur in meiner Begleitung. Wo also ist Kai Homm."

„Ich weiß es nicht ..." Melli starrt auf die Tastatur vor sich. Sie spricht leise, sehr leise. Daria holt Luft, um nachzusetzen, doch Kalenberger stoppt sie mit einer beschwichtigenden Handbewegung.

„… es ist alles so furchtbar. Bloß weil ich mich nicht habe wehren können. Wenn ich doch nur …"

„Also?", fragt Kalenberger.

„Unsere Ehe lief nicht mehr besonders gut. Ich habe mich nach etwas anderem gesehnt als dem täglichen Einerlei. Das wäre sicher wieder vorübergegangen. Doch dann hat mir Kai Homm eines Tages im Hausflur aufgelauert …"

Melli berichtet alles vom ersten sexuellen Treffen bis zum Eklat im Hotel am Steinhuder Meer. „Hinnerk ist gegangen. Ich konnte eine ganze Weile nichts denken und mich auch nicht bewegen. Als ich schließlich wieder zu mir kam, bin ich dann stundenlang durch die Gegend gefahren. Nach Hause konnte ich nicht, ich konnte Hinnerk nicht mehr in die Augen sehen. Schließlich bin ich zu einer Arbeitskollegin gefahren …"

Daria zeigt mit dem Daumen auf den verwaisten Bürostuhl, Melli schüttelt den Kopf.

„… bei ihr kann ich ein paar Tage auf der Couch schlafen. Sie hat mir auch ein paar Sachen aus der Wohnung geholt."

„Können wir die Freundin sprechen?", fragt Daria.

„Sie arbeitet in der Onkologie, ihr Name ist Franziska …"

„Später", sagt Kalenberger. „Wann hat sich Kai Homm zum letzten Mal mit Ihnen in Verbindung gesetzt?"

„Kurz bevor Hinnerk ins Hotel kam."

„Er hat Sie also angerufen?"

Melli nickt.

„Haben Sie Ihr Handy zufällig in der Handtasche?"

Melli zieht eine Schreibtischschublade auf, legt ihr Handy auf den Tisch. „Ich habe gehofft, Hinnerk würde anrufen."

„Würden Sie uns das Handy für weitere Ermittlungen überlassen? Wir werden versuchen, den Aufenthaltsort von Kai Homm zu orten."

„Seine Telefonnummer wird nicht angezeigt."

„Für unsere Techniker nur ein kleines Problem."

Schweiß steht auf Mellis Stirn. Überraschend für Kalenberger, sie schwitzt ausnahmsweise nicht. Mellis Hände zittern stark, sie atmet flach und schnell.

„Jetzt hätte ich doch noch gern den Namen und die Telefonnummer Ihrer Kollegin aus der Onkologie", sagt Kalenberger.

Melli schiebt ihr den Tageskalender zu. Eine vierstellige Nummer ist dick rot umrandet. Kalenberger wählt die Nummer. Franziska Jordan meldet sich.

Melli sinkt seitlich auf ihrem Stuhl zusammen. Es dauert nur ein paar Augenblicke, bis Mellis Arbeitskollegin eintrifft.

Sie alarmiert den Notdienst. Öffnet die oberen Knöpfe von Mellis Bluse. „Ich hab schon früher mit ihrem Zusammenbruch gerechnet. Wer sind Sie eigentlich?"

„Polizei!", sagt Daria.

Der Notdienst trifft ein.

„Dann gehen Sie jetzt bitte", sagt Franziska, „Melli wird in der nächsten Zeit nichts mehr zu sagen haben."

„Das ging doch flott", sagt Daria.

„Er hat sich überhaupt nicht geziert", sagt Kalenberger. Wohnt jetzt bei einer Freundin in der Südstadt. Wie ich an seine Handynummer gekommen bin, hat er gefragt."

„Und?"

„Hab ich von der Mafia, hab ich gesagt."

„Kalenberger! Kalenberger! – Du siehst übrigens richtig gut aus. Die Strähnchen im Haar machen dich um zehn Jahre jünger."

„Nur zehn?" Kalenberger parkt den Wagen ein. Stößt leicht gegen die Stoßstange des Wagens hinter ihr.

Daria will aussteigen, Kalenberger zögert.

„So schlimm ist das doch nun auch wieder nicht", sagt Daria. „Du bist doch nur ganz leicht gegen die Stoßstange gefahren und gut versichert bist du sicher auch."

„Mir geht die ganze Zeit etwas durch den Kopf."

„Können wir das nicht drinnen besprechen? Dann könnte ich mir als Vorspeise schon mal gefüllte Weinblätter bestellen. Ich habe einen Mordshunger."

„Die Dinge sind nicht immer so, wie wir sie am offensichtlichsten scheinen."

„Ist Tai-Chi auch eine Geisteshaltung?"

„Wenn du so willst. Die Gedanken erden, dehnen und strecken, Erkenntnisse neu gewichten, festen Boden unter den Füßen behalten und der Nachlässigkeit Widerstand entgegensetzen."

„Vielleicht solltest du als Weiterbildung einen Schreibmaschinenkurs belegen, dann könntest du hinter jeden vollständigen Satz einen schönen dicken Punkt setzen."

„Es ist zu schnell gegangen, ein Doppelmord hat mehr Gewicht. Benthe hat ohne allzu große Gegenwehr gestanden."

„Er konnte den Ablauf der Taten bis in alle Einzelheiten schildern."

„Wenn es wirklich um eindeutige Details ging, waren da Gedächtnislücken."

„Wie du das auch immer nennen magst, Hauptsache, er sitzt erst mal für achtundvierzig Stunden hinter Gittern, und dann entscheidet der Richter. Unsere Beweise sind jedenfalls erdrückend. - Als Vorspeise könnte ich auch Saganaki essen."

„Wenn Benthe die Situation mit seiner Frau einfach nicht verkraftet hat? Nach dem Entsetzen in dem Hotelzimmer könnte ihm alles egal gewesen sein."

„Ach, Kalenberger. Wir haben ihn nicht gezwungen zu unterschreiben. Trenn dich von dem Fall, es gibt so viele schöne neue."

„Wir haben etwas übersehen, da bin ich mir fast sicher, und solange ich dieses Gefühl habe, kann ich mich auf keinen neuen Fall konzentrieren." Sie stellt das Auto ab.

„Meine schönen Weinblätter."

Kalenberger steigt aus, geht um das Auto herum und dann die Stufen zu dem griechischen Lokal hinauf.

„Das nenn ich eine gute Entscheidung“, sagt Daria.

Am Tresen bestellt Kalenberger Souflaki. Drei Portionen zum Mitnehmen.

„Zum Mitnehmen?“ Daria sieht sich schon im Auto sitzen und das Abendessen freihändig verzehren. „Schöner Abend!“

„Wir fahren ins Krankenhaus zu Obanczek. Vielleicht ist ihm noch etwas eingefallen, er hatte doch genug Zeit nachzudenken. Außerdem hat er eine funktionalere Denkweise als wir.“ Kalenberger lacht.

„Ich zeig dich an wegen der Beule in der anderen Stoßstange.“

Obanczek ist sehr überrascht, als die beiden Frauen sein Krankenzimmer mit der Plastiktüte betreten, der ein appetitanregender Geruch entströmt. Sofort lässt er das Kopfteil seines Betts hochfahren. „Ich hab schon von euerm Erfolg gehört.“

„Danke“, sagt Daria ein wenig säuerlich.

„Hab schon befürchtet, Ihr hättet mich beim Feiern vergessen.“

„Wie kämen wir denn dazu?“ Kalenberger stellt ein Tablett in Alufolie auf Obanczeks Bettdecke und zieht den Nachttisch zwischen sich und Daria.

Sie hat sogar an eine kleine Flasche Rotwein mit Drehverschluss gedacht. Obanczek spendiert drei Plastikbecher. „Die Becher sind eigentlich für die Urinproben.“ Stimmt nicht, ist aber ein willkommener Scherz. Man stößt an. Dann vernimmt man nur noch Kaugeräusche, Stimmen auf dem Flur und das leise Surren der Klimaanlage.

„Wenn man so rumliegt, macht man sich doch sicher seine Gedanken.“ Kalenberger prostet Obanczek zu.

Obanczek wischt sich den Mund mit der viel zu kleinen Papierserviette ab. Kalenberger gibt ihm auch noch ihre Serviette.

„Die meiste Zeit habe ich gelesen. Ein Freund schreibt gerade einen Krimi, *Bittere Medizin*, und ich hab' das Manuskript auf fachliche Fehler durchgesehen.“

„Mich lassen unsere beiden Morde nicht los“, sagt Kalenberger. Daria spült mit einem Schluck Rotwein ihren Seufzer herunter und lehnt sich auf dem Stuhl zurück. Kalenberger wird das Essen kalt.

„Statt Vorspeise“, sagt Kalenberger und schiebt Daria ihre halbe Portion Souflaki zu.

„Wenn du mich so inständig darum bittest ...“ Daria nimmt ihre Plastikgabel und sticht zu.

„Nennt es, wie ihr wollt“, sagt Kalenberger, „Gedanken, Gefühle, Gespenster – da ist noch etwas, was auf sich aufmerksam machen will.“

„Das hat sie immer nach einem abgeschlossenen Fall“, sagt Obanczek zu Daria.

„Es ist wie mit Goethes Weste: *Wer das erste Knopfloch verfehlt, kommt mit dem Zuknöpfen nicht zu Rande.*“

„Wenn du wieder ganz von vorne anfangen willst, melde ich mich zurück zur Sitte!“

Daria kneift Obanczek ein Auge zu.

„Haben wir irgendetwas übersehen? Eine Kleinigkeit? Einen Zusammenhang? Eine Spur, die nicht so offensichtlich zu unserem Täterprofil passte?“

„Nein!“, sagt Daria sehr entschieden.

„Ist dir in den trüben Stunden der Langeweile noch eine Idee gekommen?“, wendet sich Kalenberger an Obanczek.

„Ich wollte meinen Laptop schon online mit der Polizei vernetzen, aber da spielt der Sicherheitsbeauftragte nicht mit."

„Kannst du dich an irgendeinen Fakt erinnern, den wir nicht abgearbeitet haben?"

„Gib mir doch bitte den Aktendeckel aus dem Nachttisch", sagt Obanczek zu Daria. Daria schaut ihn an. „Meine persönlichen Aufzeichnungen", sagt Obanczek. Daria zieht die Nachttischschublade auf, gibt Obanczek den grauen Aktenordner und sieht ihn dabei vorwurfsvoll an. „Dazu hat der Sicherheitsbeauftragte wohl nichts gesagt."

„Erstens weiß er es nicht und zweitens schließe ich die Schublade jedes Mal ab, wenn ich aufs Klo muss."

Er schlägt den Aktendeckel auf, wühlt sich durch ein paar Blätter, findet eine Seite, die mit einem roten Fragezeichen am Rand gekennzeichnet ist. „Am Pflasterstein, mit dem Arne Sonneveld erschlagen wurde, sind Pferdehaare gefunden worden."

„Mein Gott", sagt Daria, „das waren bestimmt nicht die einzigen Pferdehaare am Ihme-Ufer. Da kommt doch ständig die Reiterstaffel der Polizei vorbei."

Obanczek blättert in seinen Unterlagen.

„Ich weiß, worauf du hinaus willst", sagt Kalenberger nachdenklich. „An der Kleidung von Peter Brodinsky wurden auch Tierhaare gefunden."

„Selbst wenn das auch Pferdehaare wären …"

„Ich werde es morgen früh gleich nachprüfen lassen", meint Kalenberger.

„Bei euch fühlt man sich ganz schnell überflüssig", sagt Daria.

Obanczek schnipst einen Krümel von der Bettdecke. Er hat beim Essen gekleckert. Es ist ihm ausgesprochen peinlich, dass die beiden Frauen es bemerkt haben.

„Wenn ich dich erinnern darf, haben wir in Brodinskys Schreibtisch neben der - ich sage mal freizügigen - Aktzeichnung von Melanie Benthe auch eine Mappe mit Zeichnungen von Rennpferden gefunden."

Obanczek klappt den Aktendeckel zu und legt sie auf die Flecke seiner Bettdecke.

„Wir könnten Benthe direkt fragen, ob er etwas mit Pferden zu tun hat", sagt Kalenberger. „Vielleicht ist es geschickter, seine Frau anzurufen. Das könntest du übernehmen", sagt sie zu Daria. „Ich lasse schnellstens überprüfen, ob die Haare an Brodinskys Kleidung von einem Pferd stammen, vielleicht sogar von demselben wie auf Sonnevelds Pflasterstein. " Sie knüllt die Alufolie zusammen und steckt sie in die mitgebrachte Plastiktüte. „Wir könnten auch in Zukunft prima zusammenarbeiten ...", sie beugt sich zu Obanczek, um ihm ein Abschiedsküsschen auf die Wange zu geben. „... wenn du die Finger von meiner Tochter lässt."

„Sie steht leider nicht mehr auf Mathematik", sagt Obanczek, „sie hat Gefallen am Motorrollerfahren gefunden."

„Wieso erfahre ich nichts davon?"

„Vielleicht wollten sie dich nicht mitnehmen!"

Daria hat schlecht geschlafen. Sie hat von einem riesigen Pferd mit Hut geträumt. Und ihr Noch-Mann hat es mit Goldtalern gefüttert.

Es ist erst kurz nach sieben, als Daria aus der Dusche kommt. Der Kaffee brüht sich automatisch, und das Müsli steht auf dem Tisch. Sie hat noch Zeit mit dem Anziehen. Ihr Blick fällt auf die Titelseite der Hannoverschen Allgemeine. *Liebe zu 16-Jähriger kostet CDU-Chef die Karriere*. Markus, ich habe dir Unrecht getan, du bist gar kein Scheißkerl, die Frau, für die du mich verlassen hast, ist doch bloß neun Jahre jünger als du und nicht vierundzwanzig wie bei diesem CDU-Fritzen. Kannst du mir noch einmal verzeihen …

Sie pfeffert die Zeitung in die Ecke, stochert in ihrem Müsli. Sie muss sich ablenken. Denkt an den Kleinen in ihrem Bauch. Sie wird es Markus sagen müssen. Dann wird er sich bestimmt zu dem Kind bekennen und vielleicht auch wieder zu ihr. Nee, den will sie nicht mit Goldtalern, Hut oder Pferd.

Halb acht. Da ist doch bestimmt schon jemand im Krankenhaus. Daria ruft an, lässt sich mit Melanie Benthe verbinden.

Frau Benthe scheint gefasster als beim letzten Besuch. Sie erkundigt sich nach ihrem Mann, Daria kann ihr nicht viel sagen, nein, Hinnerk hätte nie etwas mit Pferden zu tun gehabt. Er habe sogar Angst vor ihnen, sie seien ihm zu groß.

„Da kann man nichts machen", sagt Daria. „Auch sonst gibt es keinen ausgesprochenen Pferdeliebhaber in seinem Bekanntenkreis?"

„Doch, doch," sagt Frau Benthe, „Erich Vonderheiden ist ein Pferdenarr, er hat sogar eine eigene Zucht."

„Wissen Sie, wo seine Pferde stehen?"

„In Pattensen, wenn ich mich recht erinnere, aber wo genau …"

„Ich wünsche Ihnen einen schönen Tag!", sagt Daria und legt auf.

Branchenbuch Pattensen. Nichts unter Reiten, Reitstall, Pferdezucht und Pferdemetzgerei. Sie ruft die Polizeistation in Pattensen an. Dem Kollegen fallen auf Anhieb drei Reitställe ein. Daria ruft Kalenberger an, spricht mit ihr ab, dass sie nach Pattensen rausfährt. Sie fragt sich durch, landet schließlich bei Frau Peppermüller und ihrem Hund mit den Klapperzähnen.

Herr Vonderheiden hat sein letztes Pferd verkauft, sagt Frau Peppermüller. Kyra ist eine brave Stute. Vonderheiden hat aber weniger dafür bekommen, als er eigentlich erwartet hatte. Die Stute würde morgen vom neuen Besitzer abgeholt.

Daria lässt sich Kyras Box zeigen. Das Pferd reckt den Kopf sofort in den Boxengang, und Daria streichelt ihr vorsichtig die Stirn.

„Die Pferde werden doch ab und zu gestriegelt?"

Frau Peppermüller lacht, und der Hund klappert mit den Zähnen. „Kyra wird jeden Tag geputzt. Das muss sein, sonst fühlen sich Reiter und Pferd nicht wohl."

„Hat jedes Pferd sein eigenes Putzzeug?"

„So sollte es sein."

Daria nimmt eine Plastiktüte aus ihrer Jackentasche und sammelt einige Haare von Kyras Bürste, die Frau Peppermüller gebracht hat. Sie verabschiedet sich von ihr, fragt nach Reitstunden und fährt dann zur Polizeidirektion.

Es dauert genau zwei Dreiviertelstunden, dann liegt das Ergebnis auf dem Tisch. Alle drei Haarproben stammen von Kyra.

„Du fährst", sagt Kalenberger.

„Jetzt sind wir ganz nah dran", sagt Kalenberger.

Daria sagt lieber nichts. Wer weiß, was diese Mordfälle noch für Überraschungen bringen, und da ist es sicher besser, jetzt muss Daria grinsen, nicht aufs falsche Pferd zu setzen.

Wülferode, Bockmerholzstraße, dann links. Daria fährt etwas zu rasant um die Kurve, Daria muss hart bremsen, der Wagen steht vor einem rotweißen Absperrband der Polizei.

„Was ist denn hier los?"

„Warum fragst du mich?"

Kalenberger steigt aus und geht zu einem uniformierten Beamten. Daria eilt hinterher.

Kalenberger zeigt ihren Ausweis.

Der Beamte nickt.

„Da ist gerade jemand dabei durchzudrehen. Mehr weiß ich aber auch nicht."

Kalenberger geht die Straße hinunter. Auf der gegenüberliegenden Straßenseite des Fachwerkhauses steht ein schwarzer Kleinbus vor einem unbebauten Grundstück. Hinter dem Bus verbergen sich mehrere Männer vom mobilen Einsatzkommando.

„Machen Sie, dass Sie wegkommen!" Ein Schwarzgekleideter kommt auf sie zu, fasst sie am Arm und will sie wegzerren.

„Sie sind der Einsatzleiter?"

Der Mann hält inne, Kalenberger kann ihm ihren Ausweis zeigen, der Mann lässt sie los. Der Griff hinterlässt bestimmt blaue Flecke.

„Was ist geschehen?"

„Der Gerichtsvollzieher wollte einen Räumungsbefehl vollstrecken, da hat ihn der Besitzer als Geisel genommen."

„Erich Vonderheiden?"

„Stimmt."

„Ist außer den beiden noch jemand im Haus?"

„Wissen wir nicht. Wir haben die Nachbarn befragt. Seine Frau ist offensichtlich verreist, und weitere Mitbewohner scheint es nicht zu geben."

„Erich Vonderheiden wird verdächtigt, zwei Morde begangen zu haben."

„Dann wird er auch vor einem dritten nicht zurückschrecken. Gehen Sie lieber zurück hinter die Absperrung. Wenn alles vorbei ist, melde ich mich bei Ihnen."

Wie soll sie dem Mann erklären, dass für sie keine Gefahr von Erich Vonderheiden ausgeht. Sie spürt es, bittet um ein Megafon, es wird ihr verweigert, sie setzt massiven Nachdruck hinter ihre Bitte, der Einsatzleiter gibt nach.

Er redet nicht gern.

„Herr Vonderheiden, hier spricht Hauptkommissarin Kalenberger. Sie kennen mich, wir haben schon miteinander gesprochen."

Keine Reaktion.

„Ich weiß, dass es Ihnen nicht gut geht. Ich würde gern mit Ihnen sprechen."

Keine Reaktion. Kalenberger fragt den Einsatzleiter nach dem Namen des Gerichtsvollziehers.

„Wendland, Igor Wendland."

„Herr Vonderheiden, lassen Sie Herrn Wendland gehen. Er hat nichts mit der Sache zu tun. Sie werden sich doch nicht an einem Unschuldigen vergreifen."

„Der letzte Satz war ein Fehler", sagt der Einsatzleiter. „Typisch Laie, keine Ahnung von Psychologie!"

Kalenberger lässt das Megafon sinken. Sie hat keine Kraft mehr in den Armen, ihre Knie zittern.

Sie hebt das Megafon erneut vor den Mund. „Ich komme jetzt. Bitte lassen Sie Herrn Wendland frei. Ich bin unbewaffnet."

„Das kann ich auf keinen Fall verantworten", sagt der Einsatzleiter.

„Sagen Sie doch einfach, ich hätte Sie niedergeschlagen."

„Ich geh mit." Daria steht plötzlich neben ihr.

„Dich würde ich unbesehen mitnehmen", sagt Kalenberger, „aber den Kleinen nicht." Sie deutet auf Darias Bauch.

„Passen Sie auf die beiden auf!", sagt sie zum Einsatzleiter. Der versteht nicht gleich, dreht sich suchend um, und Kalenberger verlässt mit dem ersten Schritt den Schutz des schwarzen Kleinbusses. Bevor sich der Einsatzleiter wieder gefangen hat, steht sie schon halb auf der Straße. Langsam und Schritt für Schritt nähert sie sich der Haustür. Nichts passiert. Jetzt steht sie unmittelbar vor der Tür. War es doch ein Fehler? Da geht die Türe plötzlich auf. „Kommen Sie rein!", ruft eine männliche Stimme.

„Lassen Sie erst Herrn Wendland frei!"

Wenige Augenblicke später stolpert ein verängstigter Mann ins Freie, einen Aktenkoffer aus Aluminium in der Hand.

Kalenberger betritt das Haus. Es ist düster, wie alle alten Häuser. Besonders im Flur.

„Kommen Sie!"

Kalenberger schaut rechts in das erste Zimmer. Der Raum ist fast leer, nur eine alte Kommode steht noch in der Mitte. Kalenberger geht weiter, findet Vonderheiden in der Küche.

Er sitzt am Tisch, ein Gewehr zwischen seinen Knien, den Lauf gegen die Decke gerichtet.

Kalenberger macht zwei Schritte in den Raum. Sie muss die Situation entspannen. Vonderheidens Finger sind um den Lauf des Gewehrs verkrampft.

„Haben Sie Kaffee?", fragt Kalenberger.

„Im Schrank über der Spüle." Es ist fast ein Flüstern, kaum zu verstehen.

Kalenberger füllt Kaffeepulver und Wasser in die Kaffeemaschine, nimmt zwei Tassen aus dem Schrank und setzt sich an den Tisch.

„Sie haben uns doch den Umschlag mit dem blutigen Taschentuch geschickt?", fragt Kalenberger.

Vonderheiden antwortet nicht. Hoffentlich war das nicht zu direkt. Das Wasser in der Maschine beginnt zu blubbern. Vonderheiden nickt fast unmerklich. Kalenberger macht schon den Mund auf zu einer neuen Frage, da beginnt Vonderheiden zu sprechen. Leise, sehr leise.

„Ich habe das nicht gewollt. Alles war so, so zwangsläufig. Wie ein Rad, das den Berg herunterrollt und immer schneller wird."

„Wer hat denn das Rad angeschoben?", Kalenberger steht auf und schüttet den Kaffee ein. „Milch und Zucker?"

Vonderheiden antwortet nicht. „Achthundertsechzigtausend haben sie mir gestohlen. Weg, einfach weg, spurlos verbrannt. Aber das ist noch nicht alles. Jeden Monat muss ich zwölftausend an die Bank bezahlen. Kreditkosten für nichts und wieder nichts."

„AWD?", fragt Kalenberger.

„Arne Sonneveld hat uns Dreiländerfonds empfohlen. Ein absolut sicheres Geschäft. Und dazu noch ohne jedes Risiko. Gerade für einen Freiberufler wie mich wäre das *die* Chance, für ein sorgloses Alter vorzubeugen."

Er greift nach der Tasse. Kalenberger sagt: „Noch zu heiß", doch Vonderheiden trinkt einen Schluck, ohne zurückzuzucken.

„Es haben doch alle gemacht. So viele Fondsanteile gekauft wie möglich. Und als wir nichts mehr hatten, womit wir neue Anteile kaufen konnten, hat uns Hinnerk einen Kredit angeboten. Immer wieder Kredite, Fonds, Kredite, Fonds. Ganz leicht zu tilgen aus den Gewinnen der Fondsanteile."

Jetzt trinkt auch Kalenberger einen Schluck Kaffee. Noch immer viel zu heiß.

„Und dann platzte die Finanzblase."

„Von einem auf den anderen Tag. Mit den Fondsanteilen konnte man den Kamin anzünden, über eine Dreiviertelmillion hatte sich aufgelöst. Einfach so. Alles, was wir gespart und zusammengekratzt hatten, war weg. Abwesend, unauffindbar, verschwunden. Die Finanzjongleure haben sich amüsiert, sie hatten ihre Provisionen. Aber wir haben gelitten, hatten für immer die Kredite am Hals. Jeden Monat zwölftausend. Am Anfang hatte ich noch Aufträge, aber mit der Finanzkrise wurden die auch immer weniger. Wir mussten ans Eingemachte gehen und allmählich alles verkaufen, woran unser Herz hing. Meine Pferde, das Wochenendhaus, Antiquitäten."

Eine Fliege knallt gegen die Fensterscheibe, fliegt zurück in den Raum und landet auf Vonderheidens Schulter.

„Und dann kam auch noch die schreckliche Diagnose, meine Frau hat Brustkrebs. Eine Folge des jahrelangen Stresses. Als dann die erste Androhung der Zwangsversteigerung kam, habe ich einen Entschluss gefasst. Ich wollte es denen heimzahlen, die uns das alles eingebrockt hatten."

„Arne Sonneveld?"

„Nach dem Schützenausmarsch war mir klar, dass ich zwei Fliegen mit einer Klappe schlagen konnte. Arne Sonneveld und Hinnerk Benthe in inniger Umarmung. Das hatten mehrere Schützenbrüder mitbekommen. Ich habe eine günstige Gelegenheit abgewartet und Sonneveld zu einer kleinen Runde über den Rummel überredet. Da war nicht viel zu überreden", Vonderheiden lacht auf, „der war so hackedicht, der wusste nicht mehr, wohin es ging. Am Ihmeufer habe ich dann nach dem Pflasterstein gegriffen und zugeschlagen."

„Und Hinnerk Benthe."

„Den wollte ich der Polizei überlassen. Ich war ganz sicher, dass alle Spuren auf ihn deuten würden." Er trinkt noch einen Schluck Kaffee, hebt den Kopf, scheint Kalenberger erst jetzt zu bemerken.

„Hätte auch beinah geklappt."

Die Fliege lässt sich auf die Gewehrmündung nieder.

„Aber Peter Brodinsky?"

„Der Blödmann hatte mich beobachtet, wie ich mit Sonneveld über den Rummel gezogen bin. Als man Sonnevelds Leiche gefunden hat, wollte er mich erpressen. Zwölftausend an die Bank. Wo sollte ich da die fünftausend monatlich für ihn hernehmen?"

„Die Mordwaffe haben Sie sich bei einem Besuch in Benthes Büro besorgt."

Vonderheiden nickt. „Hinnerk hat nichts bemerkt."

„So kommt eins zum andern", sagt Kalenberger.

„Wo ist Ihre Frau?"

„Nicht hier."

„Was wollen Sie ihr sagen, wenn sie zurückkommt?"

„Um sie sorgen sich andere. Sie hat nicht einmal mehr ein halbes Jahr."

„Schrecklich", sagt Kalenberger. „Sie sollten zu ihr gehen."

„Ich hab keine Kraft mehr."

„Ich werde sehen, wie ich Ihnen helfen kann. Geben Sie mir jetzt bitte die Waffe."

„Gehen Sie", sagt Vonderheiden. Ganz leise, aber sehr entschieden. Der Lauf des Gewehrs bewegt sich in Kalenbergers Richtung.

Kalenberger versteht. Es geht um die Ehre des Mannes. Er will nicht noch einmal aufgeben. „Ich mache Ihnen einen Vorschlag", sagt Kalenberger, „Sie legen die Waffe auf den Tisch und gehen mit mir zusammen hinaus."

„Verlassen Sie mein Haus! Sofort!" Vonderheiden hebt das Gewehr an. „Es täte mir leid um Sie. Sie sind eine gute Polizistin!"

„Das ist doch auch keine Lösung!" Kalenberger schiebt ihren Stuhl unter den Tisch.

„Das Schlimmste sind die Träume", sagt Vonderheiden. „Ich werde jede Nacht von den Toten besucht. Sie sagen nichts und sehen mich nur an. Ich will sie nicht mehr sehen."

„Machen Sie einen Schlussstrich, und fangen Sie ein neues Leben an. Auch der schwärzeste Tag hat einen Morgen!"

„Es ist aus, vorbei!" Er richtet das Gewehr aus der Hüfte auf Kalenberger aus und beginnt zu zählen: „Eins, zwei ..." Kalenberger geht.

„Grüßen Sie die Sonne", ruft ihr Vonderheiden hinterher, „ich werde sie vermissen."

Kalenberger ahnt, was jetzt folgen wird. Aber sie weiß nicht, wie sie es verhindern könnte.

Als sie ins Freie tritt, fällt hinter ihr ein gedämpfter Schuss. Es ist Kalenberger, als hätte sie selbst geschossen.